Arena

Marion Meister

CIRCLES OF FATE

Schicksalsfluch

BAND 1

Ein Verlag in der westermann GRUPPE

MIX
Papier aus verantwortungsvollen Quellen
FSC® C110508
www.fsc.org

1. Auflage 2021

Rottendorfer Str. 16, 97074 Würzburg

Dieses Werk wurde von der Literatur Agentur Hanauer vermittelt.

Covergestaltung: Jaqueline Kropmanns
Lektorat: Antonia Thiel
Umschlaggestaltung: Juliane Lindemann

Gesamtherstellung: Westermann Druck Zwickau GmbH
Printed in Germany

ISBN 978-3-401-60591-3

Besuche den Arena Verlag im Netz:
www.arena-verlag.de

1
LITA

Halt mal, Lita!« Chloe drückte Lita den halb gegessenen Burger vor die Brust und wühlte in ihrer Handtasche, aus der ihr Elsa *Let it Go* entgegenschmetterte.

»Hey! Vorsicht!« Lita lachte und streckte den Burger hastig mit ausgestrecktem Arm von sich, denn Ketchup tropfte daran herunter und bekleckerte ihren neuen Schal. Allerdings rammte sie dabei das triefende Streetfood um ein Haar einem Skater in den Bauch, der in der gleichen Sekunde an ihnen vorbeicruiste. Er reagierte schnell, wich aus, erwischte jedoch fast einen entgegenkommenden Kinderwagen. Die Mutter pöbelte den Skater an, das Kleinkind begann zu weinen. Lita hielt starr vor Schreck weiterhin den Burger von sich und lächelte die empörte Mutter nur verlegen an.

»Ist das deine neue Masche, um coole Skater anzubaggern, Lita?«, rief Lauren laut – so laut, dass der Skater sich noch mal nach Lita umsah und ihr zuzwinkerte.

Sofort schüttelte Lita den Kopf, damit der lange, fransige Pony ihr über die Augen fiel und das Gesicht halb verdeckte. Durch die Haarsträhnen blickte sie dem Typen nach, der nun grinsend in der Menge untertauchte. Lauren kringelte sich vor Lachen über Litas gequälten Gesichtsausdruck.

Es war ein sonniger Samstag, ein Herbsttag wie aus dem Bilderbuch, und der Weg entlang der Themse dicht bevölkert. Touristen strömten Richtung London Eye, Londoner flanierten zum Flohmarkt unter der Waterloo Bridge. Lita und ihre Freundinnen hatten sich an einem Foodtruck leckere Burger und Wraps geholt und wollten am Southbank Skate Space ein wenig zugucken. Es war Laurens Idee gewesen, denn sie hatte sich in einen Typen verguckt, der dort immer mit seinen Jungs abhing.

»Müssen wir wirklich zu den Skatern?«, murmelte Lita. Sie hatte keine Lust, den Skatertypen von eben dort wiederzusehen, nachdem Lauren ihm hinterhergebrüllt hatte. Lita streckte noch immer Chloes Burger von sich. Ketchup lief ihr die Finger hinunter. Sie hatte ihren Burger schon längst verputzt und wartete ungeduldig, dass Chloe ihr das Ding wieder abnahm.

»Keine Chance. Ihr müsst unbedingt Jeremy sehen. Sein Kickflip ist der Hammer!« Schwärmerisch legte sich Lauren die Hand aufs Herz. Noch nie hatte Lauren so penetrant über einen Kerl geschwärmt wie über diesen Jeremy.

Inzwischen hatte Chloe ihr bimmelndes Handy endlich aus der Tasche gefischt, klemmte es sich ans Ohr und rupfte Lita den Burger aus der Hand. »Ja?«, hauchte sie ins Handy, bedachte Lita mit einem Augenverdrehen und biss herzhaft in den Burger.

Wie der Klingelton verraten hatte, war am anderen Ende der Leitung Will, Chloes derzeitiger Freund. Seit einigen Wochen forderte er mehr Zeit mit Chloe und zeigte das besonders deutlich, wenn sie sich mit ihren Freundinnen traf. Doch der Samstagnachmittag gehörte nun mal den

Mädels, daran hatte noch kein Junge rütteln können. Und auch Will würde verlieren.

Lita säuberte ihre Finger vom Ketchup und sah sich nach DeeDee um. Inzwischen waren sie auf Höhe der Royal Festival Hall und es waren weniger Leute hier als beim London Eye.

DeeDee hatte einen der alten Schreine neben einer Laterne direkt an der Themse entdeckt. Aus ihrem Rucksack, in dem sie für jede Notlage immer das passende Helferchen dabeihatte, zog sie eine kleine Chipspackung und legte einige davon in die Opferschale.

»Warum machst du das immer? Das ist doch nichts weiter als Aberglaube! Und Tauben füttern ist hier verboten.« Kopfschüttelnd beobachtete Lita, wie die erste Taube bereits auf dem Sims des hüfthohen Altars landete. An allen Ecken und Enden fanden sich in London diese Altäre. Der Glaube an Kami war weitverbreitet und so konnte man zu jeder Zeit einen Kami um Hilfe bitten. Diese Geistwesen spendeten Hoffnung und halfen Kranken, brachten Glück und Wohlstand. Lita allerdings zweifelte an der Wirkung solcher Bitten. Denn Kami waren nur eine Idee, nichts Reales. Allerdings hatte sogar ihre Mutter im Wohnzimmer einen Schrein aufgestellt, an den sie täglich Opfergaben stellte. Jedoch war noch nie eine von Litas Bitten erhört worden, was für Lita der Beweis der Nichtexistenz von Kami war.

»Ich finde es einfach schön.« DeeDee ordnete ihre klimpernden Bronzearmreife und zupfte das orangefarbene Spaghettiträgertop zurecht, das sie über einem braunen Schlabber-T-Shirt und einem roten Langarmshirt trug.

»Nur weil man Kami nicht sehen kann, bedeutet es nicht, dass sie nicht da sind. Ich bitte immer mal wieder um Hilfe. Und der Gedanke, dass es etwas gibt, das auf einen aufpasst, ist doch tröstend. Außerdem mag ich diese alten Schreine. Es ist immer ein bisschen, als könnte man in eine andere Welt sehen.«

Lita musterte den Altar. Ein handbemalter Schrein aus Holz, verwittert und schief am Themseufer. Er sah tatsächlich so aus, als stamme er aus einer anderen Welt. London war so eine laute, überfüllte Stadt. All der Verkehr, die modernen Glas- und Stahlbauten und dann, plötzlich, ein Relikt aus einer Zeit, als Pferdekarren durch die Straßen fuhren.

»Nun komm schon, Lita. Guck nicht so skeptisch. Du stehst doch auch auf diese ganzen Göttergeschichten.«

»*Das* ist etwas ganz anderes. Ich feiere das Fandom rund um Loki und das Marvel-Universum. Das hat nichts mit Aberglauben zu tun. *Ich* weiß, dass all diese unsterblichen Götter nichts weiter als Geschichten sind, DeeDee.«

DeeDee blinzelte amüsiert. »Nur Geschichten, soso! Und dennoch hast du dir deinen eigenen Loki-Schrein errichtet. Und wenn du Rat suchst – und ich gerade nicht da bin? Du sprichst doch dann mit ihm!«

Lita ließ erneut den Haarvorhang vor ihre Augen fallen.

»Das – das stimmt nicht. Vielleicht quatsch ich ihn manchmal an. Aber ich *bete* doch nicht zu ihm.« Zugegeben, wenn sie sauer war oder sich verloren fühlte, hielt sie hin und wieder sehr einseitige Zwiegespräche mit dem Plakat an ihrer Wand, auf dem Loki alias Tom Hiddleston charmant grinste. Aber das hatte nichts mit dem Aberglauben dieser Straßenaltäre zu tun. »Du hast ja recht: Die meisten der Altäre sehen wirklich hübsch aus und irgendwie strahlen sie auch so eine Ruhe aus. Aber …« Lita deutete auf den vergoldeten Altar, an dem DeeDee ihre Chips geopfert hatte. »Aber all diese gammligen Lebensmittel in den Opferschalen – das ist eklig.«

»Apropos eklig – du hast da Ketchup.« DeeDee deutete auf Litas Schal.

Grummelnd tupfte Lita die rote Paste ab. Sie trug den Schal heute zum ersten Mal. Erst gestern hatte sie ihn fertiggestellt. Das hauchdünne Garn changierte in allen möglichen Grüntönen. Der Schal erinnerte sie an einen Sommerwind auf einer Waldlichtung. Außerdem passte die Farbe hervorragend zu ihrer Augenfarbe: haselnussbraun mit moosgrünen Sprenkeln.

DeeDee betrachtete ihn eingehend. »Ich verstehe echt nicht, wieso deine Mutter dich nicht stricken lässt. Das ist doch echt schräg, dabei hast du so ein tolles Talent dafür!«

Statt zu antworten, hakte sich Lita bei DeeDee ein und schlenderte zu Chloe hinüber, die sichtlich genervt noch immer mit Will telefonierte.

»Wieso wissen die Jungs inzwischen nicht alle, dass es Chloe immer nur um ihr Portemonnaie geht?« Kopfschüttelnd beobachtete DeeDee ihre gemeinsame Freundin.

»Die Jungs wissen, dass Chloe sie nach ihrem Kontostand auswählt«, meinte Lita. »Aber *sie* wählen Chloe ja auch nur aus, weil sie mit ihr angeben können.« Lita war froh, dass DeeDee das Thema gewechselt hatte. Sie wollte nicht über das Strickverbot reden und über ihre Mutter schon gar nicht. Gestern Abend war es beinahe wieder zum Streit gekommen, denn Hanna nahm ihre Medikamente nicht. Dadurch wurde sie unberechenbar und die Stimmen in ihrem Kopf ließen sie verrückte Dinge tun.

»Hey«, rief Lauren, die schon ein paar Schritte weiter war. »Chloe soll ihn endlich absägen. Beeilt euch!«

Unter ihren wilden schwarzen Locken hervor warf DeeDee Lauren einen tadelnden Blick zu. »Etwas mehr Empathie, bitte, Lauren!« DeeDee war die Wächterin der Harmonie, wie Chloe sie einmal getauft hatte. Saloppe Sprüche auf Kosten anderer mahnte sie jedes Mal an. »Warum bin ich eigentlich jeden Samstag mit euch unterwegs?«, murmelte DeeDee.

»Weil wir genauso bekloppt sind wie du?« Lita grinste sie unter ihrem schräg geschnittenen Pony an.

»Ich? Ich bin nicht so bekloppt wie ihr. Ich pflege zum Beispiel als Einzige ein sehr ernsthaftes und wichtiges Hobby.«

Lita musste sich ein Lachen verkneifen. »Kami-Schreine polieren?«

»Tu nicht so, DeeDee. Alte Traditionen feiern gewinnt nicht den Coolnesspreis.« Lauren war zu ihnen zurückgelaufen und schob sie nun von hinten an. Dann hüpfte sie auf die Umrandung des Sandkastens, der sich an der Kaimauer entlangzog. Im Sandkasten baggerten und buddelten Kleinkinder unter Aufsicht ihrer Eltern, die auf Picknickdecken die Sonne genossen. Lauren balancierte ungeschickt auf der hölzernen Umrandung entlang. »Außerdem haben wir alle ein cooles Hobby. Na ja, außer Lita.«

Lita sprang zu ihr und zupfte Lauren die pinkfarbene

Skatermütze vom Kopf, die sie ihr zum Geburtstag gestrickt hatte. »Du findest *Nicht-Skater* ist cooler als Weben und Stricken?«

Lauren verlor das Gleichgewicht, als sie versuchte, Lita die Mütze wieder abzunehmen, und hopste vom Sandkasten. »Du verwechselst *cool* mit *nice.*« Sie nahm Lita die Mütze ab, zog sie wieder über ihre langen blonden Haare und rückte die verspiegelte Sonnenbrille zurecht.

»Stimmt. Es ist echt *nice,* dass du so hübsche Schals und Mützen machen kannst«, meldete sich Chloe. Nachdem sie mit der Handykamera ihr Aussehen überprüft hatte, ließ sie das Handy zurück in die Tasche fallen. »Und *wir* sehen dann damit wirklich *cool* aus.«

Lita rückte ihren Schal zurecht. Was hieß denn hier *wir.* Ihre Sachen ließen jeden gut aussehen.

»Und das macht dich eindeutig zu unserer coolsten Freundin«, führte Lauren aus und drückte Lita an sich.

Inzwischen waren sie beim Skate Space angelangt und das Klackern der Rollen und Knallen der Sprünge hallte über das Ufer. In dem offenen Tiefgeschoss der Queen Elisabeth Hall herrschte reges Treiben. Zwischen den über und über mit bunten Graffiti besprühten Betonsäulen und -rampen übten Skater ihre Tricks. Ein Metallgeländer grenzte die Passanten von den Skatern ab. Daran lehnten Schaulustige und Jugendliche saßen darauf und beobachteten die Stunts ihrer Kollegen. Lauren zog sich sogleich auf das Geländer und hielt nach Jeremy Ausschau.

»Welcher ist es?«, wollte Chloe von ihr wissen. Zwischen den Skatern in ihren Streetwearklamotten fiel sie ziemlich auf. Chloes Modestil war Geld und ihre Farben

Weiß, Beige, Creme und Rosé. Hätte all der Strass nicht so sehr in der Sonne geglitzert, wäre sie zwischen den farbenfrohen Klamotten unsichtbar gewesen.

Manchmal fragte sich Lita, die ihre Hände tief in den Taschen ihres Secondhandparkas vergrub und hoffte, der Typ von eben bemerkte sie nicht, was Chloe, Lauren, DeeDee und sie eigentlich miteinander verband. Seit der Primary School waren die vier ein eingeschworenes Team. Keine Geheimnisse, keine Eifersüchtelei. Alle für eine, eine für alle.

Und dennoch waren sie so unterschiedlich. Chloe, die nur auf Äußerlichkeiten zu achten schien (aber ein Herz aus Gold und einen ausgeprägten Gerechtigkeitssinn hatte). Lauren, die so gerne das toughe, sportliche Girl wäre. Und DeeDee, die sich meist im Hintergrund hielt, alles beobachtete und einen ausgeprägten Aufräumtick hatte: die Wohnung ihrer Mutter, die täglich von den drei jüngeren Geschwistern verwüstet wurde, Laurens Schulplaner, Litas Strickkorb, Chloes Lippenstiftsammlung. Aber vor allem schaffte sie es meist, Gefühls- und Gedankenkuddelmuddel mit ein paar prägnanten Sätzen aufzulösen. Dabei wirkte DeeDee mit den unbezähmbaren schwarzen Locken und den weiten, in zig Lagen getragenen, bunt gemusterten Klamotten selbst eher wie organisches Chaos.

Lächelnd beobachtete Lita ihre drei BFFs. Ohne ihre Mädels wäre sie selbst schon längst verloren gegangen. Sowohl im Reallife, da sie ein lausiges Orientierungsvermögen hatte, als auch mit sich selbst. Manchmal fragte sie sich, wo das Leben sie wohl hinführen würde. Ob sie ihre

Träume verwirklichen konnten? Lita hatte wenig Zweifel, dass es den dreien gelang. Seufzend senkte sie den Blick. Für sich selbst hatte sie da weniger Hoffnung. Ihre Mutter untersagte ihr alles, das auch nur irgendwie mit Nähen, Stricken oder Handarbeit zu tun hatte. Ein Symptom ihrer Wahnvorstellungen. Hanna hielt Fäden offenbar für tödliche Waffen. Sobald Lita volljährig war, wollte sie ausziehen … Eigentlich. Doch konnte sie ihre Mutter sich selbst überlassen?

Ein Skater schoss auf sie zu, die Rampe zum Geländer hinauf.

»Meine Güte!« Erschrocken wich Chloe einen Schritt zurück.

Der Typ drehte sich und das Board in der Luft, landete sicher und raste in die Schatten des Tiefgeschosses.

»War das dein Jeremy?«, wollte DeeDee von Lauren wissen.

Lauren hatte ihre Brille inzwischen nach oben auf die Mütze geschoben, zupfte nervös an ihren langen Haaren und suchte in den Schatten des Skaterareals nach ihrem Schwarm.

»Nope«, antwortete sie und versuchte, sich ihre Aufregung nicht anmerken zu lassen.

Lita zog sich neben sie auf das Geländer und beobachtete eine Truppe von vier Mädels, die Sprünge über eine Rampe übten. »Hast du noch mal mit deinen Eltern gesprochen?«, fragte sie Lauren, deren Enttäuschung von Sekunde zu Sekunde größer wurde. Offenbar war Jeremy nicht hier.

Lauren zuckte nur gleichgültig mit den Schultern. Dabei wussten alle, dass es ihr nicht egal war. Sie brannte darauf, selbst zu skaten. Doch ihre Eltern hatten es ihr verboten. Zu gefährlich – und nichts für Mädchen. Also musste sich Lauren mit den Skaterklamotten zufriedengeben. Vorerst. Denn Lauren sparte schon lange auf ein Board und die nötige Ausrüstung. Ihr fehlte nur noch ein cooler Lehrer.

Chloe hatte schon wieder ihr Handy in der Hand. »Selfie!«, zwitscherte sie und alle vier steckten die Köpfe zusammen und grinsten in die Kamera.

»Wie spät ist es?«, wollte Lauren wissen und Chloe hielt ihr das Handy hin. Lauren warf einen Blick auf die Uhrzeit. »Shit. Wieso ist er nicht hier?«

»Wie hat *der* sich denn da reinverirrt?« Chloe deutete auf einen großen Kerl, der lustigerweise ein Poloshirt trug und einen ziemlich kurzen Haarschnitt. Er sah eher nach dem perfekten Schwiegersohn aus als nach einem lässigen Skater.

Lauren grinste. Der Skater fuhr, schneller werdend, zwischen den Säulen lang. »Sein Footwork ist der Hammer! Und –« Der Typ schanzte in die Luft, streckte sich, ohne das Board zu verlieren, das um die eigene Achse rotierte, und landete zielsicher wieder mit dem Board unter den Füßen. »Nice tweak!«, rief Lauren.

Lita und die anderen beiden warfen ihr einen fragenden Blick zu.

»Na was!« Lauren zuckte die Achseln. »YouTube hat mir meine Mum noch nicht verboten.«

Als sei das eine Art Stichwort, schrillte eine Warnsirene los, die alle Umstehenden herumfahren ließ. Lita griff reflexartig in ihre Tasche, zögerte dann aber, ihr klingelndes Handy herauszuholen.

DeeDee drängelte sich neben sie. »Willst du nicht rangehen?«

»Es ist Mum.« Unschlüssig starrte Lita ihre Tasche an.

»Ist was passiert?«, hakte DeeDee nach.

Lita sprang vom Geländer und ging zur gegenüberliegenden Seite, weg von den Schaulustigen. Dort an der Mauer am Themseufer war es leerer. Das Handy gellte immer noch.

»Du und Chloe, ihr solltet endlich eure Klingeltöne ändern«, meinte DeeDee, die ihr nachgegangen war. »Wie soll es eine gute Beziehung werden, wenn jedes Gespräch mit *Let it Go* angekündigt wird? Und du wirst niemals ein entspanntes Verhältnis zu deiner Mutter aufbauen, wenn bei jedem ihrer Anrufe eine Sirene wie bei einem Atomkraftwerksunfall losgeht.«

Seufzend tastete Lita erneut nach dem Handy. »Wie immer hast du recht, DeeDee. Ich hab gestern die Pillen gefunden, die der Arzt ihr verschieben hatte. Sie hat keine einzige davon genommen.« Es war eine lange Diskussion gewesen, bevor ihre Mutter sich überhaupt einen Therapeuten gesucht hatte. Und nun endlich hatte er ihr Medikamente verordnet. Lita war so dankbar gewesen. Hatte so viel Hoffnung, dass es dadurch besser wurde.

»Aber es geht ihr doch gut, oder?«

Schließlich nahm Lita ab. »Ja, Mum?« Ihre Miene verfinsterte sich, als sie der aufgeregten Stimme ihrer Mutter lauschte. »Nein. – Mum! Ich bin –«

Abwartend musterte DeeDee sie und Lita wandte sich

von ihr ab. Sie schloss die Augen und ließ Hannas Ausbruch über sich ergehen. »Was ist so wichtig?«, fragte sie ins Handy.

DeeDee umrundete sie und sah Lita sorgenvoll an. Genervt verdrehte Lita die Augen. Anscheinend hatte ihre Mutter wieder einen Anfall. Sie sollte umgehend heimkommen. Mit niemandem reden. »Mum, ich bin hier mit meinen Freundinnen. Es ist Samstag. Die Sonne scheint – was – Mum –« Mit einem kleinen Wutschrei drückte Lita das Gespräch weg.

»Shit«, murmelte DeeDee und nahm sie in den Arm. »Soll ich dich begleiten?«

»Danke. Aber das schaff ich schon. Ist ja nicht das erste Mal.« Sauer stopfte Lita das Handy zurück in die Tasche. »Aber es war ja so klar, dass sie wieder Gespenster sieht! Ich verstehe nicht, warum sie mir das immer wieder antut. Was ist so schwer daran, diese blöden Pillen zu schlucken?« Sie marschierte zu Chloe und Lauren hinüber. Der Poloshirttyp lehnte neben Lauren am Geländer und die beiden waren in ein Skaterfachgespräch vertieft.

Chloe formte mit den Lippen das Wort *Jeremy* und deutete auf den Typen. Wäre sie wegen ihrer Mum nicht gerade auf hundertachtzig gewesen, hätte Lita sich bestimmt darüber amüsiert: Lauren, das rebellische Girl, verknallt sich in den einzigen Skater der Welt, der wie Mamas Liebling aussieht.

»Ich muss los«, murmelte Lita knapp.

Chloe und DeeDee tauschten einen Blick. Damit war alles klar. Litas verrückte Mum hatte wieder einen dieser Tage.

»Ich schreib dir, wo wir noch hingehen«, meinte Chloe.

»Am nächsten Schrein bitte ich für euch.« DeeDee lächelte. Sie meinte es ernst und Lita lächelte zurück. Vielleicht fand sie den Glauben an Kami so blöde, weil die krankhaften Wahnvorstellungen ihrer Mutter so ähnlich waren – sie redete mit unsichtbaren Leuten ...

Lita seufzte und wandte sich zum Gehen. Der Tag war gelaufen.

2

MISANO

Misanos hoffnungsvoller Blick ruhte auf Zaras schmalem Gesicht. Blässe hatte sich auf ihre Wangen und dunkle Schatten um ihre bernsteinfarbenen Augen gelegt.

Zaras Blick hielt sich an dem makellosen Blau des Himmels fest, das sich über ihnen wölbte. Es war ein helles Blau. Eines, das Frühling, Neubeginn und Leben versprach. Mit einem tiefen Atemzug versuchte sie, es in sich aufzusaugen. »Es ist perfekt«, flüsterte sie und zog seinen Arm, in den sie sich eingehakt hatte, enger zu sich.

»Genau wie du«, säuselte er zurück und erntete dafür einen tadelnden Klaps, zart wie ein Schmetterling auf seiner Hand.

»Lass das, Misano! Wir beide wissen es besser.«

Sie tat einen Schritt, verharrte jedoch sogleich wieder, um sich zu einer Rosenblüte hinabzubeugen und ihren Duft einzuatmen. Die Rose strahlte in einem feurigen Fuchsia, das zur Mitte hin in ein Burgunderrot überging. Misano wusste, wie sehr Zara solch ein Farbspiel liebte. Er kannte so vieles von ihr: den Duft ihrer Haut am Morgen. Den Klang ihres Lachens, wenn sie ihn bei einer Schachpartie schlug. Ihr leises Summen, wenn sie im Herbst die Tulpenzwiebeln für den Frühling in die Erde bettete.

Er sah prüfend durch den Garten. Zufrieden glitt sein Blick über die üppigen Rosen, den herrlichen Lavendel, der Hunderte von Schmetterlingen angelockt hatte. Nirgends konnte er ein welkes Blatt, eine verblühte Blume ausmachen. Sehr gut. Nichts durfte heute an die Vergänglichkeit des menschlichen Lebens erinnern.

Dieser Garten war sein Geschenk an sie. Er hatte ihn auf diesem Hügel platziert, damit es wirkte, als sei diese Oase vom Blau des Himmels umspült. Verschlungene Pfade liefen auf den plätschernden Brunnen in der Mitte des Gartens zu. Ein marmornes Becken, in dessen Mitte die Quelle hervorsprudelte, steinerne Vögel aller Art saßen darum und tranken. Auf die Skulpturen war Misano besonders stolz. Er wusste, wie sehr Zara Vögel bewunderte, sie um ihre Kunst des Fliegens beneidete.

Auch bei der Bepflanzung hatte Misano sämtliche Register gezogen. In allen Farben blühte es. Jegliche Schattierung von Orangerot über Karmesin bis Purpur. Rosen, Lupinen, Lavendel, Malven, Sonnenhut – egal, was es war, er hatte es pflanzen lassen.

Gerade wollte er sich wieder Zara zuwenden, als er auf der gegenüberliegenden Seite des Rosenrondells drei Männer entdeckte. In ein Gespräch vertieft, lustwandelten sie durch den Garten. Wie konnten sie es wagen! Unwillkürlich ballte Misano eine Faust. In Gedanken schleuderte er eisige Blitze zu ihnen, doch sie achteten nicht auf ihn. Er erkannte Enki, Pothos – und der Dritte? War das Doh? Er hatte ihnen nicht gestattet, hier zu sein. Nicht heute!

Als könne er ihre Gedanken beeinflussen, stierte er sie an, aber er riss sich zusammen. Zaras Tadel für einen

Wutausbruch wäre ihm sicher gewesen. Und unter keinen Umständen wollte er auch nur eine Sekunde dieses Tages an Streitigkeiten vergeuden. Genau deshalb hatte er den Zutritt zum Garten untersagt. Nur er und seine Zara. Auf ewig. Er schluckte und versuchte, seine Angst zu verbergen.

»Ich wette, du hast all deine Gärtner bis in die Nacht hinein gescheucht«, meinte sie amüsiert. Ihre schmalen Finger streichelten die Rosenblüte.

»Wie?« Er wandte den Blick von den Eindringlingen ab. »Wie kommst du darauf, meine Liebste?« Er lächelte.

Seufzend tat sie zwei weitere Schritte an seinem Arm. Das lange meeresgrüne Gewand folgte ihren Bewegungen wie ein leichter Nebel, zart und schwerelos. »Keine einzige Blüte ist welk.«

»Natürlich nicht!«, entrüstete er sich. »Wie sähe das denn aus!«

Sie schmiegte ihre Wange an seine Schulter. »Wie sähe die Welt aus, wenn du sie geschaffen hättest?«

Er sah zum Himmel hinauf. Vielleicht, damit die Träne, die sich im Augenwinkel gesammelt hatte, nicht entkommen konnte. »In meiner Welt gäbe es keinen Winter. Und du wärst immer an meiner Seite.«

Zara lachte leise. »Oh, was würden wir streiten, Misano.«

»Ich streite zu gern mit dir.« Er beugte sich zu ihr und gab ihr einen Kuss, den sie sanft erwiderte. »Wäre die Welt in meinen Händen, ich legte dir die Sonne und den Mond zu Füßen.«

Ein Schmetterling tanzte vor ihnen durch die Luft, Zara

löste sich von Misano, folgte dem Schmetterling für einige Schritte zum Brunnen. »Und ich würde sie sogleich zurück an den Himmel hängen, damit *alle* ihre Schönheit bewundern können.«

Misano zuckte mit den Schultern und folgte ihr eilig. »Du bist das Schönste, das diese Welt jemals geboren hat. Mir egal, was du mit Mond und Sonne anstellst. Hauptsache, du bleibst bei mir.« In diesem Moment strauchelte Zara.

Misano eilte zu ihr, um sie zu stützen. »Zara!«

Ihr Atem ging flach. Er umfing sie und hielt sie fest. Sie wog nichts in seinen Armen. Die Krankheit hatte ihren jungen Körper von innen verzehrt. Dünn und schwach hatte sie seine Zara werden lassen.

»Es ist gut, Misano.«

»Nein! Nichts ist gut!« Er musste die Wut, die in ihm aufbrandete, mit aller Macht unterdrücken. »Ich hab noch nie um etwas gebeten«, grollte er. »In all der Zeit! Und es hätte wahrlich einiges gegeben. Nein. Nicht ich! Nicht Misano! Ich habe alles alleine geregelt. Ich habe etwas gut bei ihr!«

Zara rang nach Atem. »Siehst du. Wir streiten.« Ihr Lächeln war nur noch ein Schatten. Eine Erinnerung an das ansteckende Lachen, das er so liebte, dass es ihm jedes Mal eine Freude gewesen war, sich für sie zum Narren zu machen. Nur um ihr Lachen zu hören.

»Ich wollte für dich die Welt aus den Angeln heben«, murmelte er.

»Für mich?« Ihre Beine gaben nach und sie sank in seine Arme.

Er ging in die Knie, bettete sie auf seinen Schoß. Sie war so blass. So leicht und durchsichtig. Wo war die Frau hin, die mit ihrer Lebenslust seine seit Ewigkeiten eingerostete Existenz auf den Kopf gestellt und unter Strom gesetzt hatte?

»Ich kann dich nicht verlieren, Zara. Du bist alles für mich. Du bist der Schlüssel zu dieser Welt! Ohne dich ist alles sinnlos.«

»Nicht doch.« Wieder der sanfte Schmetterling ihrer Berührung. »Du wirst darüber hinwegkommen. Es wird wieder eine Frau an deiner Seite geben.«

Er wandte sich ab. Verbarg sein Gesicht im Kragen seines Hemds. Er wollte nicht, dass sie ihn weinen sah. Doch ihr nahender Tod brannte so tief in seiner Brust. Dieses Gefühl machte ihn rasend. »Ich werde es Elaine nie verzeihen! Sie hätte dich retten können.« Seine Stimme brach.

»Schhht.« Zara seufzte. Sie legte den Kopf an seine Brust. »Nicht. Misano. Es ist mein Schicksal. Ich habe es angenommen. Es ist in Ordnung ...« Ihr Blick suchte seinen. Der Schmerz schnürte ihm die Kehle zu. Er klammerte sich an sie, an ihren Blick, der so tief in seine Seele drang. »Lass mich gehen. Ich bin nun mal ein Mensch. Wir sterben, Misano.«

»Nein! Nicht du! Du bist alles für mich!« Hastig musste er eine Träne fortwischen. »Ich zerschmettere Berge, teile Ozeane. Beschwöre Armeen und lege Länder unter Eis. Doch meine einzige Liebe kann ich nicht retten?«

Sie lächelte. »Du bist eben doch nicht allmächtig. Und es ist gut so, Misano. Bitte.«

Trotzig schüttelte er den Kopf. »Elaine hätte diese Krankheit von dir nehmen können.«

»Bitte …« Ihre Worte waren nur noch ein Hauch. »Kein Krieg, Misano. Für mich –«

Flehentlich blickte sie ihn an, doch er konnte ihr nicht versprechen, dass er ihren Tod einfach hinnehmen würde. Elaine hatte ihm ihre Hilfe verweigert. Sie hatte Zaras Tod zu verantworten!

»Versprich es«, hauchte sie, doch dann verließ sie die Kraft. Der Glanz aus ihren Augen verschwand und ihr Kopf sackte gegen seine Brust.

Sie war fort.

Mit einem gellenden Schrei drückte er Zara an sich.

Die Männer, die eben noch im Garten gelustwandelt waren, zuckten zusammen. Hastig suchten sie den Ausgang aus diesem Paradies, als fürchteten sie um ihr Leben.

Die Erde schien zu erzittern unter Misanos Trauer. Er sah weder die flüchtenden Männer noch das Frühlingsblau des Himmels oder die Farbenpracht, die er für Zara arrangiert hatte.

»Zara!«, brüllte er, die tote Zara weiter an sich gedrückt. Er hievte sich auf die Füße, seine Geliebte fest in den Armen.

Vor Schmerz konnte er kaum atmen. Ein endliches Leben! Ausgelöscht. Einfach so, weil etwas in dieser schwachen Hülle kaputtgegangen war.

Verzweifelt klammerte er sich an den leblosen Körper und weinte. Niemals würde er wieder lachen können. Dieser Schmerz, den Zaras Tod ihm zufügte, wie könnte der jemals verblassen!

Mit Zaras Leichnam in den Armen stand er da und blickte in den makellosen Himmel. Zorn wuchs in ihm. Zorn auf dieses Unrecht, ihm Zara zu nehmen. Dunkle Wolken wuchsen heran. Ein Grollen, so laut und tief, dass es die Erde und den Himmel erschütterte.

Elaine hatte Zaras Leben beendet. Obwohl er sie angefleht hatte, Zara leben zu lassen.

Regen prasselte herab. Hart und stechend. Doch Misano war es egal. Er reckte sein Gesicht den kalten Tropfen entgegen. *Niemals wird dieser Schmerz vergehen.* Mit Zara in den Armen, sank er auf die Knie. Was hätte es schon ausgemacht, Zaras Leben einfach weiterlaufen zu lassen? Nichts. Elaine hatte keine Ahnung, wie es sich anfühlte, solchen Schmerz zu fühlen. Ihn bis in alle Ewigkeit ertragen zu müssen.

»Elaine!«, brüllte er in den Regen. »Ich werde dich meinen Schmerz spüren lassen! Und wenn es das Ende der Welt ist!«

3
RUKAR

Die Herbstsonne hatte zahlreiche Londoner aus ihren Häusern gekitzelt. Sie ließen sich durch den Tag treiben, schlenderten an den Geschäften und Cafés entlang und bestaunten die Darbietungen der Straßenkünstler, die wie jeden Tag in Covent Garden ihre Show abzogen.

Rukar beschleunigte seine Schritte. An Tagen wie diesen, wenn er für seinen Ziehvater durch den Dreck gekrochen war, konnte er den fröhlichen Trubel der Menschen nicht ausstehen. Immer wieder musste er Pärchen ausweichen, die tuschelnd und kichernd Arm in Arm flanierten. Oder Müttern mit ihren Kindern, lachend, Süßigkeiten in der Hand, starrten sie das Wunder eines in der Luft sitzenden Mannes an. Alle waren glücklich, fröhlich – mit ihren Liebsten, Freunden, Familie.

Mit gesenktem Kopf, den Blick starr auf die Spitzen seiner Stiefel gerichtet, pflügte er durch die Flanierenden. Er hätte den Weg über die Dächer nehmen sollen. Doch nun war es zu spät.

Kaum hatte er Seven Dials erreicht, bog er ab und stand vor dem niedrigen Tunnelgang. Das braune Päckchen unter seinem Arm wand sich. Es war jedoch fest verschnürt. Noch immer klebte die dunkle, schwere Friedhofserde an seinen Fingernägeln. Selbst in den feinen Ziselierungen der Messingknöpfe an seiner Jacke haftete Dreck.

Mit einem kurzen Blick über die Schulter prüfte er, ob einer dieser blöden Touristen hinter ihm stand. An so manchem Wochenende musste er fast eine Stunde warten, bevor er die Gasse betreten konnte. Entweder war der Andrang der Touris, die durch diese hippe Gasse schlendern wollten, so dicht, dass er einige von ihnen unweigerlich mitgenommen hätte, oder die Selfiejunkies fanden kein Ende mit ihren Aufnahmen. Ein Foto oder gar Video eines jungen Mannes, der unsichtbar wurde, nun ... keine gute Idee.

Auch wenn Rukar vieles an der Welt der Menschen nervte, im Grunde wusste er, dass er neidisch war. Flanieren mit Freunden, Lachen mit der Familie ... sogar Gruppenselfies machen. Zu gerne wäre er Teil ihrer Welt gewesen. Aber er war allein. Sein Platz war zwischen den Welten. Mittlerweile hatte er es akzeptiert und seine Schwäche zu seiner Stärke gemacht.

Er seufzte, als sich eine Gruppe Studenten näherte. Prompt blieben sie hinter ihm stehen und posten für ein Foto.

Das Paket zappelte und er verstärkte den Griff, während die Gruppe die Fotos begutachtete und noch eine Runde knipste. Ungeduldig beobachtete er sie. Hoffentlich bemerkten sie ihn nicht und fragten womöglich noch, ob er ein Foto von ihnen allen machen könne.

Er wandte sich dem kleinen Kami-Schrein zu, der in eine Mauernische eingelassen war. Eine halbrunde Vertiefung, in die, ebenfalls aus Stein, die Fassade eines Tempels eingepasst war. Blumen waren auf dem schmalen Sims vor dem Relief abgelegt. Rukar senkte den Kopf und tat, als sei er in ein Gebet vertieft. Dabei spähte er zur Studentengruppe, die anscheinend gar nicht genug Erinnerungsfotos knipsen konnte.

Das Päckchen krümmte sich erneut und Rukar seufzte. *Beeilt euch!*, dachte er.

Aber manchmal war einem das Schicksal auch gnädig. Denn aus heiterem Himmel – und er war wirklich wolkenlos gewesen – ging ein heftiger Regen nieder.

Quiekend und kreischend stob die Gruppe in den Durchgang.

Bitte nicht stehen bleiben! Sucht in einem Café Schutz!

Sie waren so nett.

Eilig flüchteten sie in den kleinen Hof hinter dem Durchgang und verschwanden in einem stylishen Laden.

Noch einmal sah Rukar sich um. Niemand da. Der Regen hatte sie von der Straße gespült. Nur ein paar Londoner unter ihren Regenschirmen folgten stoisch ihrem Weg durch den Platzregen.

Endlich konnte er zu Wook.

Seine Hände fanden die Mauersteine im Tunneleingang von selbst. Seit Rukar laufen konnte, ging er zwischen der Welt der Kami und der der Menschen ein und aus. Er tippte eins, zwei, drei, hoch, hoch, runter, vor. Die Backsteine der Tunnelwand vibrierten nur leicht unter seiner Berührung. Die Luft im Durchgang vor ihm teilte sich, als öffne sich ein Vorhang.

Die Welt der Kami, ebenso die der Unsterblichen und Weberinnen, waren nur durch einen dünnen Schleier von der Menschenwelt getrennt. Sie existierten nebeneinander am selben Ort und doch auf verschiedenen Ebenen. Wenn man wusste, wie man die Schleier öffnete, konnte man zwischen den Welten ganz einfach wechseln.

Die Menschen hatten jedoch keine Ahnung, dass es diese anderen Ebenen gab. Sie hatten nicht die leiseste Ahnung, dass gleich neben ihren hippen Läden hier in Neal's Yard eine andere, für sie unsichtbare Welt existierte: das Kami-Viertel.

All die handgeletterten Schilder der Cafés, die fröhlich bunten Fassaden, die Sitzbänke zwischen Blumentrögen – all das wurde unscharf und tauchte unter, als versänke es unter Wasser. Stattdessen hob sich Rukars Zuhause empor. Im strömenden Regen wirkte die Siedlung der Kami noch trostloser als sonst. Hier schien die Zeit wie stehen geblieben. Der enge Hinterhof mit den von Ruß geschwärzten Fassaden hatte sich in den letzten hundertfünfzig Jahren nicht verändert. An diese Häuser hatte niemand frische Farbe angebracht, neue Fenster oder gar Heizungen eingebaut. Die Kami liebten zwar die Dinge der Menschen, doch Arbeit in ihre Behausungen zu stecken, war ihnen fremd.

Wäscheleinen spannten sich quer über den verwinkelten Hof und ließen ihn noch schmaler erscheinen, als er tatsächlich war. Um mehr Platz in den viel zu engen Wohnungen zu gewinnen, hatten manche vor ihren Fenstern hölzerne Minibalkone angebracht. Es roch nach saurem Sud und beißender Schärfe.

Plastikplanen waren hastig über Auslagen geworfen worden, um sie vor der Regenflut zu schützen. Auf Teppichen und Kisten boten Händler vor ihren Häusern Waren aller Art an: Altes, Neues, Lebensmittel, Haushaltswaren, Andenken aus der jenseitigen Welt, Plastiktand aus der Menschenwelt.

Rukar sprintete durch den Regen. Vorbei am Pub, aus dem Stimmengewirr und quäkende Musik drang. Vorbei an den unzähligen Vogelkäfigen jedweder Art und Größe, die die Fassade von Jonguks Laden zierten. Hinein in Wooks Krämerladen, dessen Eingang im schmalsten Teil der Gasse lag und dessen Räume so niedrig waren, dass Rukar sich ducken musste, seit er mit dreizehn in die Länge geschossen war.

»Ich bin zurück«, rief er in den düsteren Verkaufsraum und schloss die Tür hinter sich. Das Bronzeglöckchen darüber bimmelte alarmierend.

Draußen stand die Luft noch immer unter Wasser, doch hier drin, in Meister Wooks Zutatengeschäft, herrschte eine regelrechte Abwesenheit von Wasser. Jegliche Zutat, die Wook seinen Kunden anbot, war getrocknet, dehydriert, mumifiziert oder zu Staub zermahlen.

Rukar duckte sich unter einer Reihe von Kräutern hindurch, die von der Decke hingen ebenso wie Krähenfüße, Entenschnäbel, Hasenpfoten, Bärentatzen, Biberschwänze und Mauseohren.

Seine abgewetzten Lederstiefel hinterließen nasse Abdrücke auf den geschwärzten Dielen. Von seiner altmodischen Marinejacke tropfte ebenfalls Wasser herab.

»Bei allen guten Zutaten!« Der Perlenvorhang, der den Verkaufsraum von Wooks Büro trennte, klapperte, als der kleine runde Mann hindurchwuselte. Wie immer war er herausgeputzt wie zu einem Staatsempfang. Sein schütteres Haar klebte an seinem seltsam oval geformten Schädel und seine winzigen Augen musterten Rukar wütend. »Rukar! Wasser!« Wooks Stimme kiekste vor Entsetzen. Auf seiner gräulichen Haut ploppten lila Flecken auf.

»Ja, Wook. *Regen!«*, äffte Rukar den Tonfall des Kamis nach. »In *London!«*

Wooks Miene verfinsterte sich noch mehr. Rukar kannte kein anderes Wesen, das so viele unterschiedliche Gesichtsausdrücke für *Missbilligung* beherrschte wie Wook.

»Es steht dir nicht zu, dich über mich lustig zu machen! Du weißt, welch verheerende Wirkung Wasser auf mein Geschäft hat! Und für meine Kunden –«

»Jaja ... nur das Beste blablabla.« Rukar zog das Paket unter seiner Jacke hervor und warf es Wook zu, der es ungeschickt auffing. »Spar dir die Mühe, Danke zu sagen. Es macht unglaublichen Spaß, sich durch Friedhofserde zu graben. Ich mach das wirklich gerne.«

Natürlich grunzte Wook kein Danke. Er dachte sicherlich nicht mal eines. Ohne Rukar eines weiteren Blicks zu würdigen, öffnete der Kami gierig das Paket. Kaum war es offen, kroch einer der Friedhofswürmer heraus. Sein blasser Körper leuchtete in der Düsternis des Ladens. Umständlich versuchte Wook, ihn wieder zurückzustopfen, hielt das Päckchen dabei aber so tölpelhaft, dass ein weiterer Wurm herausfiel – direkt in den ausladenden Ärmel seines schwarzen, mit Goldfäden bestickten Kimonos.

Rukar verkniff sich ein Grinsen. Wook hielt sich für den gerissensten und somit reichsten, wichtigsten und erfolgreichsten Geschäftsmann im Viertel. Was nicht der Wahrheit entsprach. Vielmehr war er der Starrköpfigste, Ungeschickteste und Wankelmütigste unter den Kami. Dass er weder bei der letzten noch bei der vorletzten Wahl zum Sprecher der Kami gewählt worden war, hatte Wook nicht verwunden. Allerdings hatte er den Schuldigen für sein wiederholtes Scheitern ausgemacht: Rukar.

Rukar. Kein Kami. Kein Unsterblicher. Kein Mensch. Ein Fremder. Ein Halbblut. Einer, der hier nur widerwillig geduldet war. Weil Wook diesem Bastard Unterschlupf gewähren musste, vertrauten die Kami ihm nicht. Es war demnach Rukars Schuld, dass Wook nicht das Amt innehatte, das ihm seiner Meinung nach zustand.

Dabei bemühte sich Rukar seit Kindestagen, ein Teil der Kami-Gemeinschaft zu werden, doch sie wollten ihn nicht akzeptieren. Egal, was er für sie tat. Zu groß war ihr Misstrauen gegenüber einem Halbblut.

Wook hatte bemerkt, dass ein Wurm in den Ärmel seines Kimonos entkommen war, und hüpfte einbeinig im Kreis, schüttelte den Ärmel, begleitet von saftigen Flüchen. Seufzend trat Rukar an Wook heran, hielt den Kami fest, der ihm gerade mal bis zur Brust reichte, und schnappte sich mit einem flinken Griff in den Ärmel den flüchtenden Friedhofswurm. »Am besten, du frittierst sie sofort.« Er stopfte den Wurm zurück in das Paket und verschloss es wieder.

»Sag mir nicht, wie ich mit meiner Ware zu verfahren habe!« Ruppig wich Wook von Rukar zurück.

»Alles gut.« Abwehrend hob Rukar die Hände.

»Geh auf dein Zimmer. Aber häng deine Sachen nach draußen! Sie sind nass.« Wook drehte ihm den Rücken zu und tippelte mit den Würmern zurück in sein Büro.

»Es regnet, du –«, murmelte Rukar und schritt mit gesenktem Kopf, um nicht an eine gedörrte Fledermaus oder Oktopustentakel zu stoßen, in Richtung Lagerraum.

Hinter der aus minderwertigem Holz zusammengenagelten Tür befand sich Wooks Lager. Es war nicht nur extrem geräumig, vor allem war es gute drei Meter hoch. Endlose Reihen deckenhoher Holzregale, gefüllt mit Tiegeln, Dosen, Flaschen, Flakons, Bündeln und Paketen, in denen sich so gut wie jede Zutat, die man sich wünschen konnte, für so gut wie jeden Ritus, Zauber, Aberglauben, Kult, Fluch oder zur bloßen Heimdeko befand.

Im fünften Regal, letzte Reihe, bei dem einzigen Fenster, das dieser Raum zu bieten hatte, wohnte Rukar.

Als er, wortwörtlich, noch klein war, hatte das untere Fach ausgereicht, um dem Findeljungen ein Bett zu sein. Inzwischen beanspruchte Rukar das gesamte Regal für sich. Die untersten Fächer hatte er ausgebaut, um auf seiner harten Schlafstatt wenigstens halbwegs sitzen zu können.

Obwohl die Jacke noch feucht war, schnappte er sich die Kleiderbürste und befreite sie von der dunklen Friedhofserde. Die Marinejacke hatte er sich von seinem ersten selbst verdienten Geld gekauft. Wook bezahlte ihn nicht für seine Dienste als Laufbursche und Zutatenjäger. Andere hingegen schätzten Rukars Geschick und sie zahlten gut.

Zufrieden betrachtete er die jetzt wieder sauber glänzenden Messingknöpfe. Da klopfte es an das schmale Fenster, das einen guten Meter über Rukar auf das Dach hinausführte.

Eine Taube saß davor und musterte Rukar mit schief gelegtem Kopf. Er schob einen Schemel an die Wand, öffnete und die Taube flatterte herein. Gurrend, mit ruckartigen Kopfbewegungen überbrachte sie ihre Nachricht.

Stirnrunzelnd hörte Rukar zu.

»Das ist ja mal eine Herausforderung.« Wieder gurrte die Taube und Rukar schnappte nach Luft. »Du hast dich verhört!«

Beleidigt drehte die Taube sich von ihm weg und beäugte die Erdkrümel am Boden.

»Das wäre der dreifache Tarif!« Damit wäre er schneller aus diesem Loch, als er gehofft hatte. Was gab es da zu überlegen? »Sag ihm, ich brauche das Doppelte an Spesen. Aber ich nehme den Job an.«

Die Taube plusterte sich kurz auf und flog dann durch das Fenster über die Dächer von London davon. Tauben waren der Nachrichtendienst der Unsterblichen. Zum einen weil sie sich unauffällig unter den Menschen bewegen konnten. Zum anderen hatten sie die Gabe, zwischen den Ebenen der Welten zu wechseln. Allerdings hatte Rukar hin und wieder den Eindruck, dass es den Tieren nicht guttat, ständig die Realitäten zu wechseln. Manche Vögel begannen, wirr mit dem Kopf zu rucken oder ohne Sinn im Kreis zu laufen.

Kurz sah Rukar der Taube nach. Das Fensterrechteck zeigte grauen Himmel. Es regnete noch immer.

Eine der obersten Regeln, die er sich selbst auferlegt hatte, war, bei einem Job nie nach dem Warum zu fragen. Er mischte sich nicht ein, schlug sich auf keine Seite. Niemand wollte ihn bei sich. Weder die Kami noch die

Unsterblichen und schon gar nicht die Menschen, die sowieso blind und dumm waren. Geschäft ist Geschäft, war sein Leitspruch. Kein Gewissen, keine Sympathien.

Es konnte ihm egal sein, worauf dieser neue Auftrag abzielte. Ob er einen Krieg auslöste. Er würde ihn einfach erledigen. Und mit dem Geld endlich ein eigenes Leben beginnen.

Rukar schlüpfte in die noch feuchte Jacke.

Er nahm ein Gipssouvenir, das die ältesten Sehenswürdigkeiten Londons zeigte, aus dem Regalfach. Oben auf der Scheußlichkeit thronte eine Schneekugel mit dem London Eye. Das Glas hatte einen feinen Riss, sodass sich die Flüssigkeit im Laufe der Jahre verflüchtigt hatte. Rukar hatte es als Kind auf der Straße gefunden. Irgendeinem Touristen war es wohl aus der Tasche gefallen. In stundenlanger Arbeit hatte er den Gips ausgehöhlt und bewahrte seitdem sein Erspartes darin auf.

Inzwischen lagerte dort nur noch sein Kleingeld. Denn er hatte durch seine *Erledigungen* eine Menge Geld angespart. Gut versteckt in Hohlräumen zwischen Regalbrettern. Sobald er eine Wohnung gefunden hatte, die an ein Halbblut vermietet wurde, würde er Wook verlassen.

Er steckte ein paar Münzen in eine der vielen Taschen, mit denen er die Innenseite seiner Jacke ausgestattet hatte, und überprüfte, ob sich alles Nötige in seinem ebenfalls mit etlichen Taschen bestückten Gürtel befand. Mit einem Sprung war er auf dem Fenstersims und schlüpfte hinaus in den Londoner Regen. Hinauf auf die Dächer. Der einzige Ort, an dem er sich wirklich zu Hause fühlte.

4
HANNA

Hanna starrte hinaus in den strömenden Regen. »Lita hat sicher keinen Schirm dabei.« Ihre Tochter hatte nie irgend was dabei. Sie war naiv und hatte keine Ahnung, was da draußen auf sie lauerte. Doch ihre Tochter war fast erwachsen und sie konnte ihr keine Fesseln mehr anlegen. All die Verbote ... Lita ignorierte die meisten und Hanna starb jedes Mal tausend Tode, wenn sie nicht wusste, wo ihre Tochter war.

Angst war Hannas Schatten. Seit sie mit Lita geflohen war, kannte sie kein anderes Gefühl mehr als die beständige Angst, Litas Schicksal könnte sich erfüllen.

Hinter Hanna lachte Faine auf. Der junge Mann lümmelte in dem altmodischen, mit purpurfarbenem Samt bezogenen Ohrensessel. Seine langen Beine ruhten auf dem bunt bestickten Hocker. »Du machst dir Sorgen, ob deine Tochter nass wird?«

Hanna senkte den Kopf und lächelte unglücklich. Sie ließ den Vorhang wieder zurückgleiten, den sie beiseitegeschoben hatte, um einen besseren Blick auf die Straße zu haben.

»Ich mache mir immer Sorgen um sie.« Vielleicht das Los einer jeden Mutter. Aber weder war sie eine normale

Mutter, noch war Lita ein gewöhnliches Kind. »Seit wir unsere Familie verlassen haben.« Für einen Augenblick überfiel sie Sehnsucht nach ihrer Heimat. Hanna strich ihre cremefarbene Strickjacke glatt und versuchte, nicht daran zu denken.

Seufzend nahm Faine einen Schluck Tee aus einer japanischen Teeschale, die mit einem Kirschblütenmotiv bemalt war. »Und du bist dir wirklich sicher?«

»Ich kann es fühlen. Es passiert.« Hanna begann, im Wohnzimmer auf und ab zu gehen. Was nicht so einfach war, denn sie hatte ein Faible für Grünpflanzen. Das Wohnzimmer ähnelte einem Dschungel. Auf dem Boden, den Stühlen, Sideboards, Regalen – überall standen Farne, Palmen, Gräser. Sogar von der Decke wucherten Blattpflanzen aus Hängeampeln.

Nervös knetete Hanna ihre Finger, die sich kalt anfühlten, obwohl ihr viel zu warm war. Wenn sie nur daran dachte, schnürte es ihr die Kehle zu. »Hast du nichts gehört? Mir ist, als würde mein Kopf summen. Ich bin mir sicher, Faine, es hat begonnen.«

Draußen schüttete es, als gäbe es kein Morgen. Sie hoffte wirklich, dass Lita auf dem Weg war. Dass es ihr gut ging. Hanna verharrte vor dem kleinen Hausaltar, der gegenüber dem Sessel aufgestellt war, in dem Faine saß. Der Altar war aus Holz und wie ein kleiner Tempel gestaltet. Der dunkelblaue Lack mit den goldenen Verzierungen zeigte feine Risse, was ihn aber seltsamerweise nur noch hübscher aussehen ließ. Nachdem sie mit Lita geflohen war, hatte sie ihn auf einem Flohmarkt erstanden. Eine der besten Entscheidungen, die sie bisher getroffen hatte.

»Ich weiß nicht, Hanna. Erinnerst du dich noch? Vor ein paar Jahren warst du auch überzeugt gewesen, dass Tag X vor der Tür steht.«

»Diesmal ist es anders. Ich sehe Dinge im Traum«, murmelte sie.

Faine horchte auf. Er nahm seine Beine vom Hocker und setzte sich aufrecht hin. »Dinge?«

Um ihm nicht in die Augen sehen zu müssen, prüfte sie, ob der Blütenzweig, der am Altar stand, noch genügend Wasser hatte.

»Hanna! Ich bin doch für euch da! Rede mit mir!«

Tränen hatten sich in Hannas Augen gedrängt. Sie blinzelte sie weg und sah zu Faine hinüber. Wie immer trug er diesen moosgrünen Samtanzug, der einen wunderbaren Kontrast zu seinem kupferroten Haarschopf bildete. »In meinen Träumen sehe ich Asche.«

Mit ernster Miene blickte Faine sie an. Er wartete, dass sie ihm mehr erzählte. Es gab keinen Grund, ihm etwas zu verheimlichen. Sie vertraute ihm – seit Ewigkeiten. Er war ihr bester Freund. Doch wer war er schon? Würde er ihnen wirklich helfen können?

»Asche? Du siehst Asche in deinen Träumen? Das ist alles?« Der schlaksige junge Mann lehnte sich wieder zurück. »Und deshalb schlägst du Alarm?«

»Nein. Nicht nur. Ich habe mit der Unke gesprochen.«

»Mit Ima?«

Hanna konnte ihm ansehen, dass er nicht viel von Imas seherischen Fähigkeiten hielt. »*Sie* ist zu *mir* gekommen, Faine. Sie ist beunruhigt. Und sie wusste es. In ihrer Vision hat sie gesehen, dass es beginnt.«

Nun wurde Faine ebenfalls unruhig. Er rutschte im Sessel hin und her, als wäre er plötzlich unbequem. »Auch ein blindes Huhn ... na, du weißt schon. Aber wenn sie über Lita Bescheid weiß ... Nun, dann ...« Er stand auf. »... dann wird es aber wirklich höchste Zeit, dass das Mädchen nach Hause kommt.« Bedacht, als platziere er ein rohes Ei auf dem Tisch, stellte er die Teeschale ab und ging auf Hanna zu. Ohne zu fragen, nahm er sie in den Arm. »Ich pass auf euch auf. Versprochen.«

Dankbar lehnte Hanna sich an ihn. Er roch immer ein wenig nach frischen Blumen und Tee. Ein Duft, der sie lächeln ließ. »Ich habe die Koffer schon gepackt. Heute Abend sind wir raus aus der Stadt.«

An den Schultern schob Faine sie von sich und blickte ihr prüfend in die Augen. »Du hast was? Wie kommst du denn darauf, dass eine Flucht euch rettet?«

Verärgert wich Hanna zurück. »Ich werde doch nicht hier auf sie warten!«

»Du kannst nirgends hin. Nicht auf dieser Welt!«

Inzwischen waren Hannas Fingerspitzen eisig, aber ihre Wangen glühten. Der Regen prasselte im Stakkato gegen die Scheiben. Im Grunde wusste sie, dass Faine recht hatte. Sie konnte nicht davonlaufen. »Lita ist geschützt.« Es war ihr Mantra. Wann immer sie die Panik vor dem Unvermeidlichen überfiel, sagte sie es sich vor: »Lita ist geschützt!«

»Es mag ja sein, dass Lita geschützt ist. Aber sie will nicht Lita. Sie will dich!«

Sie fuhr herum. »Meinst du, das weiß ich nicht?«

»Also, wie wirst du dich schützen? So lange du verwundbar bist, Hanna, ist Lita ebenfalls in Gefahr. Und ihr könnt euch nicht verstecken! Was willst du tun?«

»Ich weiß es nicht!«, fuhr sie Faine an und bereute es sofort. »Verzeih mir.« Sie zwang sich zur Ruhe. »Ich hatte immer gehofft, es würde nicht so weit kommen. Wieso passiert das alles nur, Faine?«

Faine leerte die Teeschale und gab sie Hanna zurück. »Was passieren wird, liegt nicht in meinen Händen. Aber ich passe auf euch auf, so gut ich kann. Versuch einfach, keine Dummheiten zu machen.«

Die Teeschale war noch warm. Hanna schmiegte ihre Finger um die Kirschblütenmalerei und spürte, wie mit der Wärme auch die Zuversicht in sie zurückfloss. Alles würde gut werden.

5

LITA

Lita strubbelte ihre Haare, dass das Regenwasser davonspritzte, und holte tief Luft, bevor sie den Schlüssel im Schloss umdrehte. Sie hatte sich vorgenommen, ihrer Mutter keine Vorwürfe zu machen. Die Therapeutin, mit der Lita vor einem halben Jahr gesprochen hatte, war der Meinung, Lita sollte Hannas Visionen einfach hinnehmen. Lita fand das falsch. Es war schließlich alles andere als okay, wenn Hanna die Medikamente nicht nahm und mit den Stimmen in ihrem Kopf herumstritt. Es machte Lita Angst. All die unzähligen lustigen, unbeschwerten Tage mit ihrer Mum wurden in solchen Momenten von der Angst, ihre Mum könnte etwas Schlimmes tun, überschattet.

»Meine Güte, Mum. Hast du den Regen gesehen? Von null auf hundert in einer Sekunde.« Lächelnd trat Lita in die Wohnung. Ihre Mutter stand am Fenster und starrte in den Regen. Sie sah schrecklich aus.

»Endlich!« Hanna lief auf sie zu und schlang die Arme um ihre Tochter.

»Du weißt, dass ich triefend nass bin?«

»Ich liebe dich trotzdem.« Hanna lachte und gab ihr einen Kuss auf die Stirn.

Lita musterte ihre Mutter. In Hannas Stimme schwang Angst mit. Hoffentlich hatten sie genügend Eiscreme im Haus. Eis und Komödien waren das Einzige, was half, wenn Mum so neben der Spur war.

Unauffällig ließ Lita ihren Blick durch die Wohnung gleiten. Palmen, Agaven, Efeu, Elefantenblätter und Farne – alles an seinem Platz. Am Hausaltar qualmte ein Räucherstäbchen vor sich hin. Hanna hatte also zu einem Kami gebetet. Lita spannte sich an. Die altmodische Teeschale mit dem Kirschblütendesign stand wie immer im Altar und Ingwerkekse stapelten sich auf der Opferschale. Nicht einmal DeeDee hatte sie erzählt, dass Hanna an diesem Holzkasten Kekse und Tee opferte und um Schutz bat, wenn die Stimmen kamen. Manchmal glaubte Lita sogar, dass dieser Kami-Glaube Teil von Hannas Wahnvorstellungen war. Geholfen hatten ihre Bitten jedenfalls noch nie.

Nervös knetete Hanna die Hände. Sie hatte sich erneut dem Fenster zugewandt, an dem die letzten Regentropfen wie Tränen herabrannen, und starrte auf die Skyline der City.

»Was ist so wichtig, dass du mich sofort hierhaben wolltest?«

»Ich wollte, dass du in Sicherheit bist.«

Lita atmete ruhig ein. *Keinen Streit,* mahnte sie sich. *Du weißt, es wird nur schlimmer, wenn du ihr Benehmen infrage stellst.* »Tja, der Regen hat mich zwar erwischt, aber ansonsten geht es mir wirklich gut, Mum. Du musst dir keine Sorgen machen.« Sie hängte ihre Tasche an die Garderobe. Dabei stieß sie mit dem Fuß an einen Koffer. Daneben stand ein zweiter. Was sollte das denn?

Hanna drehte sich zu ihr um. Im Gegenlicht, das durch das Fenster fiel, wirkte sie wie ein Schatten. »Wir verlassen London. Noch heute.«

»Wie bitte?« Lita musste sich verhört haben. Das ging zu weit. Wie sollte sie ruhig bleiben, wenn ihre Mutter völlig durchdrehte? »Dir ist klar, dass keine Ferien sind?« *Nicht wütend werden, Lita!* Der Ratschlag der Therapeutin Hanna ernst zu nehmen, mit ihr sachlich über ihr *Verhalten* zu reden, war doch Blödsinn.

»Ich erkläre es dir später. Aber zuerst müssen wir von hier weg.«

Lita schüttelte den Kopf und ging auf ihre Mutter zu. Sie wollte einfach nicht mehr. Sie wollte einfach nicht mehr diejenige sein, die Hannas Wahnvorstellungen aushalten musste. »Wo sind deine Tabletten?«

Immer wieder forderte die Krankheit ihrer Mutter von Lita, sich selbst zurückzunehmen. Und das, obwohl ihre Mutter nur diese blöden Tabletten zu nehmen brauchte, damit die Stimmen still wurden.

»Mir geht es gut, Lita.« Aber sie schwitzte und war blass. Während der Anfälle, die ihre Mutter immer wieder heimsuchten, sah sie Dinge, die nicht real waren und sie zu Tode ängstigten. »Mum? Was macht dir solche Angst, dass du London verlassen willst?«

Hanna schreckte auf und lauschte. »Es ist so weit«, flüsterte sie. »Ich kann sie hören.«

»*Wen* hörst du?« Lita musste an sich halten, um sie nicht anzufahren, dass da niemand war. Dass sie all diese Stimmen nur in ihrem Kopf hörte. Dass nichts davon real war!

»Ich mach dir einen Tee, okay? Setz dich hin, leg die

Füße hoch und dann erzählst du mir in aller Ruhe, was dich so erschreckt hat.«

»Geh in dein Zimmer! Schnell!«, zischte Hanna und schubste Lita in Richtung ihrer Zimmertür.

»Nein! Mum! Es reicht! Ich hatte echt Spaß mit den Mädels, bis du angerufen hast! Du wirst mich nicht auf mein Zimmer schicken. Ich habe nichts angestellt. Du bist krank – Mum – Mum?«

Hanna hörte ihr nicht zu. Sie war zur Wohnungstür gerannt und spähte durch den Türspion ins Treppenhaus. »Jetzt, Lita!«

Es war ein Befehl wie aus Stahl. Entsetzt musterte Lita ihre Mutter. So hatte sie sie noch nie erlebt. *Lehnen Sie sich während solcher Attacken nicht gegen Ihre Mutter auf,* hatte die Therapeutin geraten.

»Schnell!« Hannas Stimme war so scharf und schneidend, dass Lita widerspruchslos gehorchte.

Litas Hand zitterte, als sie die Zimmertür hinter sich zudrückte. So schlimm war es noch nie gewesen. Selbst damals, als Hanna Lita den Schulausflug des Kunstkurses in den Finanzdistrikt verboten hatte, war ihre Mutter nicht derart panisch gewesen.

Den Atem anhaltend, lauschte Lita durch die Tür. Ihre Mutter flüsterte. Sie flüsterte mit den Schatten, den Stimmen in ihrem Kopf, die sie in diese Panik trieben.

Hektisch durchwühlte Lita ihre Jackentaschen. Wo war nur ihr Handy? Sie brauchte Hilfe. Die Therapeutin musste sofort herkommen!

Loki grinste sie frech von dem Filmplakat an, das über ihrem Bett hing.

»Ja, schon klar. Du hast leicht lachen«, zischte sie ihn an. »Was würdest du tun?« Sie schnaubte. »Ich ziehe die Frage zurück. Du hast versucht, alle umzubringen. Bruder, Vater, Mutter.«

Loki grinste nur.

Sie tastete noch mal alle Taschen ab, bis ihr klar wurde – verdammt –, das Handy war ja noch in ihrer Umhängetasche! Und die hing an der Garderobe.

Entschlossen legte sie die Hand auf die Klinke. *Mum,* sagte sie sich vor, *du brauchst Hilfe. Ich werde jetzt deine Ärztin anrufen.*

»Nein!«, hörte sie da ihre Mutter kreischen. »Nicht –!«

Ein dumpfes Dröhnen wie eine schallgedämpfte Explosion schlug gegen die Tür. Bevor Lita reagieren konnte, flog ihre Zimmertür auf, sie wurde von den Füßen gerissen und gegen ihr Bücherregal geschleudert.

Ein Buchregen ging auf sie nieder. Schmerzen zuckten durch ihren Kopf. Fluchend schüttelte sie die Bücher ab, rappelte sich auf. »Mum?«

Stille. Nein. Ein kreischendes Fiepen dröhnte ihr in den Ohren. Sie krabbelte auf allen vieren zur Tür. Blinzelnd starrte sie ins Wohnzimmer.

Ihr Herz setzte aus.

Um sie herum war nur noch weißes Licht. Das schrille Fiepen brachte ihren Kopf jeden Moment zum Platzen. Was war nur passiert!

»Mum?«, brüllte sie. Doch es kam keine Antwort, nur dieses Fiepen in ihrem Kopf.

Lita blinzelte, ihre Augen tränten. Sie tränten, weil das Licht so stechend hell war.

Noch immer krabbelte sie über den Boden, bis sie den Sessel ertastete und sich daran hochzog. »Mum!«

Erst jetzt bemerkte sie den Wind, der an ihr zerrte. Wo kam der bloß her?

Wieder blinzelte sie und wischte sich die Tränen fort. Da war jemand! Endlich begann sie, ihre Umgebung, wenn auch verschwommen, zu erkennen. »Mum?«

Die Explosion hatte alles umgerissen: den Sessel, Tisch, Pflanzen, zerscherbte Töpfe. Vor den Fenstern pulsierte eine riesige Kugel aus ... Licht.

Lita krallte sich an den umgestürzten Sessel.

Erneut blinzelte sie. Versuchte zu verstehen, was sie sah.

Eine Lichtkugel wölbte sich in ihrem Wohnzimmer, sie reichte bis zur Decke hinauf und ... und in ihrem Zentrum ... »Mum!«

Sie konnte ihre Mutter kaum erkennen, so sehr strahlte die Helligkeit. Der Wind, den sie bemerkt hatte, war ein Sog. Ein Sog, der direkt aus dieser Kugel kam. Und er hatte Hanna gepackt und verschlang sie!

»Nein!« Sie wollte über den Sessel springen, hinein in das Licht, zu ihrer Mutter. Sie zurückziehen. Sie retten vor ... vor was immer das war ... Doch plötzlich wurde sie selbst gepackt.

Sie fuhr herum. Hinter ihr war jemand, gehüllt in einen schwarzen Kapuzenumhang. Er hatte sie gepackt und zerrte sie von dem Licht fort.

Weg von ihrer Mutter.

Das Licht kollabierte.

Es verschlang Hanna.

Nur lichtlose Leere blieb zurück.

6

RUKAR

Die Tauben hatte ihm verraten, dass er hier nur zu warten brauchte. Dass man eine Uhr nach ihr stellen konnte. Es klang, als wäre sie perfekt.

Rukar zog die Jacke enger und griff nach dem Pappbecher Kaffee, der neben ihm auf dem Flachdach stand. Er nahm einen Schluck. Kaffee war mit Abstand das Beste, das die Menschheit je auf dieser Welt entdeckt hatte. Inzwischen regnete es einen feinen Niesel, was seinen Beobachtungsposten nicht gemütlicher machte. Aber er hatte schon schlimmere Posten beziehen müssen für einen Job. Und nie hatte eine solch fantastische Entlohnung auf ihn gewartet.

Von seinem Aussichtspunkt auf dem Dach hatte er freie Sicht auf den Ausgang der U-Bahn-Station Embankment auf der einen und in den Park auf der anderen Seite. Gegenüber befanden sich mehrere Geschäfte, unter anderem ein Coffeeshop. Momentan war die Straße leer, der Regen hielt die Menschen vom Flanieren ab. Nur hin und wieder spuckte die U-Bahn eine Handvoll Leute aus, die unter meist grauen Regenschirmen in verschiedene Richtungen davoneilten. Niemand blieb am Stand des Blumenhändlers stehen, dessen Ware momentan der einzige

Farbklecks im tristen Regengrau war. Es schien, als wolle London noch heute endgültig in die Tristesse des Herbstes verfallen.

Rukar mochte es, über der Stadt zu sein. Von oben konnte er die Wege und Richtungen der Menschen beobachten, wie sie aufeinander zutrieben, davongespült oder mitgerissen wurden. Es war wie ein Netz, dicht und eng gesponnen. Nur war er nicht darin gefangen. Wenn er dort unten herumstromerte, machte es ihn oft unglücklich zu spüren, dass er nicht Teil des bunten Treibens war. Von hier oben störte es ihn nicht. Hier oben hatte er das Gefühl, der sein zu können, der er war.

Wer auch immer er tatsächlich war.

Er wusste so gut wie nichts über seine Herkunft, außer dass er ein Halbblut war. Ein Teil unsterblich, ein Teil menschlich. Immerhin hatte er inzwischen einiges über sich und seine geerbten Fähigkeiten herausgefunden.

Er nahm einen weiteren Schluck Kaffee und musste feststellen, dass der Becher leer war. Ärgerlich. Natürlich hätte er leicht zu dem Shop gegenüber gehen und sich einen frischen holen können, aber er wollte seinen Posten nicht verlassen. Also stellte er den Becher zurück auf das Flachdach. Eine Handbreit rechts neben die Stelle, an der er zuvor gestanden hatte. Rukar schloss die Augen und konzentrierte sich.

Die Luft um ihn begann zu flirren wie an einem heißen Sommertag. Wäre ein Unsterblicher auf dem Dach gewesen, hätte er Rukar vermutlich für einen winzigen Augenblick drei Mal gesehen. Jenen Rukar, der sich konzentrierte, einen, der wie noch vor ein paar Minuten den

Leuten auf der Straße zusah, und einen, der den leeren Kaffeebecher gegen den vollen tauschte. Das Flimmern um Rukar verschwand und er griff nach dem Becher, der immer noch – oder schon wieder – neben ihm stand. Allerdings jetzt weiter links als eben. Zufrieden blickte er hinein und trank.

Kleine Taschenspielertricks mit der Zeit. Er wurde immer besser darin.

Mit einem Mal knisterte die Luft hinter ihm. Er rührte sich nicht, sondern lauschte: Knistern und ein leises Tapsen. Rukar seufzte in sich hinein. Ausgerechnet.

Im Gegensatz zu vielen anderen mochte er Jin eigentlich schon. Doch der Unsterbliche nervte. Er nervte wie ein ungezogener Hund, der nie wusste, wann Schluss war. Der jedem seinen durchgekauten Ball in die Seite rammte, in der Erwartung, dass man sofort mit ihm spielte.

»Hey, Jin. Was führt dich zu mir?«, begrüßte er seinen Gast, ohne sich nach ihm umzudrehen. Zu oft war der Unsterbliche bei ihm im Lager oder sonst wo, vorzugsweise während eines Auftrags, unangemeldet reingeswipt. Swipen war Jins bevorzugte Art zu reisen. Das Knistern, das die Luft jedes Mal kurz vor seinem Erscheinen durchlief, kündigte ihn zuverlässig an. Für Rukar war es, gepaart mit dem Geräusch der glatten Ledersohlen beim Aufkommen auf dem Boden, das Erkennungszeichen von Jin. Seines Wissens war Jin der Einzige, der konsequent Lederschuhe trug. Andere Unsterbliche wechselten ihr Schuhwerk je nach Landesmode und Jahreszeit.

»Muss ich denn immer etwas wollen?« Jin klang leicht gekränkt, als er neben Rukar trat.

»Müsstest du nicht. Aber meistens ist es so.« Rukar nippte an seinem Kaffee und hoffte, Jin würde einfach wieder gehen, wenn er ihm die kalte Schulter zeigte. Andererseits wusste er, dass es mehr als einer kalten Schulter bedurfte, um den Unsterblichen loszuwerden.

»Es gibt hübschere Dächer, um bei Regen zu faulenzen.«

»Mache ich auf dich den Eindruck, als würde ich faulenzen?« Nun wandte er sich doch Jin zu. Die Arme auf die Knie gestützt, den Kaffee locker in der Hand, wusste er sehr wohl, wie er wirkte: tiefenentspannt. War er bis jetzt auch. Aber auch nur bis jetzt.

Jin hingegen sah wie immer abgrundtief gelangweilt aus. Vielleicht lag es an seiner geraden Nase und den schmalen Lippen, dass ihn stets eine Aura gepflegten Desinteresses umgab. Oder es war seine Kleidung, die zwar von teuren Designern stammte, jedoch von Jin derart schlampig und ungepflegt getragen wurde, dass sie seinem Gegenüber die unmissverständliche Nachricht übermittelte: Mir ist alles egal.

Mit stoischer Miene ließ Jin den Blick unter dem Regenschirm hervor über den Park, die Geschäfte und die U-Bahn-Station gleiten. Unweigerlich lächelte Rukar in sich hinein. Er wusste, Jin platzte vor Neugier, was Rukar bei Regen auf dieses ungastliche Dach trieb. Aber Geschäft war Geschäft. Und ein Teil von Rukars Erfolg beruhte auch auf seiner absoluten Verschwiegenheit.

»Kein Auftrag heute?« Jin warf die Frage hin, als wäre es nichts. Wie das Wegwedeln einer lästigen Fliege.

»Es gibt immer einen Auftrag«, murmelte Rukar ausdruckslos. Dabei hielt er die U-Bahn-Station im Blick und nippte in aller Seelenruhe an seinem Kaffee. Leider wurde der langsam kalt.

Inzwischen hatte der Regen aufgehört. Prüfend hielt Jin die Hand unter seinem Schirm hervor und klappte ihn daraufhin zu. Ganz im Stil eines englischen Gentlemans hängte er sich den eingerollten Schirm über den Arm. »Verstehe. Dann läuft ja dein Geschäft. Was ist es denn diesmal?«

Darauf kannst du lange warten, dachte Rukar und ignorierte Jins Frage.

Jin seufzte enttäuscht. »Natürlich. Geheimhaltungsklauseln.«

Rukar leerte den Pappbecher mit einem letzten Zug.

»Na gut. Schon verstanden. Du nimmst deine Aufträge ernst. Vorbildlich. Wenn du für mich unterwegs bist, erwarte ich ja auch, dass du meine Pläne nicht an jeder Straßenecke herumerzählst.«

Noch immer ignorierte Rukar den Unsterblichen, der inzwischen ungeduldig auf den Zehen auf und ab wippte. Die nächste U-Bahn schwemmte wieder ein Dutzend Leute auf die Straße. Rukar streckte sich. »Also, Jin.« Er wandte sich ihm nun zu. Jin war eine Handbreit größer als Rukar, er war trockener als er, er war selbstsicherer und er war älter – wesentlich. Aber das sah man ihm nicht an. Jeder Mensch hätte Jin auf irgendwas um die dreißig geschätzt. »Was willst du von mir? Ein Auftrag?« Er konnte sich an keine Begegnung mit dem Unsterblichen erinnern, bei der Jin nicht versucht hatte, etwas für sich herauszuschlagen. Oder von vornherein eine Forderung hatte. Das war okay. Jeder sollte Ziele haben. Doch Jin drehte es immer so, als ob es seine eigene Idee gewesen wäre, ihm Haus und Hof zu überschreiben. Und das mochte Rukar gar nicht. Hätte er die ersten Begriffe nennen sollen, die ihm zu Jin einfielen, wären es sicher *Manipulation* und *Schadenfreude* gewesen. »Also, letzte Chance, wenn du ein Anliegen hast.«

Jin tat tief verletzt. »Es geht mir in keiner Weise um mich! Es ist nur so, dass ich mich um *dich* sorge!« Er blickte Rukar fest an, doch der behielt seine gleichgültige Miene. »Ich habe gehört, du willst Krötenkami verlassen, Rukar.«

Fast hätte Rukar losgelacht. Er kannte natürlich den fiesen Spitznamen für seinen Ziehvater. Die Statur von Wook drängte diesen Vergleich ja auch geradezu auf.

»Du interessierst dich also für mein Schicksal? Wow. Seit wann das?« *Ganz schlechtes Thema,* dachte Rukar und sah hinunter. Nun, da der Regen aufgehört hatte, füllte sich der Park wieder mit Menschen.

»Schon immer! Schließlich hat *mich* der Rat beauftragt, mich um dich zu kümmern.«

»Der Rat? Seit wann schert es den Rat der Unsterblichen, was mit mir ist?« Soweit Rukar wusste, trafen sich zwölf der Unsterblichen alle paar Jahre mal in ihrem prunkvollen Palast auf einen Tratsch. Denn der Rat, der einst über Zeichen und Wunder, Katastrophen und Kriege unter den Menschen beraten hatte, wurde nicht mehr benötigt. Die Menschen regelten ihre Konflikte inzwischen mit Technik und Geld. Wunder und Götter waren überflüssig. Und gab es mal etwas Außergewöhnliches wie ein Halbblutfindelkind, wollte sich niemand der Unsterblichen damit belasten.

Seit die Menschen die Unsterblichen nicht mehr wie

Götter anhimmelten, waren die Unsterblichen arbeitslos. Manche hatten sich eine Existenz unter den Menschen aufgebaut, andere zogen sich ganz in die Sphäre der Unsterblichen zurück und verbummelten dort ihre Tage wie Pensionäre.

Und dann gab es Jin.

Der schnappte entrüstet nach Luft. Eine überzogene theatralische Geste, die Rukar mit einem Kopfschütteln quittierte.

»Lass gut sein, Jin. Es hat euch nie interessiert und muss es jetzt erst recht nicht.«

»Wir haben dich gefunden und dafür gesorgt, dass du ein Zuhause hast!«

So langsam war der Punkt erreicht, an dem Rukar die Geduld verlor. »Bei einem *Kami!«,* antwortete er verächtlich. Keiner der Unsterblichen hatte sich die Mühe gemacht herauszubekommen, wer Rukars Eltern waren.

»Höre ich da eine gewisse Abneigung gegen diese Wesen heraus?« Tadelnd musterte Jin ihn.

Ärgerlich warf ihm Rukar einen Blick zu. Die Unsterblichen behandelten die Kami seit jeher wie dumme, nichtsnutzige Kleingeister. Dabei hatten sie inzwischen eine große Glaubensgemeinde unter den Menschen, während die Unsterblichen nahezu vergessen waren. Jin und die anderen verachteten die Kami genauso, wie sie Halbblute verachteten. »Höre ich da eine gewisse Ablehnung gegen Halbblutfindelkinder heraus?«, gab er deshalb zurück.

Jin pochte mit seinem Schirm aufs Dach. »Jetzt aber mal halblang, junger Freund! Wir wissen doch gar nicht, wer du bist! Wir können doch nicht jedem Obdach bieten!«

Treffer. Rukar schnaubte. »Willkommen im Club!« Und bevor dieser Dummschwätzer ihn noch mehr provozierte, sprang Rukar vom Dach. Er hatte einen Auftrag. Dem musste seine ganze Aufmerksamkeit gelten.

Er landete sicher, richtete sich auf und schlenderte los, als sei er nicht eben von einem sechs Meter hohen Dach in die Tiefe gesprungen. Sein Ziel war der Coffeeshop an der Ecke. Es traf sich hervorragend, dass er eine echte Leidenschaft für Kaffee hatte, genau wie das Mädchen.

7

ELAINE

Licht. Weißes Licht. So blendend hell, dass sie die Augen schließen muss. Sie weiß, dass es zu spät ist. Sie hat versagt.

Als sie weiter in die gleißende Helligkeit vordringt, löst sich ein Schemen aus der Unendlichkeit.

Das Mädchen kauert am Boden. Seine Hände graben in der Erde. Nein. Es ist keine Erde. Schatten wehen in Flocken davon.

Als sie sich dem Mädchen nähert, rücken die Schatten näher.

Das Mädchen hebt den Kopf und blickt sie an. Es weint schwarze Tränen, streckt ihr die Hand entgegen, Asche weht davon.

Asche.

Überall Asche.

»Wieso hast das zugelassen?«, flüstert Lita und blickt sie an. Doch es ist kein Mädchen. Es ist nur ein Schatten. Ein Trugbild der Erinnerung.

Das Licht ist verloschen.

Die Welt nur noch Schatten.

8
LITA

Regenschirme, nasse Jacken. Dampfender Tee, der Duft von Kaffee. Wie war sie in dieses Café gekommen?

»Geht es?«, fragte jemand.

Aufgeschreckt blickte sie hoch. Ihr gegenüber saß eine ältere Frau. Sie hatte ihren schwarzen Kapuzenmantel neben sich über einen Stuhl gelegt und musterte Lita aufmerksam. Vermutlich war sie um die siebzig Jahre alt. Jedenfalls war ihre Haut faltig und die schulterlangen Haare silbrig grau. Sie erinnerte Lita an irgendeine Filmfigur. Eine alternde Frau, die, als sie noch jung war, zu leben gewusst hatte. Aber Lita kam nicht drauf.

»Mei–« Litas Stimme erstickte in einem kratzigen Kloß. Den Blick auf den tanzenden Dampf über der Tasse gerichtet, sah Lita dennoch nur das Licht. Licht, das ihre Mutter verschlang.

Jemand kicherte neben ihr. Irritiert wandte sie den Kopf, ohne richtig hinzusehen. An einem Tisch saß eine Gruppe Jugendlicher, die nicht älter waren als Lita. Sie scherzten und lachten, zeigten sich vermutlich irgendwelche Memes auf den Handys.

Lita wurde bewusst, dass das Café rappelvoll war.

Sie atmete durch, räusperte sich. »Meine Mutter –«

Tränen brannten plötzlich heiß auf ihren Wangen und sie schloss die Augen, um sich vor ihren Emotionen zu verstecken. Doch es half nichts. Das Licht. Der Schrei ihrer Mutter. Es war da.

»Versuch, dich zu beruhigen. Du bist in Sicherheit.«

Die Detonation.

Ihre Schulter schmerzte noch immer von dem Zusammenprall mit dem Buchregal. Und all das Licht.

Meine Mutter wurde von Licht verschlungen.

Die Pflanzen!, schoss es ihr unsinnigerweise in den Sinn … Sie musste zurück. Aufräumen. Sich um Hannas Palmen und Farne kümmern. *Wenn Mum zurückkommt, wird sie um ihren Zimmergarten trauern.*

Sie wischte sich über die Augen, als könne sie damit die Bilderfetzen vertreiben, die sich in Endlosschleife in ihrem Kopf wiederholten.

Die Detonation. Das Licht. Der Schrei ihrer Mutter.

Die Frau in der schwarzen Kutte war plötzlich da gewesen. Sie hatte Lita gepackt und aus der Wohnung gezerrt. Lita wandte sich zum Fenster und blickte auf die Straße hinaus. Der Regen ließ nach. Passanten eilten vorbei und Autos schoben sich durch den dichten Verkehr.

Sie hatte keine Ahnung, in welchem Café sie saß. Waren sie zu Fuß hierhergekommen? »Was ist passiert?«, wandte sie sich an die Frau. »Wo ist meine Mutter?«

»Du stehst unter Schock. Ich werde dir alles erklären, so gut ich es vermag, Lita.« Eine tiefe Sorgenfalte furchte die Stirn der Frau. Zittrig hob sie ihre Tasse und nahm einen Schluck.

»Ich bin in Sicherheit«, wiederholte Lita die Worte der

Frau, als wären sie jetzt erst bei ihr angekommen. Doch sie verstand sie nicht. »Wovor bin ich in Sicherheit? Wissen Sie, was mit meiner Mutter passiert ist? Wieso waren Sie in unserer Wohnung? Wer sind Sie?« Die Fragen sprudelten nur so aus ihr heraus. Alles drehte sich in ihr.

Die Frau lehnte sich vor und drückte ihre Hand. »Trink einen Schluck. Ich weiß, es ist viel verlangt, sich zu beruhigen. Aber wir müssen einen klaren Kopf haben und nachdenken, was wir jetzt tun.«

Vorsichtig nahm Lita einen Schluck. Der Tee war gar nicht mehr so heiß, wie die Tasse vermuten ließ. Es tat gut. Die Wärme signalisierte ihr, dass sie noch lebendig war. Dass sie noch etwas spüren konnte. Dass die Welt nicht nur aus dem grellen Licht und dem schrillen Pfeifen in ihrem Kopf bestand. »Was war dieses Licht? Was hat es mit Mum gemacht?«

Unsicher sah sie die Frau an. Hatte sie das Licht auch gesehen? Oder war Lita nun ebenfalls verrückt geworden?

Sag mir, dass ich einen Schlag auf den Kopf bekommen habe. Dass ich halluziniere!

Für einen kurzen Augenblick legte die Frau ihre Hände vor die Augen und schien sehr langsam auszuatmen. »Also gut. Das ... das ist nicht nur für dich beängstigend und verwirrend.« Sie blickte Lita direkt an, als wolle sie etwas in ihr erkennen. »Ich fürchte, deine Mutter wurde geswipt.«

»Ge-was?« Das Fiepen in ihren Ohren machte sie taub. Geswipt? Was hatte die Frau wirklich gesagt?

»Man hat sie ... entführt«, berichtigte sie.

Sicherheit. Geswipt. Entführt? Absurd! Waren psychotische Schübe erblich? Oder ansteckend?

Nervös blickte Lita sich um. Einen Tisch weiter saßen Männer in Anzügen, die auf ihr Handy starrten. Da waren die Jugendlichen, die sich Muffins geholt hatten und sie untereinander tauschten. Die Gäste hier hatten alle einen normalen Tag, oder? Ein typischer Samstag. Sie sah sich weiter um, wollte noch mehr von dieser Normalität, damit sie sich sicher sein konnte, dass sie nicht durchdrehte oder – ihr Blick fiel auf eine Mutter mit ihrem kleinen Kind – *Mum! Sie wurde ... entführt?*

Sofort schossen die Tränen wieder hoch.

»Es tut mir leid, Lita. Das alles hätte so nicht passieren dürfen!« Die Frau klang verzweifelt.

»Nicht passieren dürfen?« Fast wollte Lita laut lachen. »Das, was ich gesehen habe, ist schlicht nicht möglich! Ich muss zurück! Ich hab das doch nur geträumt!« Sie stand abrupt auf, doch die Frau hielt sie fest.

»Warte. Hör mir zu. Ich kann dir alles erklären! Es ist kein Traum.«

»Sie sagen, meine Mutter wurde entführt! Woher wissen Sie das? Warum waren Sie da? Wer sind Sie!«

Die Frau seufzte. »Deine Mutter wusste, dass es eines Tages passieren würde. Genauso wie ich.« Mit einer Geste forderte sie Lita auf, sich zu setzen.

Widerwillig nahm sie erneut Platz.

»Mein Name ist Elaine. Ich bin deine Großmutter.«

Lita war froh, dass sie sich hingesetzt hatte. Denn es fühlte sich an, als würde der Raum taumeln. Das war doch alles nicht real! Ihr Verstand spielte ihr einen Streich! »Meine ...? Ich habe keine Großmutter. Sie sind beide tot!«

Elaine seufzte. Müde strich sie sich eine silbrige Haarsträhne hinters Ohr. »Natürlich. Ich hätte dir wohl an Hannas Stelle die gleiche Geschichte aufgetischt. Aber es stimmt. Ich bin Hannas Mutter.«

Lita starrte auf die Tasse vor sich, das Fiepen in ihrem Kopf hinderte sie daran, klar zu denken. »Falls ich Ihnen glaube, was ich ehrlich gesagt nicht kann, warum waren Sie bei uns?«

Elaine ließ den Blick durch das Café gleiten. »Begleite mich und ich erkläre dir alles. Ich werde dir jede deiner Fragen beantworten.«

»Wohin soll ich Sie begleiten?«

»In dein altes Zuhause.«

Ihr altes Zuhause? Seit Lita denken konnte, wohnte sie in der Wohnung, die eben von einer Lichtexplosion zerfetzt worden war. »Auf keinen Fall. Ich gehe und sehe nach meiner Mutter.«

»Sie ist nicht mehr da! Sie wurde entführt!«, zischte Elaine. »Und du machst die Sache nicht einfacher, wenn du Menschen davon erzählst! Keiner von denen wird dir helfen!«

»Aber Sie, Sie wissen alles und werden Hanna zurückholen? Wo auch immer sie hingebracht wurde.« Auch Lita spürte Wut in sich aufsteigen. Sie fühlte sich hilflos, hatte keine Orientierung, was richtig oder falsch war und was sie glauben sollte – dieses Gefühl ließ sie wütend werden.

Für einen kurzen Augenblick presste Elaine die Lippen aufeinander. »Ich verspreche dir, ich werde alles in meiner Macht Stehende tun, um die Dinge wieder in Ordnung zu bringen.«

Misstrauisch musterte Lita die Frau, die sich als ihre

Großmutter ausgab. »Also gut«, murmelte sie. Was, wenn sie sich selbst erlaubte, dieser Fremden zu glauben? Obwohl es völliger Blödsinn war. »Wieso waren Sie bei uns? Sie haben uns siebzehn Jahre lang nicht besucht.«

»Sag doch bitte Du zu mir. Und du hast recht. Es war kein Zufall, dass ich ausgerechnet in diesem Augenblick bei euch war. Genau wie deine Mutter habe ich die Zeichen gesehen, die Warnungen vernommen. Ich wollte ...« Sie atmete tief durch. Anscheinend brachte sie die Entführung genauso aus der Fassung wie Lita. »Ich wollte Hanna retten.«

»Retten?« Voller Entsetzen hatte Lita es zu laut wiederholt und bemerkte aus dem Augenwinkel, wie die Jugendlichen vom Nachbartisch irritiert zu ihnen hersahen. »Ich will wissen, was passiert ist!«

Elaine umklammerte die Teetasse und starrte vor sich ins Leere. »Es gab Gerüchte ...«, begann sie schließlich, doch Lita unterbrach sie sofort.

»Gerüchte? Etwa in der *Sun?* Über meine Mum?« Lita lachte auf.

»Nein. Sicher nicht.«

Lita starrte Elaine an. Sie war echt alt. Aber etwas an ihrer Haltung ließ Lita vermuten, dass sie reich war und Angestellte hatte. Warum hatte Mum ihre reiche Verwandtschaft nie erwähnt? Trotzig verschränkte Lita die Arme. Vermutlich hatte diese Elaine Mum etwas Fürchterliches antun wollen. Ihr untersagt, den zu lieben, den Mum lieben wollte? Hatte es etwas mit ihr zu tun? Scharf musterte sie die alte Frau. »Reden Sie weiter. Erzählen Sie mir endlich, warum das alles passiert ist!«

»Pass auf, Liebes. Es tut mir leid, dass du das miterlebt hast. Ich –« Ihre Stimme brach und sie musterte Lita. »Du siehst deiner Mutter sehr ähnlich.«

Lita zog die Brauen hoch. »Danke. Lenken Sie nicht ab. Wer hat Mum entführt?«

Die Frau seufzte. »Ich denke nicht, dass du mir glauben wirst. Es ist besser, wir gehen zu mir. Dort kann ich dir die Wahrheit ... zeigen.« Nervös strich sie wieder die Haarsträhne nach hinten.

Lita setzte sich auf dem Stuhl zurecht. Sie musste einen klaren Kopf behalten. Noch immer war dieses Fiepen in ihren Ohren und sie zitterte. Wie sollte sie eine Entscheidung treffen? Wenn sie überzeugt war, dass diese Lichtexplosion tatsächlich passiert war – dann musste sie mit Elaine mitgehen. Kein Polizist würde ihr glauben.

Und wenn sie halluziniert hatte?

»Was ist dort, das Sie mir nicht mit Worten erklären können?«

Nachdenklich starrte Elaine Lita an. »Du hast keine Ahnung, wer du bist.« Dann murmelte sie, mehr zu sich selbst: »Hanna ist konsequent geblieben«, bevor sie sich wieder Lita zuwandte. »Du musst mir vertrauen. Alles, was ich will, ist, dass diese Geschichte ein gutes Ende haben wird.«

Ein gutes Ende? Lita schloss für einen Augenblick die Augen. Sie beschwor das Bild ihrer Mum herauf. Die Angst, die sie gehabt hatte. Der scharfe Ton, mit dem Hanna ihre Tochter in ihr Zimmer befohlen hatte. Lita hatte nicht halluziniert.

Es war wirklich passiert.

Und Elaine war da gewesen.

Herausfordernd sah sie Elaine an. »Wieso soll ich Ihnen vertrauen? Mum hat gesagt, Sie sind tot.«

»Ich atme noch, wie du siehst.«

»Dann sollte es Ihnen nicht schwerfallen zu reden. Sagen Sie mir, wovor meine Mum solche Angst hatte! Wovor *Sie* solche Angst haben, dass Sie plötzlich bei uns auftauchen!«

Für einen Moment taxierte Elaine sie. Die nervöse Ängstlichkeit schien wie weggewischt. Elaine griff nach ihrem Umhang und stand auf. »Viel Glück, Lita. Ich kann dir die Wahrheit nicht mit Worten erklären. Du musst sie sehen. Aber ich verspreche dir, ich werde mich kümmern. Ich werde Hanna finden und alles wird ein gutes Ende haben. Für alle. Bleib in deiner Welt, ganz wie Hanna es wollte. Ich sollte mich nicht gegen ihre Wünsche stellen.« Mit einer eleganten Bewegung warf sie sich den Umhang um die Schultern. Für einen Augenblick flimmerte ihre Gestalt vor Litas Augen, als sie die Kapuze überstreifte.

Wütend sprang Lita auf. Elaine wollte ihr nicht die Wahrheit sagen? So einfach kam sie ihr nicht davon! »Warum hat Mum gesagt, Sie wären tot?«, blaffte Lita sie an. Etwas zu laut, denn die Jugendlichen vom Nachbartisch sahen zu ihr. Eines der Mädchen runzelte die Stirn.

»Geht es dir gut?«, fragte es besorgt.

»Mir?« Lita war es peinlich, dass sie so laut geworden war. »Ja. Na ja. Sie –« Sie deutete auf Elaine. »Sie hat mich belogen.«

Verwirrt sah das Mädchen auf Elaine, dann Hilfe suchend zu ihren Freunden. Einer der Typen drehte den Zeigefinger an der Schläfe.

»Verstehe.« Das Mädchen lächelte verlegen und wandte Lita den Rücken zu.

Elaine hatte die Szene mit einem herablassenden Lächeln beobachtet. Als hätte sie die Reaktion vorhergesehen. Offensichtlich tuschelten die Kids nun über Lita. Sie schnappte *voll verrückt* und *einen an der Waffel* auf.

Das Fiepen tyrannisierte ihre Gedanken. Sie stützte sich am Tisch ab, um nicht das Gleichgewicht zu verlieren. *Vielleicht liege ich im Krankenhaus im Koma. Bei der Explosion bin ich verletzt worden. Und Mum ist bei mir. Im Bett nebenan.*

Elaine legte ihr die Hand auf die Schulter. »Komm mit mir. Du kannst mir vertrauen. Ich liebe Hanna. Sie ist meine Tochter. Und du – du bist meine Enkelin. Es würde mich freuen, dich endlich besser kennenzulernen.«

Lita blickte sich im Café um. Inzwischen schien sie mehr Aufmerksamkeit erregt zu haben, denn auch andere Gäste sahen zu ihr herüber. Lita schloss die Augen und versuchte, klar zu denken. Doch die Bilder stürmten auf sie ein. Ihre Mutter war von Licht verschlungen worden! Sie halluzinierte nicht! Sie war nicht verrückt! Skeptisch musterte sie die Frau in der schwarzen Kutte.

Vielleicht bin ich tot.

Aber es gab nur einen Weg, das herauszufinden.

»Okay. Ich komme mit. Aber Sie erklären mir, was mit mir passiert ist!«

»Natürlich, Liebes. Aber nur, wenn du endlich Du zu mir sagst!« Lächelnd ließ die Frau sie vorausgehen und sie verließen das Café.

9
RUKAR

Rukar marschierte zur Theke und bestellte sich einen Caffè Americano. Er sah sich wie beiläufig um. Sehr voll war es nicht. Einige dieser *Kreativen* beugten sich über ihre Klapprechner, eine Bridgerunde älterer Damen saß in der hintersten Ecke und ein, zwei junge Frauen nippten an irgendeinem Flavoured Latte und hatten die Nase in ein Buch gesteckt. Dann blieb sein Blick an der jungen Frau hängen, die es sich auf einem Zweiersofa nahe den Fenstern gemütlich gemacht hatte. Sie las und ihre langen schwarzen Haare fielen ihr auf die Schultern. Eine breite, lila gefärbte Strähne strich sie gerade hinters Ohr, als sie wohl bemerkte, dass sie beobachtet wurde. Jedenfalls sah sie von ihrer Lektüre auf und begegnete seinem Blick. Er lächelte. Sofort steckte sie ihre Nase zurück ins Buch.

Der Barista reichte Rukar den Kaffee und Rukar schlenderte in Richtung der jungen Frau. Das Café war fast leer. Es gab jede Menge freie Plätze, doch er setzte sich direkt neben sie. Auf den leeren Platz des Zweiersofas, wo ihr dunkler Kapuzenmantel lag. Natürlich nahm Rukar ihn hoch. Der Stoff war weich und federleicht. Er konnte fühlen, dass sich zwei Gegenstände in seinen Taschen befanden.

»Entschuldige bitte!«, zickte sie ihn sofort an und entriss ihm den Mantel.

»Danke. Kein Problem.« Er lächelte.

Sprachlos über seine Dreistigkeit starrte sie ihn an.

Ihr Parfüm duftete nach Flieder. Überhaupt schien Lila ihr Thema zu sein, denn sie trug ebenfalls lila Lidschatten, der hervorragend zu ihren grauen Augen passte.

»Du kannst hier nicht sitzen«, blaffte sie ihn an, worauf Rukar die Beine von sich streckte und sich entspannt zurücklehnte.

»Ach, das passt schon. Das Sofa ist ja für zwei.«

»Ist es nicht. Nicht für dich!« Inzwischen hatte sich ein zartes Rosa auf ihre Wangen gelegt, so sehr regte sie sich über ihn auf. Stirnrunzelnd und mit zusammengekniffenen Augen musterte sie ihn. Ihm war klar, was sie gerade tat, und er trank einen Schluck Kaffee, um ihr Zeit zu lassen.

Er machte sich keine Sorgen, dass sie etwas sah, das zu Komplikationen führen konnte. Dieser Auftrag war schon ungewöhnlich genug. Da spielte es keine Rolle, ob sie die Wahrheit über ihn herausfand. Dennoch überraschte ihn ihre Reaktion.

»Wer bist du?« Sie klang verwirrt. Und verärgert. Hatte sie etwa nichts Konkretes lesen können? Rukar ließ sich seine Verwunderung nicht anmerken.

»Entschuldige. Ich bin Rukar.« Höflich tippte er sich an die Stirn und grinste. Normalerweise war dies der Moment, in dem die Frauen ihm alles verziehen. Die Wirkung seines Lächelns hatte ihn eine Weile denken lassen, dass er ein Sohn von Tane war. Dem Unsterblichen sagte man nach, dass sein Charme unwiderstehlich wäre.

»Du bist nicht wie die anderen«, stellte das Mädchen ablehnend fest. Vermutlich teilte sie diese Erkenntnis mehr sich selbst mit als ihm. Aber ihre Bemerkung schmeichelte Rukar.

»Sagst du das zu jedem?«

Entrüstet schnappte sie nach Luft. »Sekunde mal. *Du* hast dich hier einfach hingesetzt und mich angebaggert.«

»Beruhig dich. Es ist noch Zeit.«

Schon wieder kniff sie die Augen zusammen. Und diesmal musste er seine Lässigkeit vorspielen. Sah sie tatsächlich nichts? Hieß es nicht, dass Weberinnen jedermanns Schicksal erkennen konnten? Entweder war das nur ein Gerücht – oder ... *Nein, Rukar. Konzentrier dich! Du hast hier einen Job!*

Er lehnte sich vor und sah ihr tief in die Augen, bis sie sich wütend abwandte.

»Ich gehe jetzt«, verkündete sie und nahm ihr Buch. Es war irgendeine Komödie. *Dante,* konnte Rukar noch lesen, dann hatte sie es schon in ihre Umhängetasche gesteckt und war aufgestanden.

»Du kannst nicht gehen. Sonst verpasst du ihn. Also. Setz dich wieder.«

Bis jetzt war der Auftrag ein Kinderspiel. Die Tauben hatten recht. Diese Weberin war so berechenbar wie die Teatime. Jeden zweiten Tag traf sie sich mit ihrem Lover. Jeden Samstag hier in diesem Coffeeshop. Sie würde das Café niemals verlassen, bevor ihr Liebster auftauchte.

»Wer bist du?«, zischte sie ihn an und setzte sich wieder.

»Tja.« Rukar seufzte. »Es ist wohl mein Schicksal, dies nie zu erfahren. Es sei denn, du hilfst mir dabei.«

»Dein Schicksal?« Nervös umklammerte sie ihren Mantel und sah sich im Café um. Keiner der Gäste nahm Notiz von ihnen. »Noch mal: Wer bist du?« Sie hatte ihre Stimme gesenkt, damit keiner etwas aufschnappte.

Rukar antwortete ebenso leise. »Ich bin ein Läufer zwischen den Welten. Ich gehöre zu niemandem. Das ist etwas … etwas einsam manchmal.«

Wieder kniff sie die Augen zusammen. »Aber ich sehe nichts.«

»Oh, ist das jetzt gut für mich?« Er legte all sein schauspielerisches Talent in den naiv-fragenden Hundeblick.

»Vermutlich schlecht für mich.« Hastig warf sie einen Kontrollblick zur Tür. Doch Rukar wusste, dass er noch vier Minuten hatte. Er hatte die Zeit gecheckt.

»Pass auf«, meinte er und schenkte ihr sein bestes Lächeln. »Wir werden es einfach herausfinden. Ich werde dich auf einen Drink einladen.«

»Nein.« Alles an ihrer Haltung stand plötzlich unter Hochspannung. Und dennoch, in ihrem Blick lag auch Neugierde.

Rukar lachte schelmisch. »Ich will dir nicht ins Handwerk pfuschen, Weberin. Doch wir werden uns wiedersehen. Es ist dein Schicksal.«

Ihr schockierter Blick war unbezahlbar. Es machte ihm einen Heidenspaß, sie zu necken.

Noch immer grinsend stand er auf. »Aber ich lass dich jetzt alleine. Nicht, dass wegen mir der Haussegen schief hängt.« Damit leerte er seinen Becher, stellte ihn in voller Absicht neben ihre Tasse und ging zum Ausgang.

Sie bewegte sich keinen Millimeter. Es war, als hätte

seine Bemerkung über ihr Schicksal sie zu Stein werden lassen. Mantel und Tasche umklammernd, saß sie kerzengerade und starrte auf die Stelle, an der er eben noch gesessen hatte.

Gut gelaunt hielt Rukar dem Mann, der gerade das Café betreten wollte, die Tür auf. Ganz so, wie er es gesehen hatte.

»Schönen Tag noch, Sir«, meinte Rukar zu ihm. Der nickte nur, brummelte etwas in seinen Hipsterbart und schob sich an Rukar vorbei. Beide Männer sahen zu dem Mädchen mit der lila Haarsträhne, hoben die Hand zum Gruß und lächelten. Der eine sagte Hallo, während der andere sich verabschiedete.

Das Herz des Mädchens klopfte wie wild. Rukar wusste, dass er den Köder gelegt hatte.

10
ELAINE

Hier?«, fragte Lita erstaunt und legte den Kopf schief, um durch das Fenster des Taxis den Büroturm hinaufzublicken, vor dem sie angehalten hatten.

»Ja, genau hier.«

Lita stieg zögernd aus und sah sich um. »Das ist The Gherkin. Wohnst du etwa da drin?«

»Ja, durchaus.« Elaine marschierte auf den Eingang zu, aber Lita blieb stehen. Seit sie das Café verlassen hatten, hatte Lita kein Wort gesagt. Doch Elaine hatte ihr angesehen, wie sehr sie mit dem Erlebten kämpfte. Litas Welt war buchstäblich explodiert und was Elaine ihr nun zeigen musste, würde die Scherben vermutlich zu Staub zermahlen.

Vielleicht ist es ein Fehler, dachte sie kurz. Aber das Mädchen war Augenzeugin geworden. Hannas Hoffnung, Lita für immer von Elaine und ihrer wahren Bestimmung fernzuhalten, hatte sich zerschlagen. Es war an Elaine, nun den Schaden zu begrenzen. Auch wenn sie noch nicht wusste, wie.

»Bist du reich?«, rief Lita ihr nach.

»Ist das wichtig?«

Lita zuckte mit den Schultern und vergrub die Hände

tief in den Taschen ihres Parkas. Er war abgetragen, doch Stickereien an den Aufschlägen peppten ihn auf.

Es war sicher nicht einfach gewesen für Hanna, in der Welt da draußen zurechtzukommen. Auf sich gestellt, mit einem kleinen Kind. Elaine atmete tief ein, um ihre Emotionen zu unterdrücken. Es hatte so wehgetan, Hanna und die kleine Lita ziehen zu lassen. Aber andererseits war sie damals dankbar gewesen. Alles andere wäre nur noch schlimmer gewesen.

»Nun komm. Es wird nicht leicht, aber du wirst damit zurechtkommen. Dies ist deine Heimat.«

Sichtlich widerwillig schloss Lita zu ihr auf. »Das ist ein Geschäftshaus. Hier wohnen doch nur Snobs. Wieso wohnst du nicht in einem normalen Haus?«

»Vielleicht schätze ich die Aussicht?«

»Wurde Mum entführt, weil sie deine Tochter ist? Weil du superreich bist und dich jemand erpressen will?«

Elaine sah ihr an, dass sie selbst nicht an diese These glaubte. »Du hast gesehen, wie deine Mutter in einer Lichtexplosion verschwunden ist. Und dass die Menschen im Café mich in meinem Mantel nicht gesehen haben. Du glaubst nicht wirklich, dass der Grund für Hannas Entführung mit Geld zu tun hat.«

Noch immer stemmte Lita die Hände in die Taschen und betrachtete den Turm mit hochgezogenen Schultern, als warte eine tödliche Falle hinter den Türen auf sie. »Mum hat mir verboten, dieses Gebäude zu betreten«, murmelte sie.

Elaine, die gerade durch die Drehtüren hatte gehen wollen, wandte sich überrascht zu ihr um. »Wie bitte?«

»Ich durfte nicht mit, als mein Kurs eine Exkursion hierhergemacht hat.« Sie sah Elaine durchdringend an. »Ich vermute, sie wollte nicht, dass ich dir durch Zufall begegne.«

Elaine trat an Lita heran und legte ihr die Hände auf die Schultern. Doch das Mädchen war groß. Sie überragte Elaine um fast einen halben Kopf.

Oder vielleicht hat dich die Zeit auch nur gebeugt, Elaine.

Sie streckte den Rücken, um ihrer Enkelin halbwegs gerade in die Augen zu blicken. »Du hast recht. Hanna hatte Angst, dass du hier etwas über dich herausfinden könntest, von dem sie dich fernhalten wollte.«

Lita schob ganz leicht das Kinn vor, musterte die Glasfassade und schüttelte kaum merklich den Kopf. »Wenn Mum nicht wollte, dass ich da reingehe, warum sollte ich es jetzt tun?«

Elaine seufzte. »Es gibt für dich nur einen Weg, Antworten auf all deine Fragen zu bekommen.« Sie wies auf die Drehtür, dann ging sie hindurch. Lita konnte ihr folgen oder es bleiben lassen. Sie hatte auch so reichlich zu tun – auch ohne, dass das Mädchen nun hier herumspukte. Es war schwer genug zu ertragen. Sie durfte nicht noch mehr Zeit verlieren. Wie lang war es her, dass Hanna in dem Licht verschwunden war?

Sie bemerkte, wie ihr Lita schließlich zögernd folgte und skeptisch den Blick durch das Foyer des Turms gleiten ließ.

Gut. Dann soll es so sein. Das Schicksal nahm seinen Lauf. Aber sie hatte die Macht, es zu wenden.

Das Foyer war so gut wie leer. Der Portier schaute nur

kurz gelangweilt von seinem Handy hoch. Auf einem der roten Sofas wartete eine Frau im Businessdress.

Elaine zog den kleinen Handspiegel aus der Tasche ihres Mantels und blieb an einem der Stahlträger stehen, der mit Spiegeln verkleidet war. Sie hob ihren Taschenspiegel.

11
LITA

Lita beobachtete Elaine argwöhnisch. Sie wirkte kleiner als Hanna, aber viel energischer. Lita musste jedoch zugeben, da waren Ähnlichkeiten. Besonders das Kinn und der Schwung der Lippen kamen ihr ziemlich bekannt vor.

Also gut, dann habe ich eben eine lebende Großmutter. Mum muss mir einiges erklären! Sobald ich sie gefunden habe.

Lita bemerkte, dass Elaine einen altmodischen Handspiegel hervorgeholt hatte. *Eitel ist sie offenbar auch noch.* Doch statt den Spiegel zu benutzen, um den Sitz ihrer Haare oder ihren Lippenstift zu überprüfen, hielt Elaine ihn gegen die Spiegelsäule, vor der sie stehen geblieben war. Verwundert blickte Lita in die Unendlichkeit, die zwischen den Spiegeln hin und her geworfen wurde. Die Spiegel reflektierten ihr Bild wieder und wieder und wieder und wieder, sodass Lita für einen kurzen Moment schwindlig wurde. Ihr war, als verforme sich die Welt um sie herum, eine solche Sogwirkung hatte die endlose Spiegelung auf sie. Für einen Augenblick schien ein Zittern von der Spiegelsäule auszugehen, wie von einem Steinwurf, der das Wasser kräuselt.

»Nun komm.« Elaine ließ den Handspiegel in ihrem Mantel verschwinden und zog Lita mit sich. Kurz erblickte Lita sich in der Spiegelsäule, es gab nur noch eine normale

Reflexion von ihr – und erschrak. Nicht so sehr über ihre strähnigen Haare oder die verlaufene Mascara, sondern über den Portier hinter ihr.

Sie riss sich von Elaine los und fuhr herum.

Der Portier!

Er war fort! Alles war weg. Keine Sofas, keine Palmen – nichts! Sie stand in einer lichtdurchfluteten Halle ohne Möbel, ohne Aufzüge und Portier. Riesige weiße Bodenplatten zu ihren Füßen, um sie herum wölbte sich die runde Glasstruktur des Turms – und in der Mitte dieser hellen Weite wuchs ein Baum.

Ein Baum, der selbst die Mammutbäume in Kalifornien wie Spielzeug aussehen ließ. Sein Stamm war ebenmäßig und von silbrigem Grau, seine Äste streckten sich meterweit und verzweigten sich zu einer herrlichen, dichten Krone. Lita wurde bewusst, wie klar und rein die Luft roch und dass ein leichter Wind in den Blättern raschelte.

Was ist das? Wie sind wir hierhergekommen? Wo ist der Portier hin? Wieso ist da eine Treppe am Baum? … Unendlich viele Fragen. Doch sie brachte keinen Ton heraus. Mit vor Staunen offenem Mund stolperte sie Elaine hinterher. Die marschierte auf die Freitreppe zu, die neben dem Stamm hinaufführte. Sie war breit und ausladend, wie Lita es von Schlössern kannte. Erst in vielleicht sechs Metern Höhe wurde sie schmaler, begann, sich um den Baum zu winden, und verschwand im dichten Blattwerk.

Der Baum selbst wuchs mit mannsdicken Wurzeln in einem Wasserbecken, das in den Boden eingelassen war. Kristallklares Wasser umfloss ihn, das anscheinend aus einer unterirdischen Quelle herbeigeleitet wurde.

Wieso hatte sie nie etwas von diesem Baum gehört? Er war atemberaubend schön. Unfassbar, wie so etwas Mächtiges und Urwüchsiges in diesen gläsernen Turm passen konnte. Fast hätte man meinen können, der Turm sei um den Baum herum errichtet worden. Doch Lita war sich sicher, dass ihre Kunstlehrerin diese Tatsache vor der Besichtigung erwähnt hätte.

»Bitte, Liebes, mach den Mund zu. Ich kann mir vorstellen, dass er sehr beeindruckend ist, wenn man ihn das erste Mal sieht.«

»Warst du etwa nicht beeindruckt?« Lita konnte den Blick nicht von dem Baum abwenden. Er strahlte so viel Leben aus. Noch nie hatte sie so ein lebendiges Grün gesehen. Erst jetzt bemerkte sie, dass der Baum Früchte trug. Silbrig schimmernde, kugelartige Früchte, die einzeln an langen Stängeln wuchsen. Außerdem hingen weiter oben seltsame, übergroße, runde Vogelnester in den Ästen. »Was ist das für ein Baum? Und wieso wächst er hier drin?«

Elaine seufzte. »Hab ich dir nicht gesagt, dass du mir nur glauben wirst, wenn du es siehst? Wir werden hier geboren. Wir kennen den Schicksalsbaum vom ersten Tag an. Er gehört zu uns und wir zu ihm.«

»Wir? Seid ihr eine Sekte?« Sie legte den Kopf in den Nacken, um die Baumkrone zu sehen. »Und was meinst du mit *Schicksalsbaum?*«

Elaine lachte leise. »Wir sind Weberinnen. Schicksalsweberinnen. Genau wie Hanna und ... nun ja, du auch.«

Lita stand wie angewurzelt. Das war doch alles ... völlig verrückt. Sie entdeckte drei Frauen, die in den Zweigen saßen und Früchte ernteten. Verwundert blickten sie auf Lita hinab. »Was ist das für ein Verein? *Schicksalsweberinnen?*« Hatte Hanna deshalb den Kontakt abgebrochen? Lebten hier verrückte Extremistinnen?

»Hanna hat dir die wahre Natur der Welt verheimlicht. Sie hat dich aufgezogen, als wärst du ein Mensch.«

Ungläubig wandte Lita sich Elaine zu. »Ich bin kein Mensch?« War das ihr Ernst?

Elaine hakte sich bei ihr ein und führte sie zu der breiten Treppe, die sich um den Baum hinaufwand. »Menschen leben in Unwissenheit. Sie haben uns und die Unsterblichen vergessen. Manche glauben noch an Kami, aber ihre Technologie ist den Menschen inzwischen wichtiger. Sie haben keine Zeit mehr, sich mit der Mechanik der Welt auseinanderzusetzen. Manche, besonders die Unsterblichen, sind darüber sehr wütend. Ich habe auch so genug zu tun mit den Schicksalsfäden. Mir ist es ganz recht, wenn ich mit den Menschen nicht diskutieren muss.«

Lita klammerte sich an das Geländer der Treppe. Sie waren bereits ein paar Meter hinaufgegangen. Ihr war schwindelig. Das Fiepen in ihrem Kopf hatte nachgelassen, dennoch fühlte sie sich gerade wie benebelt. »Du hast mir Drogen gegeben. Das ist doch alles völliger Blödsinn! Wo ist Mum? Sie ist vor dir davongelaufen. Und nun habt ihr sie zurückgeholt in euren durchgeknallten Club!«

Mit einem unwilligen Schnauben ließ Elaine Litas Arm los. »Es tut mir leid, Lita, dass es für dich so schwer ist. Hanna wurde vor deinen Augen entführt. Und alles ist anders, als du geglaubt hast.« Ungeduld schwang in ihrer Stimme mit. »Doch bitte versuch, höflich zu bleiben.«

»Höflich? Du willst mir gerade sagen, dass Kami existieren und ... und was war das noch?«

»Unsterbliche. Und wir, die Weberinnen.« Zügig stieg sie die Treppe hinauf. »Ich bin übrigens die Chefin von diesem *Club.* Meine Aufgabe ist es, die Schicksale der Menschen aufzuschreiben.«

Lita folgte ihr stolpernd die Treppe hinauf. So langsam wusste sie nicht mehr, ob ihr Kopf noch von der Explosion oder von all diesen unfassbaren Geschichten dröhnte, die Elaine ihr auftischte.

Wie hoch mochte der Baum sein? Er schien den gesamten Turm auszufüllen. Der breite Teil der Stufen lag schon hinter ihnen und die Treppe war nun schmaler, sodass nur drei Leute nebeneinander gehen konnten. Sie beschrieb eine Kurve und verschwand, eng an den Stamm geschmiegt, in einem Tunnel aus Blättern.

»Ich bringe dich zu Winnie. Sie wird dir deine Fragen beantworten.«

»Und du?«

Elaine wandte sich zu Lita um. »Das Schicksal der Welt liegt in meinen Händen. Deine Mutter ist verschwunden. Etwas ist aus dem Gleichgewicht geraten.«

Litas Herz schlug schneller. »Du weißt, wo sie ist?«

»Nein. Aber nur wenige haben die Fähigkeit zu swipen. Ich werde mich umhören und komme so schnell wie möglich zu dir zurück.«

Mit pochendem Herzen sah sie Elaine nach, die die Stufen emporeilte. Ihre Mutter hatte all das hier verlassen. Warum? Und nun hatte jemand aus dieser Welt sie entführt? Nach siebzehn Jahren?

Plötzlich meinte Lita, den Baum eine Melodie singen zu hören. Der Wind spielte mit den Blättern und sie klingelten leise, als wären sie aus Glas. Mit angehaltenem Atem lauschte sie. Die Melodie kam ihr bekannt vor ... Ihre Mutter hatte sie gesummt, wenn sie Lita zu Bett gebracht hatte.

»Nun komm, Lita!«

Elaine hatte eine weitere Plattform erreicht. Wie bei den anderen davor erstreckte sich eine Art Terrasse in das Astwerk hinein. Dies war schon die vierte Ebene, wenn Lita keine übersehen hatte. Dieses Stockwerk hier war aber weitläufiger. Es war zurückgesetzt von der Treppe, sodass ein großzügiger Platz vor dem Gebäude entstand. Das Gebäude erinnerte genau wie die anderen, die sie bisher auf den Stockwerken und im Geäst gesehen hatte, an Nester von Webervögeln. Rund, mit geflochtenen Wänden, die weiß verputzt waren. Aus der Pforte dieses Gebäudes traten gerade Frauen, die in blaue Kutten gekleidet waren. Sie nickten Elaine grüßend zu.

Der Durchgang, obwohl der Begriff Pforte wohl besser passte, war vielleicht zwei Meter hoch. Ein Bogen in der weißen Wand, flankiert von schmalen, schmucklosen Halbsäulen.

»Dort, in diesem Raum schlägt das Herz der Welt«, sagte Elaine.

Neugierig machte Lita einen Schritt darauf zu, aber ihre Großmutter hielt sie zurück. »Nein.«

Für einen kurzen Augenblick hatte Lita den Eindruck, Elaine hätte Angst. Doch es war nur ein Wimpernschlag, dann lächelte sie Lita wieder an.

»Du bist noch nicht dafür bereit, Lita. Oder ich. Wenn dich schon der Schicksalsbaum so beeindruckt, sollten wir mit dem Weltenraum noch warten. Denn hier fließen alle Leben zusammen. Das Schicksal jedes Einzelnen. Es ist unsere Aufgabe, über sie zu wachen.«

Elaine zog sie weiter, am Weltenraum vorbei, und Lita erhaschte nur einen kurzen Blick auf etwas sehr Farbiges und doch Durchsichtiges, Körperloses darin. Eine Art ... Regenbogennebel?

»Hinter dem Weltenraum liegt die Spinnerei. Dort werden die Fäden verarbeitet, die wir aus den Früchten des Schicksalsbaums gewinnen. Jeder Faden wird zu einem Schicksalsfaden, einem Lebensfaden eines Menschen.«

Lita machte sich von Elaine los. »Warte ... ich ... das ist gerade wirklich ... also mal abgesehen davon, dass Mum von Licht eingesogen wurde und du für Menschen unsichtbar bist ... hier ist ein Baum ... mitten in einem Wahrzeichen von London und keiner weiß davon? Und jetzt kommst du mir auch noch mit *Schicksalsfäden?* So griechische? Seid ihr Nornen?«

Elaine lachte auf. »Da hast du aber in der Schule schlecht aufgepasst. Die Griechen nannten uns Moiren. Und sie hatten mit manchem recht. Wir spinnen in jeden Faden das Schicksal des Menschen und beenden sein Leben, wenn es so vorgesehen ist. Die Nornen stammen aus den nordischen Geschichten und sind durchaus von uns inspiriert. Aber wir sind weit mehr als nur drei. Und wir entscheiden nicht selbst über das Schicksal. Im Orakelraum erhalte ich Vorhersagen über Dinge, die passieren sollen.«

Lita wiederholte noch einmal für sich Elaines Worte.

Vielleicht, um sie realer zu machen. Aber es blieb völliger Quatsch.

»Nun komm. Ich bin mir bewusst, dass das alles ziemlich viel ist. Und möglicherweise hältst du mich auch nur für eine verwirrte Frau.«

Lita warf einen Blick zurück. Den Regenbogenraum konnte sie hinter all den anderen Kugelhäusern nicht mehr sehen. Auf den Wegen zwischen den Häusern liefen Frauen in Kutten. In Grüppchen oder allein, schwatzend oder auch eilig. Die Kutten hatten unterschiedliche Farben: Es gab gelbe und blaue, orangefarbene, grüne.

Elaine war, an dem Regenbogennebelraum vorbei, einem breiten Weg zwischen weiteren Nesthäusern gefolgt. Alle Häuser waren hell verputzt und mit Seilen an den Ästen befestigt. Dennoch reichten sie bis auf die Ebene herab, sodass sie ganz normal zu betreten waren.

»Hier sind wir.« Elaine öffnete die schlichte, hölzerne Tür eines dieser Vogelnester.

Und wieder konnte Lita sich nur wundern, denn dahinter erstreckte sich ein weitläufiger Raum, der an Behaglichkeit wohl kaum zu übertreffen war. Im ganzen Zimmer standen Sessel und Sofas zu Gruppen zusammengeschoben und Frauen unterschiedlichsten Alters lasen oder strickten oder unterhielten sich bei Tee und Scones. Eine Gruppe von vielleicht Zwanzigjährigen spielte nahe dem Kamin ein Brettspiel. Lita musste dem Drang widerstehen, sich ebenfalls in einen der einladenden Sessel zu werfen. Stattdessen versuchte sie zu begreifen, wie ein so großzügiger Raum in das kleine Vogelnest passte, das sie mit Elaine betreten hatte.

»Winnie?«, rief Elaine und winkte ein junges Mädchen heran, das über einen Stoff gebeugt am Kamin saß, als würde sie etwas auf dem Teppich lesen.

Es war Lita unangenehm, dass durch Elaines Ruf alle Frauen aufblickten. Offenbar waren sie nicht an Besucher gewöhnt, denn einige tuschelten und fragende Blicke folgten ihr. Instinktiv ließ Lita die Haare über ihr Gesicht fallen.

Winnie hatte den Stoff zusammengerollt und in ihre lila Kutte gesteckt, bevor sie zu ihnen herüberkam. Sie war vielleicht zwei oder drei Jahre jünger als Lita. Die Kutte fiel ihr bis knapp zu den Knöcheln und im Laufen blitzten rosa Chucks unter dem Saum hervor. Ihr rotes Haar hatte sie im Nacken zu einem kurzen Pferdeschwanz zusammengebunden und sie trug eine Zahnspange.

»Hallo, Elaine«, grüßte sie und starrte dabei ebenfalls Lita an. Sie hielt ihr die Hand hin. »Hey, ich bin Winnie. Bist du von einem anderen Baum zu Besuch?«

»Winnie, das ist meine *Enkelin* Lita«, sagte Elaine unnötig laut.

Das Tuscheln der anderen Frauen verstummte. Man hätte eine Stecknadel fallen hören können. Lita schüttelte sich ihren fransigen Bob noch weiter ins Gesicht.

»Ich vertraue sie dir an, Winnie. Würdest du ihr alles Nötige zeigen? Und sorge bitte auch dafür, dass sie einen Mantel mit allem Zubehör bekommt. Damit sie, wenn sie möchte, ihren rechtmäßigen Platz einnehmen kann.«

Jemand in der Spielerunde schnappte hörbar nach Luft. »Elaines Enkelin?«, hörte Lita eine der Frauen wispern. »Ich dachte, die wäre tot.«

Winnie starrte Lita mit weit aufgerissenen Augen an. »Welche Farbe?«, fragte sie, an Elaine gewandt.

Lita wagte gar nicht zu atmen. Ihren rechtmäßigen Platz einnehmen? Stumm starrte sie zu Boden. *Oh, Mum! Bitte! Gib mir ein Zeichen, ob ich gerade absoluten Mist baue oder auf dem richtigen Weg bin!*

»Oh.« Elaine zögerte. »Über die Farbe habe ich noch gar nicht nachgedacht.«

»Ich finde das Passende«, bot sich Winnie sogleich an.

Anscheinend bezweifelte Elaine dies, doch schließlich nickte sie. »Wir treffen uns in einer Stunde bei mir oben. Danke, Winnie!«

»Kein Thema.«

»Bis später, Lita.« Sie drückte Lita sanft am Arm, wie um ihr zu sagen, dass alles gut werden würde. »Winnie wird dir alle Fragen beantworten. Wenn ich zurück bin, habe ich hoffentlich einen Hinweis auf Hanna.«

Lita, die während Elaines und Winnies Gespräch nur wie ein Stück Holz dagestanden hatte, versuchte ein dankbares Lächeln. Da sie aber noch immer von allen Frauen angestarrt wurde, als wäre Lita eine Kuriosität, hielt sie lieber den Kopf gesenkt und versuchte, so unauffällig wie möglich zu sein. Gleichzeitig war sie jedoch von diesem Raum so verzaubert, dass sie am liebsten staunend umhergestreift wäre. Die Teppiche, Sessel, die Farbe der verputzten Wände – alles strahlte Wärme, Ruhe und Gemütlichkeit aus.

Sie fühlte sich plötzlich extrem erschöpft. Am liebsten hätte sie sich in eines der Sofas gekuschelt und nur noch in das Feuer im Kamin gestarrt.

»Das ist unser Gemeinschaftsraum«, meinte Winnie.

»Hier findest du immer eine frische Kanne Tee. Und wenn du Serena fragst, dann hat sie sicher auch ein Scone oder Muffin für dich.« Sie deutete auf eine Frau in einer orangefarbenen Kutte, die lesend an einem Teetischchen saß, auf dem eine Etagere mit herrlichem Gebäck stand.

»Serena ist unsere beste Bäckerin.« Winnie seufzte sehnsuchtsvoll. »Da musst du wirklich höllisch aufpassen, sonst wird der Mantel schnell zu eng.«

»Wie kann es sein, dass …«

»… wir so viel Freizeit haben?«

Verwirrt blickte Lita zu Winnie. Ihr Haar schimmerte kupferfarben und Sommersprossen sprenkelten ihre Wangen. Sie grinste frech.

»Schon klar, Lita. Du wunderst dich, wieso der Raum hier so groß ist.« Sie hakte sich bei ihr ein und drehte sie Richtung Ausgang. »Vielleicht sagen wir einfach: Magie.«

»Magie? Seid ihr Hexen?« Lita ließ sich von Winnie mitziehen, musste aber noch mal zurückblicken. Dieser Raum war eindeutig zu groß, um in die kleine Kugel zu passen, die sie betreten hatte.

»Nein, wir sind keine Hexen. Wir sind – nun, Schicksalsweberinnen. Eigentlich sind wir Wächterinnen. Wir achten darauf, dass jeder Mensch sein Schicksal erfüllt, und kappen seinen Faden, wenn seine Zeit gekommen ist. Und natürlich knüpfen wir an jeden neuen Menschen einen Faden.«

»Das hat mir Elaine auch schon versucht klarzumachen. All die Geschichten sind also wahr? Kami existieren, Götter … Auch Asgard?«, stellte Lita fest.

Sie standen wieder vor dem Vogelnest, in dem sich der gemütlichste Raum der Welt verbarg.

»Asgard?«, fragte Winnie neugierig.

Enttäuscht zuckte Lita mit den Schultern. »Der Wohnort der Götter.« *DeeDee hätte jetzt gefeiert,* dachte Lita und hatte sofort die Stimme ihrer besten Freundin im Ohr: *Ach? Kami existieren nicht, aber dein Loki ist real?*

»Götter gibt es nicht. Die Menschen haben die Unsterblichen zu Anfang als Götter verehrt. Aber das ist inzwischen zum Glück vorbei.« Sie musterte Lita mit offener Neugier. »Wie kann es sein, dass du keine Ahnung hast? Warum hat deine Mutter dir nicht die Gesetze der Welt beigebracht?«

»Wenn ich das wüsste, wäre ich vielleicht schon einen Schritt weiter.« Sie sah in die Baumkrone hinauf. Der Baum war so unfassbar groß. Ihn anzusehen, erfüllte Lita mit einem Gefühl des Friedens. Tief in ihr fühlte es sich richtig an, hier zu sein. Doch ihr Verstand war immer noch auf Alarmstufe Rot. Ihre Mutter war von hier geflohen, als Lita ein Baby war, sie hatte Lita so weit wie möglich von dieser Welt ferngehalten. Warum?

Einen Moment lang sah Winnie sie einfach nur an. Es war Lita unangenehm. Irgendwie hatte sie den Eindruck, als würde Winnie in ihr lesen. Doch Winnie schien mit den Informationen, die sie – wo auch immer – in Lita gefunden hatte, nicht zufrieden. Sie kräuselte kurz die Nase. »Ich hab eine Stunde«, stellte sie fest. »Das reicht, um dir die Basics zu verklickern. Als Erstes zur Kleiderkammer. Dann fällst du nicht mehr so auf. Was ist dein liebstes Hobby?« Sie ging auf den Baum zu, wo ein schmaler Weg von der Plattform auf einen der Äste führte.

»Wie bitte?«

»Sag mir, was du gerne machst. Ich liebe Geschichte. Deshalb will ich ins Archiv, wenn ich meine Ausbildung abgeschlossen habe.« Sie zeigte auf ihre lilafarbene Kutte. »Jede Aufgabe hat ihre eigene Farbe. Bist du auch eine, die gerne epische Lebensgeschichten schmökert? Oder stehst du auf Pflanzen?« Mit einem Sprung war Winnie auf dem ausgetretenen Ast und lief sicher darüber.

Pflanzen? Lita bemerkte eine Frau in einer cremefarbenen Kutte, die in den Zweigen saß und Früchte in einen Korb auf ihrem Rücken erntete.

Lita vertraute ihrem Gleichgewicht nicht und balancierte mit ausgestreckten Armen. »Meine Mum liebt Grünpflanzen. Aber mich interessieren die nicht wirklich.«

»Hm«, meinte Winnie und sah von Lita weg.

»Was?«

»Oh, es gibt Gerüchte. Über deine Mutter.«

Lita horchte auf. »Lass hören!«

12

ELAINE

Nachdem Elaine die Backsteine in dem Durchgang zu Neal's Yard in der richtigen Reihenfolge gedrückt hatte, trat sie durch den Vorhang der Realität und musterte missbilligend das Kami-Viertel. Im ersten Moment hielt sie sich den Ärmel vor die Nase. Bei allen Fäden, dieser Gestank!

Vor ein paar Hundert Jahren hatte sich das Menschen-London nicht sonderlich vom Kami-Viertel unterschieden. Beide waren verrußt und schäbig gewesen. Die Menschen hatten diese Gasse in ihrer Welt inzwischen in einen bunten Farbklecks verwandelt, der leckere Speisen und gemütliche Ecken bot. Die Kami hingegen – nun ja. Hier hatte sich über die Zeit kaum etwas verändert. Es stank noch immer nach zerkochtem Essen, Seifensud und Taubendreck. Fannys Friseurstuhl, den die Kami unter einem zerschlissenen Baldachin aufgestellt hatte, gleich neben der Auslage des Kesselflickers, war das einzig Neue im Viertel. Und Fanny betrieb ihr Geschäft nun auch schon gute zwanzig Jahre.

Elaine kam selten zu den Kami. *Eine Weberin braucht nichts anderes als ihre Familie,* so Elaines Wahlspruch. Ihr Turm glich einer kleinen Stadt, den Weberinnen fehlte es an nichts. Alles, was sie benötigten, stellten sie selbst her. Und weder die Unsterblichen noch die Kami durften den Turm betreten. Höchstens auf Einladung. Aber es gab nichts, was sie dort zu suchen gehabt hätten. Allerdings stellte das Schicksal hin und wieder auch einer Weberin Prüfungen. Und dann musste man sich eben etwas einfallen lassen.

Mit energischen Schritten eilte Elaine an den Händlern vorbei. Lita allein im Turm zu lassen, behagte ihr nicht. Das Mädchen wusste weder, wie die Welt funktionierte, noch, welche Aufgabe ihr darin zufiel. Hanna hatte ganze Arbeit geleistet, Lita von dem Schicksal der Welt fernzuhalten.

Sie sollte sich besser beeilen. Auch wenn sie den Grund für Hannas Bruch mit ihr und den Weberinnen geheim gehalten hatte: Was, wenn Lita die richtigen Fragen stellte?

Deshalb hatte sie Winnie ausgewählt, Lita zu leiten. Das Mädchen konnte nicht wissen, was vor fünfzehn Jahren vorgefallen war. Bestenfalls kannte sie Gerüchte und die waren weit entfernt von der Wahrheit.

Der Händler Jonguk neigte höflich den Kopf zum Gruß, als Elaine an seinem Laden vorbeimarschierte. In all den Jahrhunderten war es ihr immer ein Rätsel geblieben, warum Kami so einen Narren an Vögeln gefressen hatten und sie eine derart besessene Sammelleidenschaft für Federvieh aller Art hegten. Jonguk hatte sich auf Vogelkäfige spezialisiert und schien gut davon zu leben. Doch Elaine brauchte keinen goldenen Käfig. Sie brauchte einen Trank.

13
LITA

Während Winnie mühelos von einem Ast zum nächsten hüpfte, berichtete sie Lita, was sie alles über Hanna wusste.

»Elaine und Hanna haben sich megakrass gezofft. So übel, dass der Baum gewackelt hat, wird erzählt.«

Lita versuchte, bei Winnies Tempo mitzuhalten. Zum Glück gab es an den besonders schmalen Astwegen Seile, die sie daran hinderten abzustürzen.

»Und dann hat Hanna einfach ihre Sachen gepackt – und dich – und ist abgehauen.« Winnie wirbelte herum, sodass Lita fast in sie hineingerannt wäre. Hastig klammerte sie sich an einen Zweig, um nicht vom Ast zu kippen.

»Manche sagen, ihr seid zu dem Baum in Brasilien. Andere wussten aus zuverlässiger Quelle, dass ihr es euch in Kanada bequem gemacht habt.«

»Es gibt mehr als diesen einen Baum?« Das Laub des Schicksalsbaums klingelte und wisperte, als wolle es Winnies Bericht bestätigen.

Winnie lachte. »Na sicher. Es sind über die Jahrtausende immer mehr geworden. Überleg doch mal, wie viele Menschen auf der Welt herumlaufen. Die Schicksalsbäume sind aber alle mit dem Orakel und über die Quelle des Lebens verbunden.«

»Quelle des Lebens? Das Wasser, in dem der Baum wurzelt?« Kurz war Lita versucht, an ihren Zehenspitzen vorbei nach unten zu spähen, um einen Blick auf das Wasserbecken zu werfen. Doch sie ließ es lieber bleiben, denn Winnie sprang schon wieder weiter.

»Ganz genau.« Sie landete geschickt auf einem breiten Astweg, der zwei Schritte entfernt war. »Der Urbaum, von dem alle abstammen, steht in der jenseitigen Welt.«

»Ein Urbaum? Etwa Yggdrasil?« Steckte also doch ein wahrer Kern in all den Mythen?

Winnie musterte Lita neugierig. »Du interessierst dich für Historie?«

»Nein. Mehr so für Filme und TV-Serien.«

Begeistert kicherte Winnie. »Oh! Das wird großartig mit dir. Wir haben im Turm leider keinen Empfang. Weder Fernsehen noch Internet.« Sie senkte die Stimme. »Aber Tegan hat 'ne Wohnung organisiert. Draußen, bei den Menschen. Da treffen wir uns ab und zu und gucken Serien. Manchmal gehen wir auch ins Kino. Ich *liebe* es!« Sie seufzte sehnsüchtig. »Hier im Turm kann es hin und wieder schon ein bisschen öde werden. Hast du einen Lieblingsfilm oder Helden?«

Lita zögerte. »Loki«, murmelte sie schließlich.

Winnie prustete los. »Na, das ist ja super!« Leiser fügte sie hinzu: »Ich glaube, der Mensch, der sich diese Geschichten ausgedacht hat, hatte Besuch von dem Unsterblichen Jin.«

Wunderbar, dann gab es also tatsächlich Vorlagen für all die Geschichten. »Fantastisch ...« Unsicher musterte Lita den Abstand zwischen ihr und dem nächsten Ast. *Wenn du abstürzt, fällst du nicht bis zum Boden,* machte sie sich Mut. *Du knallst nur wie eine Flipperkugel von einem Ast zum nächsten.* Es war absurd, mit diesem Mädchen über fiktive Filmhelden zu schwärmen. Dabei brauchte sie doch mehr Informationen über ihre Mutter! So schnell wie möglich – bevor sie in den Tod stürzte! »Weißt du, worüber Mum und Elaine gestritten haben?«

»Ich war damals noch nicht geboren. Aber es muss was richtig, richtig Schlimmes gewesen sein.« Sie warf Lita einen ernsten Blick zu. »Es kommt so gut wie nie vor, dass eine Weberin umzieht in einen anderen Turm. Ich meine, schätzungsweise ist es überall gleich, oder? Früchte, Fäden spinnen, Spindelwerk, Fäden kappen. Aber ...« Winnie blieb stehen und beobachtete Lita. Endlich hörte Winnie auf, mit dem Ast zu wippen, und Lita fasste Mut, zu ihr hinüberzuspringen.

Kaum war Lita sicher gelandet, plapperte Winnie weiter. »Aber was nie vorgekommen ist ...« Sie hatte die Stimme gesenkt und starrte Lita düster an. »... was einfach *undenkbar* ist – ist, dass eine Weberin ihre Bestimmung aufgibt.«

Verdattert schwieg Lita. *Ihre Bestimmung aufgibt?*

»Weberin sein ist das, was uns ausmacht. Dafür werden wir geboren, verstehst du?« Winnie schüttelte voller Unverständnis den Kopf.

Was konnte Hanna dazu gebracht haben, den Turm zu verlassen? Mehr noch: *ihre Bestimmung* zu verlassen. Hatte sie damit etwa gegen ein fundamentales Gesetz der Weberinnen verstoßen? Es musste so schrecklich gewesen sein, dass Mum nicht darüber sprechen konnte. Hatte sie deshalb diese *Phasen* und die ständige Angst, dass etwas

Furchtbares geschehen könnte? Und hatte ihre Entführung etwas damit zu tun?

Winnie beugte sich zu Lita vor und sah sie scharf an. »Aber noch unmöglicher bist *du.*« Winnies freundliche blauen Augen funkelten sie wie ein tiefer schwarzer See an.

Lita hielt die Luft an. In was war sie denn hier reingeraten? *In was ist Mum hineingeraten?*

»Eine Weberin, die keine Ahnung von irgendwas hat!«, flüsterte Winnie.

Winnie machte ihr Angst. Sie meinte, Zorn in ihrem Blick flackern zu sehen. Doch im nächsten Moment schluchzte Winnie auf und fiel Lita um den Hals. »Wie konnte deine Mutter dir das nur antun?«

Beinahe wäre Lita mit dem Stein, der ihr vom Herzen fiel, ebenfalls in die Tiefe gestürzt, als Winnie sie so stürmisch umarmte. »Gute Frage«, stammelte sie. Von einer Sekunde zur nächsten brach das Gefühl grenzenloser Einsamkeit und absoluten Verlorenseins wie eine Welle über sie herein. »Ich weiß es nicht«, flüsterte sie, die Tränen zurückhaltend. »Aber ich muss meine Mum finden! Ich bin sicher, dass ihre Entführung mit alldem hier zu tun hat.«

Winnie drückte sie noch mal und ließ sie endlich los. »Ich werde dir helfen. Ich kann mir nicht ansatzweise vorstellen, wie du dich fühlst. Meine Familie ist *alles* für mich. Wir sind immer füreinander da, es gibt keine Lügen. Es gibt keinen Grund, über irgendwas zu lügen. Wir erfüllen nur das Schicksal. Der Streit zwischen Hanna und Elaine hat sich deshalb in unser aller Gedächtnis eingebrannt. Eine Weberin kann ihre Aufgabe nicht verleugnen. Sie ist eins mit ihr. Es ist die Bestimmung einer Weberin, Fäden zu weben. Man kann vor seinem Schicksal nicht fortlaufen.«

Es ist die Bestimmung einer Weberin, Fäden zu weben.

Lita wurde schwindelig.

Sie tat nichts anderes, seit sie drei Jahre alt war. Allerdings im Geheimen, denn Hanna hatte ihr verboten zu stricken oder gar zu weben. Lita hatte nie verstanden, warum Hanna so eine massive Allergie gegen Garne und Wolle hatte. Bis jetzt. Hanna hatte Angst gehabt, Lita könnte ihre Weberinnenfähigkeiten entdecken – was auch immer das für Fähigkeiten sein mochten. Alles ergab jetzt Sinn. Mums Verbot zu weben und stricken, Mums Ausraster, als die Schule den Turm besichtigen wollte, und ... und Mums Anfälle, in denen sie Stimmen hörte. Stimmen! »Sie hatte noch Kontakt!« Völlig überrumpelt von diesem Gedanken, schwankte Lita und Winnie packte sie am Ärmel.

»Was meinst du damit?«

»Alle paar Wochen, wenn ich meinte, dass meine Mum verrückt wurde, traf sie sich mit jemandem. Jemandem von hier ... Da waren keine Stimmen in ihrem Kopf. Es war jemand von dieser Seite! Ich konnte ihn nur nicht sehen!«

Doch mit wem hatte sie sich getroffen? Ihrem Entführer?

»Also, unsichtbar machen können Weberinnen sich aber nicht.« Winnie zwinkerte Lita zu, hüpfte vom Astweg durch die Blätter und war verschwunden.

»Aber Elaine war unsichtbar für die Leute im Café!«

»Oh, sie hatte bestimmt einen Mantel für den Außeneinsatz an. Wenn du die Kapuze hochziehst, sieht dich kein Mensch«, hörte sie Winnies Stimme. »Du bist eine geborene Weberin. Du siehst Elaine trotz Mantel.«

Lita versuchte, sich zu erinnern. Gab es einen Hinweis in ihren Erinnerungen auf Hannas Besucher? Wieso hatte sie ihn nie gesehen?

»Kommst du?«, fragte Winnie ungeduldig von irgendwo hinter den Blättern.

Noch immer grübelnd, balancierte Lita das letzte Stück und schob das Blattwerk wie einen Vorhang auseinander. Der Ast endete zu ihrer Erleichterung auf einer Plattform. Mit einem Schritt landete sie neben Winnie. Froh, endlich wieder festen Boden unter den Füßen zu haben, sah sie sich um. »Wo sind wir?« Sie standen auf einer kleinen Plattform, die durch eine Hängebrücke mit einer größeren verbunden war. Rings um die größere Ebene hingen mehrere Nesthäuser, aber an ihrer Plattform befand sich nur ein Haus.

»38. Stockwerk. Hier ist die Kleiderkammer.« Winnie deutete auf das Vogelnest und war auch schon an der Tür. »Dann geben wir dir jetzt einen Platz in der Familie.« Sie zwinkerte ihr aufmunternd zu.

Lita wischte sich über die Augen. Vermutlich sah sie grässlich verheult aus. Aber sie hatte soeben Hoffnung geschöpft. Ihre Mutter war nie krank gewesen. Und wenn sie nur tief genug in ihren Erinnerungen wühlte, würde sie eine Spur zu Hannas Entführer finden!

Winnie öffnete die Tür und Lita folgte ihr in das Haus. Sie hatte erwartet, wieder einen weitläufigen Raum darin vorzufinden, doch sie mussten sich vor einen Tresen quetschen, der gerade so weit von dem Eingang entfernt aufgebaut war, dass die Tür aufging.

Hinter dem Tresen war ein Durchgang. Ein Fadenvorhang verhinderte, dass Lita einen Blick in den Raum dahinter werfen konnte, aus dem fröhlicher Gesang erklang.

»Hallo?«, rief Winnie.

Der Gesang stoppte und eine Frau mit etlichen Lachfalten um die Augen trat durch den Vorhang an den Tresen. »Oh, Winnie, schönen guten Tag.«

»Dir ebenso, Luana. Wir haben hier ...« Winnie zögerte. Anscheinend war sie sich nicht sicher, wie sie Lita vorstellen sollte. »Also, sie braucht einen Mantel. Und die Grundausstattung.«

Neugierig musterte Luana Lita. Natürlich. Winnie hatte ihr eben erklärt, wie *unmöglich* sie war. Jede Weberin wurde im Turm geboren und wuchs hier auf. Es gab niemanden, der mit siebzehn Jahren hier hereinschlenderte und sich um eine Ausbildungsstelle bewarb. Man wurde zur Weberin geboren. Auch sie selbst war eine. »Hallo, ich bin Lita, Elaines Enkelin. Aber meine Mum und Elaine hatten wohl Streit«, versuchte sie, Luanas fragenden Blick zu beantworten. »Meine Mutter hat mir meine Herkunft verschwiegen. Aber – also, ich knüpfe aus jedem Faden, den ich in die Finger kriege, irgendwas.« *Es ist die Bestimmung einer Weberin, Fäden zu weben.*

»Du bist Hannas Tochter«, stellte Luana überrascht fest. »Das war vielleicht eine Aufregung damals.«

Lita nickte verwundert. Anscheinend waren sie und Hanna tatsächlich eine Legende.

»Aber die Liebe ...« Luana verdrehte seufzend die Augen. »Warte einen Moment, ich hole dir einen passenden Mantel.«

Die Liebe? Was meinte Luana damit? War Hanna mit

Elaine in Streit geraten, weil Hanna sich in … In wen verliebten sich Weberinnen? Oder: In wen durften sie sich *nicht* verlieben? Vielleicht war Litas Vater der Grund gewesen …

Winnie unterbrach Litas Grübeleien. »Du webst?«, fragte sie neugierig, während Luana hinter dem Vorhang zu hören war, die eine Melodie summte.

»Du nicht?«, entgegnete Lita verwundert.

Amüsiert lachte Winnie auf. »Du meinst, weil wir alle Weberinnen sind, weben wir auch alle? Nein. Jede findet eine Aufgabe, die ihren Vorlieben und Talenten entspricht. Es geht nicht nur um die Fäden und die Prophezeiungen. Wir leben hier wie in einer kleinen Stadt. Es gibt Handwerkerinnen, Köchinnen, Lehrerinnen, Heilerinnen und natürlich unsere Technikerinnen, die unter anderem das Spindelwerk warten …«

Lita stutzte. »Ihr seid nur Frauen«, stellte sie überrascht fest. Bisher war ihr das noch gar nicht bewusst gewesen.

»Natürlich. Weberinnen können keine männlichen Nachkommen haben.«

Luana trat durch den Vorhang und schob Lita einen feinsäuberlich gefalteten Mantel hin. Er war mitternachtsblau.

Winnie nickte. »Das wird dir gefallen. Dunkelblau sind die, die die Schicksalsteppiche anfertigen.«

»Ich soll was?« Lita musterte den schimmernden Stoff. Was waren denn nun schon wieder Schicksalsteppiche?

»Elaine bekommt im Orakel gesagt, welche Dinge passieren müssen. Dann gibt sie diese Weissagungen an die Teppichweberinnen weiter. Und Weberinnen wie ich …« Sie machte einen Knicks und breitete dabei ihre lila Kutte aus. »… archivieren eure Werke.«

Luana legte eine kurze, gedrungene Schere, an die eine Kordel geknüpft war, und eine Brille auf den Tresen. Die Brillengläser waren oval und in dünnes silbernes Metall eingefasst. Bügel hatte die Brille keine, anscheinend klemmte man sie sich einfach auf die Nase. Als Letztes gab sie Lita noch einen Handspiegel. Er ähnelte dem, den Elaine vorhin benutzt hatte. Der schmale Griff war aus Bronze und mit Ranken verziert, die Spiegelumrandung golden. Auf der Rückseite entdeckte Lita die Darstellung einer Frau mit Flügeln. Fragend sah sie Winnie an.

»Ach, Firlefanz«, kommentierte sie und deutete auf die Flügelfigur. »Jeder kann seinen Spiegel so gestalten, wie er will. Ich hab meinen Lieblings-Animecharacter drauf.« Sie holte ihren Spiegel hervor und Lita betrachtete die Figur. Ein junges Mädchen mit kurzem Faltenrock und extrem langen, wehenden Zöpfen.

»Ist das etwa Sailor Moon?«

Winnie strahlte. »Hey. Ich mag dich! Du bist die Erste, die sie erkennt! Ich liebe die Serie! Hast du die Mangas gelesen? Wer ist deine Lieblingsfigur?«

Luana lachte. »Pass bloß auf, Lita. Winnie ist völlig vernarrt in Geschichten. Nicht nur in die des Orakels. Und sie liebt Worte. Sie selbst kann sehr viele an einem Tag sprechen.«

»Tausend Dank, Luana.« Etwas beleidigt nahm Winnie den Mantel vom Tresen und hielt ihn Lita hin, damit sie hineinschlüpfen konnte.

Doch Lita regte sich nicht. Hanna hatte noch Kontakt zu jemandem aus dieser Welt gehabt. Und obwohl Lita sie deshalb zu Therapeuten gezwungen und ihr Szenen gemacht hatte, wenn sie ihre Medizin nicht nahm – Hanna hatte ihr weiterhin die Wahrheit verschwiegen. Warum? Weshalb wollte Hanna sie von der Welt der Weberinnen fernhalten? Nun war Hanna entführt worden. Und eins war für Lita klar: Der Entführer musste aus dieser Welt stammen.

Sie nahm Winnie den Mantel ab und legte ihn zusammen. »Danke. Ich – ich werde ihn vielleicht später anziehen. Ich muss erst meine Mutter finden.«

Winnie und Luana wechselten einen Blick, den Lita nicht deuten konnte. Die beiden wussten mehr über Hanna, die Weberin, als sie selbst. Allerdings kannte sie Hanna, ihre Mutter, in- und auswendig. Und Hannas einziges Ziel war immer gewesen, Lita zu beschützen. Vor den Stimmen.

Litas Finger gruben sich in den zarten Stoff des Mantels. *Mum wollte mich vor den Weberinnen schützen.*

Ihr Blick glitt zu Winnie und Luana. Beide beobachteten sie besorgt.

»Wir haben doch noch Zeit«, meinte Lita und hoffte, dass sie nicht bemerkten, wie belegt ihre Stimme klang. »Kannst du mir mehr zeigen, Winnie? Ich will wirklich alles wissen, was mir meine Mum vorenthalten hat.« Vielleicht erfuhr sie etwas, das sie auf die richtige Spur brachte.

»Wir haben eine gute halbe Stunde. Ich zeige dir den Weltenraum und das Archiv. Das müssten wir schaffen, bevor Elaine dich erwartet.«

»Viel Glück«, murmelte Luana. »Und willkommen zurück, Lita.«

Doch Winnie hatte sie bereits gepackt und hinausgezogen. »Wir nehmen die Treppe. Aber du musst einen Schritt zulegen.«

14
ELAINE

Oberste Weberin!« Aufgeregt tippelte der dickliche Kami auf Elaine zu, kaum dass sie seinen Laden betreten hatte. Dabei verneigte er sich unzählige Male und wagte nicht, sie anzusehen.

Elaine war sich nicht sicher, ob Wook ihren Titel voller Ehrerbietung gerufen hatte oder ob Überraschung und Angst in seinem Tonfall lagen. Sie neigte jedenfalls nur leicht den Kopf und sah sich zweifelnd um. Die Luft in Wooks Laden war so ausgedörrt, dass ihre Kehle sofort zu kratzen anfing. Ihre Augen brauchten eine Weile, um sich an die Dunkelheit in dem vollgestopften Raum zu gewöhnen. Um sie herum drängten sich dicht an dicht schiefe Holzregale. Es roch nach Staub und Schimmel.

»Was führt Euch in mein bescheidenes Geschäft?«, fragte Wook und verbeugte sich dabei weitere drei Mal.

Dafür, dass er in diesem beengten und muffigen Laden bediente, war sein aufwendig bestickter Kimono ganz offensichtlich zu wertvoll. Selbst Elaine wusste von Wooks Geltungssucht – dabei schaffte es Tratsch so gut wie nie in den Turm. Wooks Protzsucht war jedoch so manisch, dass sogar die Weberinnen davon gehört hatten. Zu gerne wäre Elaine mit ihrer Zutatenliste zu jemand anderem gegangen, doch Wook hatte sämtliche Konkurrenten systematisch verdrängt. Brauchte man Zutaten, musste man zu Wook. Und er rühmte sich nicht zu Unrecht, das beste Sortiment zu bieten.

»Ich habe eine Liste.« Aus einer Manteltasche zog sie ein sauber gefaltetes Blatt und reichte es ihm. Er nahm es mit einer Verbeugung entgegen. Seine kleinen dunklen Augen huschten flink über die Auflistung und seine wächserne Haut wurde noch fahler.

Natürlich war Elaine bewusst, dass Wook erkannte, was sie vorhatte. Doch sie vertraute darauf, dass er zu viel Ehrfurcht vor ihr und ihrer Position hatte, um Fragen zu stellen oder es gar herumzutratschen.

»Hast du alles, was ich benötige, vorrätig?«

»Ja, ja, natürlich, Oberste Weberin. Natürlich.« Wieder Verbeugungen.

»Dann beeil dich. Ich habe nicht ewig Zeit.«

Sofort tippelte er davon. Eigentlich erwartete Elaine, dass sein ausladender, schwammiger Körper zwischen den Regalen stecken bleiben würde, doch keine zehn Minuten später war Wook zurück. In den Armen einen Stapel an Säckchen, Dosen und Fläschchen. Sie folgte ihm zu einem abgenutzten Tresen, auf dem eine antiquierte Registrierkasse und etliche Bonbongläser standen. Darin bot Wook natürlich keine Süßigkeiten an, sondern Taschenglücksbringer wie Hasenpfoten, Marienkäfer und Skarabäen oder auch gläserne Osiris-Augen.

Vorsichtig legte Wook ein in Seidenpapier eingeschlagenes Päckchen auf das abgewetzte Holz des Tresens. »Also, da hätten wir eine Platte eines Schildkrötenpanzers – zum

Auskochen.« Dann reihte er drei unterschiedlich bauchige Flakons daneben auf. Er tippte sie nacheinander an. »Granit, pulverisiert, Stufe 4. Hier sind Spiegelspähne. Und in diesem hier ganz exquisite Nebelessenz.« Schließlich fügte er einen winzigen Leinenbeutel sowie ein schlichtes Holzdöschen an. »Getrocknete Melisse und Jiaogulan-Pulver. Kann ich sonst noch etwas für Euch tun?«

»Nein. Danke.« Sie wollte nur so schnell wie möglich zurück in den Turm zu Lita.

Wieder verbeugte er sich so tief, dass seine schweißnasse Stirn fast den Tresen berührte. Dann begann er, die Zutaten in einen Bogen braunes Papier einzuwickeln. Doch seine Hände zitterten und Elaine schnaufte ungeduldig.

»Verzeiht, Oberste Weberin«, stotterte Wook. »Ich – es steht mir nicht zu, jedoch –« Zum ersten Mal wagte er, sie direkt anzusehen. Er schwitzte, war blass und seine schwarzen Augen waren vor Angst geweitet.

»Ist es wegen der Asche?« Seine Stimme zitterte. »Kauft Ihr deshalb all diese Zutaten?«

»Asche?« Elaine legte Münzen auf den Tresen. »Ich weiß nicht, wovon du sprichst.«

»Die Unke, sie hat sie gesehen. Sie kommt. Alles wird zu Asche.«

Für einen Herzschlag erstarrte Elaine. Dann lachte sie laut auf. »*Unke?* Eine Kami?« Sie nahm Wook das Paket mit ihren Einkäufen ab, obwohl er es noch nicht verschlossen hatte. »Seit wann reden Kami mit dem Orakel? Nur das Orakel verkündet die Zukunft und ...« Sie beugte sich zu Wook, der scheußlich nach Senf und Kümmel stank. »... wenn ich mich nicht täusche, spricht Äon durch das Orakel ausschließlich mit der Obersten Weberin. Und nicht mit einer Kami.«

»Ja, ja, natürlich. Verzeiht. Welch ein Frevel. Die Unke hatte bloß einen Traum. Nur Ihr kennt die Zukunft.« Diesmal schlug er tatsächlich mit der Stirn auf den Tresen auf. Und bevor ihm eine weitere Unverschämtheit einfiel, warf Elaine ein paar weitere Münzen auf den Tresen und verließ seinen Laden.

Sie atmete erst auf, als sie den Vorhang zur Menschenwelt wieder durchschritten hatte.

Asche.

Selbst die Unke hatte sie gesehen.

Sie musste sich sputen!

15

LITA

Winnie hatte Lita zu jenem Raum gebracht, an dem Elaine sie vorhin vorbeigeschleust hatte. Der Regenbogennebelraum, wie Lita ihn getauft hatte. In seinem Innern glomm dieses diffuse Licht, das in allen Farben schimmerte.

»Das ist der Weltenraum«, meinte Winnie leichthin und schlenderte durch den Torbogen. »Er ist wahrscheinlich der wichtigste Raum im Turm.«

Im Gegensatz zu den Zugängen zu den Häusern glich dies eher einem Kirchenportal und seine Torflügel standen offen. Jeder konnte, wann immer er wollte, in den Weltenraum hinein.

Staunend trat Lita ein.

Der Raum war … grenzenlos.

So muss es sich anfühlen, im Nordlicht zu stehen, schoss es ihr durch den Kopf. Sie ertappte sich bei dem Wunsch, einfach nur in diesem Farbflimmern sitzen zu wollen. In dieser Kuppel aus purem Licht. Falls es so etwas wie eine Begrenzung gab, dann entstand dieser Eindruck nur, weil sich das vielfarbige Licht optisch so verdichtete, dass es wie eine Wand wirkte.

»Was – ist – das?«

»Das Gespinst. Alles Schicksalsfäden.« Fast stolz blickte

Winnie sich um. »Also, natürlich nicht von allen Menschen auf der Welt. Das wäre dann doch etwas too much. Deshalb gibt es ja zwölf Bäume. Aber wir verwalten doch einen beachtlichen Bezirk.«

Ganz vorsichtig trat Lita näher an das Gespinst heran. Tatsächlich war dieses verzaubernde Licht aus Millionen von Fäden gewoben. Nein, nicht gewoben. Sie verliefen mehr oder weniger parallel von einem Ende des Raums zum anderen, der jedoch so weit entfernt war, dass sie nichts außer dem flirrenden Licht sah.

Neugierig beobachtete sie eine Weberin, die mitten in den Fäden stand. Die Frau hatte sich eine der Brillen auf die Nase geklemmt und schien einen Faden eingehend zu betrachten. Sie trug einen schwarzen Umhang, genau wie Elaine.

Waren das wirklich alles Schicksalsfäden von Menschen? Es waren so unendlich viele. Ihr wurde schwindelig bei dem Gedanken, das jeder dieser schimmernden Fäden ein Leben war. Und irgendwo in dieser Masse verlief ihr eigener Faden? Und der ihrer Mutter!

Lita starrte die Fäden an, die sich vor ihr schimmernd durch den Raum zogen. Sie funkelten in verschiedenen Farbschattierungen, manche glommen nur schwach, andere strahlten hell wie Sternenlicht. Bis zur Decke hinauf kreuzten oder schlangen sie sich umeinander, trennten sich, schlugen Haken, verliefen im Zickzack oder stur geradeaus. Das waren alles Lebenswege? Sie folgte mit dem Blick den Fäden nach links, wo sie in die Unendlichkeit zu laufen schienen. Auf der gegenüberliegenden Seite entdeckte Lita eine Wand. Hoch oben hatte sie einen schmalen, langen Schlitz, durch den die Fäden in den Weltenraum glitten.

»Also gut. Ich glaub dir jetzt mal, dass ihr kein Ableger der Tate Modern seid und das hier auch nicht das Werk eines total angesagten Lichtkünstlers ist. Wo kommen die Fäden her?«

»Hier ist die Gegenwart.« Winnie deutete auf die Fäden vor ihnen. »Wenn du die Brille aufsetzt, dann kannst du einen Faden genau betrachten. Er zeigt dir den Blick des Menschen. Was er gerade erlebt oder, besser gesagt, sieht. Und du wirst bemerken, dass der Faden sich bewegt. Denn die Zeit ist immer im Fluss.«

Während Winnie weitersprach, suchte Lita die Brille, die sie von Luana erhalten hatte.

»Dort hinter dieser Wand steht das Spindelwerk. In ihm beginnen die Fäden. Komm mit. Dann kannst du es dir ansehen. Es ist echt beeindruckend.« Sie marschierte nach rechts auf einen Durchgang zu.

Lita hatte endlich die Brille in einer Tasche des Mantels gefunden und steckte sie sich auf die Nase. Konnte sie damit wirklich sehen, wessen Lebensfaden es war? Vielleicht konnte sie dann auch Hannas Faden finden ... Ihr Blick glitt durch den Raum und sie verwarf den Gedanken. Es mussten Abermillionen Fäden sein.

Dennoch trat sie neugierig an einen Faden heran. Er war wie ein Laserstrahl. Irgendwie schien er aus sich selbst heraus zu leuchten. Und tatsächlich kam es Lita so vor, als würde dieses Licht fließen. Sie blickte den Faden entlang und musterte den Raum, der sich mit den Fäden in eine scheinbare Unendlichkeit erstreckte. Aber als sie sich dicht über den Faden beugte, ihn fast mit der Nasenspitze berührte, konnte sie auch nur Licht erkennen. Sie sah kein Schicksal und keine Person oder was auch immer. Etwas enttäuscht nahm sie die Brille wieder ab und folgte Winnie.

»Und was ist auf der gegenüberliegenden Seite? Wohin fließen diese Fäden?«, wollte sie von ihr wissen, als sie sie bei dem Durchgang eingeholt hatte.

»In die Vergangenheit. Und hier, direkt vor dem Spindelwerk, ist die unmittelbare Zukunft.« Sie schob Lita durch den schmalen Durchlass.

»Ach du heilige Scheiße!«, entfuhr es Lita. Im ersten Moment musste sie an eine Szene aus *Alice im Wunderland* denken, eine Geschichte, die sie als Kind geliebt hatte. Besonders hatte sie die Illustration beeindruckt, als Alice größer und größer wurde und das Zimmer, in dem sie war, regelrecht sprengte.

Genauso wirkte diese Maschine. Sie war viel zu gigantisch für diesen Raum. Jeden Winkel schien sie auszufüllen mit ihren Spulen, Rollen, Zahnrädern und Winkeln. Der Raum und diese Maschine waren eins. Es war unmöglich zu sagen, wo der Motor lag, der alles antrieb. Denn Lita stand mittendrin. Oben, unten, zu allen Seiten surrten Fäden, drehten sich Spulen, klickten Umlenkrollen.

Winnie folgte einem schmalen Metallsteg und winkte Lita, sie solle mitkommen. Es gab Hunderte solcher Stege, die auf verschiedenen Ebenen durch die Maschine führten. Weberinnen in roten Mänteln huschten hin und her.

»Was passiert hier?«, fragte Lita laut, um gegen das Dröhnen anzukommen.

»Das ist das Spindelwerk des Schicksals. Auf jeder Spule ist der Faden eines Menschen. Die Weberinnen fädeln für jedes neue Leben einen Faden ein.« Winnie winkte Lita heran. Eine der Weberinnen nickte ihnen freundlich zu. An einem Riemen trug sie eine breite Ledertasche vor dem Bauch. Darin waren bestimmt zwei Dutzend Spulen, jede in einem eigenen Fach. Sie zog eine heraus, steckte die Spule auf einen Dorn, nahm das Fadenende und schob es zwischen zwei sich drehende Spulen. Sofort wurde der Faden erfasst, der sogleich begann, sich von der Spule abzuwickeln.

»Wieder ein neuer Mensch.« Winnie lächelte. »Der Faden ist noch ganz weiß, siehst du? Als Baby wird ihm kein Schicksalsschlag widerfahren. Aber wenn du die Spule genau betrachtest, kannst du schon Farben durchschimmern sehen. Das Kind wird ein bewegtes Leben haben.«

Lita beobachtete, wie der Faden von weiteren Rollen erfasst wurde und mit zwei anderen Fäden zusammengeführt wurde. Sie versuchte, einen davon zu seiner Spule zurückzuverfolgen. Doch es waren so viele, die durch diese Maschine schossen, dass ihr bald Fäden und sich drehende Spulen und Rollen vor den Augen flimmerten.

Damit ihr nicht schwindelig wurde, fixierte sie Winnie. »Es steht jetzt schon fest, was dem Kind passieren wird?«

Winnie nickte.

Fassungslos riskierte Lita einen Blick auf die Millionen Spulen. Wenn sie nicht versuchte, sich auf einen Faden zu konzentrieren, ging es. Dennoch flirrte die Maschine vor ihren Augen. »Aber was ... wenn jemand nicht will?«

»Dein Schicksal erfüllt sich immer. Manchmal muss

ein Knoten entwirrt werden, doch letztendlich wird der Mensch stets seinem Faden folgen.«

Eine Weberin drängte sich an ihnen vorbei. Um ein Haar hätte Lita das Gleichgewicht verloren und wäre in die Tiefen des ratternden Spindelwerks gestürzt. »Vorsicht«, maulte sie.

Doch die Weberin hatte es zu eilig, um sich zu entschuldigen. Sie kontrollierte eine Liste und murmelte »53289« vor sich hin. Ein Korb voller Garnrollen baumelte an ihrem Arm. Anscheinend hatte sie 53289 gefunden, denn sie stoppte an einer Spule, zog den Faden etwas und – schnipp.

»Was ...!« Entsetzt wollte Lita zu der Frau, doch es war zu eng und Winnie hielt sie zurück.

»Alles gut. Jedes Leben endet. Der Zeitpunkt und die Umstände deines Todes sind ebenso festgeschrieben wie dein Lebensweg. Der Faden wird gekappt.«

Lita schwieg. Natürlich. Natürlich endete jedes Leben. Aber – ihr schwindelte bei dem Gedanken, dass ihr Tod schon seit ihrer Geburt feststand. Wann, wo und wie.

Die Weberin zupfte die Spule, in der noch ein Rest des weißen Fadens schimmerte, vom Dorn und warf sie in ihren Korb. Sie hakte etwas auf der Liste ab und eilte weiter.

Litas Herz hämmerte wie wild. Hatte auf dieser Liste auch Hannas Name gestanden? War sie ...?

»Winnie ...« Sie hielt das Mädchen, das sich abgewandt hatte, zurück. »Können Weberinnen sterben?«

Betroffen senkte Winnie den Blick. »Uns wird eine sehr lange Lebensspanne zuteil. Aber ja. Jede von uns hat einen

Faden, der ebenfalls hier ist. Und irgendwann wird er enden.«

Es fiel Lita schwer zu atmen. Sie beobachtete die Weberin, die bereits ein weiteres Leben beendet hatte und diesen Menschen wie auf einer To-do-Liste abhakte.

»Das Archiv schaffen wir nicht mehr«, meinte Winnie. »Wir müssen zu Elaine.« Winnie sprang auf einen Steg, der einen Meter unter ihnen verlief, und ging zurück zu dem Durchlass zum Weltenraum.

Das ist doch alles Blödsinn. Ich bin nicht an so ein Garn gebunden! Und Hanna auch nicht. Und auf keinen Fall wird dieser Faden enden! Nicht heute! Und auch nicht morgen.

Lita folgte Winnie in den Weltenraum. Wieder verzauberte sie der Lichtglanz der Fäden. »Darf ich mal einen Faden anfassen?«

»Na klar. Wenn du dich entscheidest, bei uns zu bleiben, dann wirst du aus solchen Fäden ganze Teppiche weben.«

Vorsichtig streckte Lita die Hand nach einem Faden aus. Und griff – ins Leere.

Für eine winzige Sekunde war sie geschockt. Seltsam enttäuscht, doch dann lachte sie erleichtert auf. »Dachte ich's mir doch!«, stellte sie zufrieden fest. Ihr gesunder Menschenverstand weigerte sich zu akzeptieren, dass alles, was ihr, was jedem Menschen in seinem Leben widerfahren soll, auf einem Faden stand. Das hier war alles nur Fake. Es gab keine Fäden! Also konnte auch niemand Hannas Lebensfaden kappen.

»Was ist?« Neugierig musterte Winnie sie.

»Ich finde es zwar irgendwie ziemlich schräg, so viel Aufwand zu betreiben, um ein unschuldiges Mädchen zu veräppeln, aber *wow!*« Lita verschränkte die Arme und sah Winnie herausfordernd an. Sie hatte doch tatsächlich angefangen, all diese Geschichten zu glauben ...

Verständnislos blinzelte Winnie sie an. »Veräppeln?«

Demonstrativ wedelte Lita durch die Fäden. »Das sind Laserprojektionen. Nix mit Fäden. Hut ab vor der Installation. Das wird sicher ein Riesenerfolg.« Sie lachte. »Elaine ist also Künstlerin?«

Völlig verdattert trat Winnie neben Lita und zog an einem der Fäden.

Lita blieb der Mund offen stehen. Das Licht bog sich unter Winnies Fingern. Es schnippte und wippte tatsächlich wie ein gespannter Faden, den man zupfte ...

»Ich – also – Elaine ist die Oberste Weberin«, stammelte Winnie. Offenbar hatte es sie durcheinandergebracht, dass Lita die Fäden als Licht enttarnt hatte. »Sie ist unsere Chefin, wenn du so willst. Und du – du müsstest eine von uns sein.« Sie musterte Lita argwöhnisch. »Aber du kannst die Fäden nicht berühren. Das ist mehr als seltsam.«

16

LITA

Elaines Gemächer lagen auf der obersten Ebene, direkt unter der gläsernen Spitze des Turms.

»Ooookaaaaay ... das nenn ich mal ein Penthouse«, meinte Lita gedehnt, als sie mit Winnie Elaines Loft betrat. Eine andere Bezeichnung fiel Lita für diese riesige, von Licht durchflutete Wohnung nicht ein. Sie standen in einem mehr als großzügigen Wohnbereich, dem sich eine offene Küche anschloss. Hinter einem schlichten Reispapierparavent verbarg sich vermutlich der Zugang zum Schlafzimmer. Dominiert wurde der Wohnraum von zwei Sesseln, die vor einem Kamin standen. Zwei Regale, überfüllt mit Büchern, trennten Wohnbereich und Küche. »Meine Großmutter hat Geld und Style«, stellte Lita beeindruckt fest.

Die Glaswände der Towerspitze reichten bis hinunter zum Parkett und boten einen atemberaubenden Blick auf London. Im Westen neigte sich die Sonne bereits dem Horizont entgegen und ließ die Kuppel von St. Paul's im abendlichen Licht erstrahlen. Die Scheinwerfer der Autos strömten wie goldenes Wasser durch die Adern der Stadt.

Winnie ließ sich in einen der beiden Sessel fallen. »Geld

spielt unter uns Weberinnen eigentlich keine Rolle. Wir leben hier in unserem eigenen Kosmos. Wir brauchen keins.«

Im Kamin flackerte ein künstliches Feuer. Auch wenn es keine Wärme ausstrahlte, verbreiteten die tanzenden Flammen eine gemütliche Atmosphäre. Dennoch zog Lita die Schultern hoch und musterte das Loft argwöhnisch. Kein Geld? Niemals. Irgendwer hatte doch für die Designermöbel bezahlt.

»Ein paar Mal war ich schon hier, seit ich im Archiv lerne«, redete Winnie unbeschwert weiter. »Aber mich haut diese Aussicht auch jedes Mal wieder von den Socken.« Den Kopf in den Nacken gelegt, beobachtete Winnie die vom Abendrot gefärbten Wolken über sich.

Lita trat an das Glas heran und betrachtete die Stadt unter sich. »Wir sind höher, als The Gherkin eigentlich ist.« Aus dem Kunstunterricht wusste sie noch, dass der Turm ziemlich niedrig war, da die Architekten ihn in die Umgebung hatten integrieren wollen. Doch nun blickte sie auf die Dächer der anderen Bürotürme hinab.

Vorsichtig streckte sie die Hand nach der Glasscheibe aus. Eigentlich erwartete sie, dass auch hier ihre Finger hindurchglitten, dass dieses Glas ebenfalls nur eine Projektion war. Genau wie die Fäden. Doch das Glas war fest. Es fühlte sich glatt und kühl an. *Warum hatte Winnie die Fäden anfassen können? Und was war mit dem Baum? Du bist von Ast zu Ast gesprungen. Das hier ist kein Fake.*

»Wie macht ihr das?«, wandte sie sich an Winnie. »Gebäude sind höher als in Wirklichkeit, Räume dehnen sich bis zur Unendlichkeit aus …«

Winnie zuckte mit den Schultern. »Wir machen gar nichts. Wir können keine Magie wirken. Ich nehme an, Äon hat diese Dinge für uns geschaffen.«

Wer war denn nun schon wieder Äon? »Und die Lichtexplosion, die meine Mutter verschlungen hat? Elaine meinte, sie sei *geswipt* worden. Das ist doch Magie. Kommt die auch von diesem Äon? Ist das ein Unsterblicher?«

»Ein Swipe ist definitiv das Werk eines Unsterblichen. *Die* sind die Meister der Magie. Und des Swipens. Unsterbliche beherrschen die Luft, das Wasser, die Erde und das Feuer. Swipen ist für die nur ein Taschenspielertrick. Und Äon ... Äon ist das allmächtige Wesen, das uns alle erschaffen hat.«

Lita seufzte. Natürlich. Unsterbliche und ein allmächtiges Wesen. Vermutlich hatte das ihre Mutter nicht entführt. Aber vielleicht einer dieser Unsterblichen. »Was ist mit diesen Unsterblichen. Machen die das Wetter?«

Winnie kicherte. »Als sie von den Menschen noch als Götter verehrt wurden, haben sie tatsächlich hin und wieder Stürme, Regen oder Dürren übers Land geschickt. Jetzt, glaube ich, langweilen sie sich nur noch. Auf jeden Fall sind sie irgendwie nervig.«

»Nervig?«

»Na, sie halten sich für sooo wichtig. Weil sie Äons Erstgeborene sind und eben viel Macht haben. Außerdem sind sie Männer.« Sie verdrehte die Augen.

»Nur Kerle? Und ihr seid ausschließlich Frauen? Wer hat sich den Blödsinn ausgedacht?«

»Äon.« Winnie sagte es, als wäre damit jegliches weitere Argument hinfällig.

»Kein Wunder, dass die Unsterblichen nervig sind.«

Winnie kicherte. »Ja, klar. Ihr Ego ist total gekränkt, seit ihr Menschen sie vergessen habt. Ihr habt jetzt eure Technik. Ihr braucht keine Götter mehr, die euch eine reiche Ernte schenken oder einen Fluss stauen.«

Langsam bekam Lita das Gefühl, in einem Fantasybuch festzustecken. »Und deshalb entführen sie nun Weberinnen? Aus Langeweile?«

»Nein!« Erschrocken schüttelte Winnie den Kopf. »Das habe ich nicht gesagt. Auch wenn der Swipe darauf hindeutet. Aber was sollte Hanna denn einem Unsterblichen getan haben?«

Ganz genau. Nachdenklich sah Lita auf London hinab. Mum war aus diesem Weberinnenclub ausgestiegen. Hatte Lita alles über diese Parallelwelt verschwiegen, aber dennoch Kontakt gehalten. Inzwischen war Lita fest davon überzeugt, dass Mums *Anfälle* eigentlich Besuche von jemandem aus diesem Universum gewesen waren. Und was dieser Jemand zu berichten hatte, hatte Hanna immer wieder Angst gemacht. Und nun war sie verschwunden.

»Warum nennt ihr die Unsterblichen Unsterbliche?« Sie drehte sich zu Winnie um.

»Na, weil sie keinen Faden haben, den wir kappen können.« Winnie ließ die Beine über die Armlehne des Sessels baumeln.

»Also, Weberinnen achten auf die Menschen, auf deren Leben und Schicksal. Kami unterstützen die Menschen mit kleinen Hilfestellungen. Und Unsterbliche genießen einfach ihr Leben?«

Seufzend zupfte Winnie am Stoff ihrer Tasche. »Irgendwie schon. Deshalb verstehen wir uns nicht so gut mit ihnen. Sie kümmern sich nur noch um sich selbst.«

Skeptisch wartete Lita ab, was Winnie ihr noch über die Unsterblichen erzählte. Doch die schwieg.

»Aber sie haben doch auch ein Schicksal, oder nicht?«, hakte sie nach.

»Nein. Kein Faden, kein Schicksal. Aber die Menschen, die sie zu Helden gemacht haben, um die Schlachten zu schlagen, die hatten alle einen. Und natürlich ihre Kinder. Immer wieder haben sich Unsterbliche in Menschenfrauen verliebt. Ihre Kinder sind Halbblute. Einige leben bei ihren Vätern in deren Wolkenstadt oder wo immer sie sich niedergelassen haben. Andere leben unter den Menschen. Bis ihr Schicksal sie ruft.«

Mit einem Seufzer ließ sich Lita in den zweiten Sessel fallen und begann, sich die Schläfen zu massieren. Die Angst um ihre Mutter und all diese verwirrenden Schicksalsgeschichten machten ihr Kopfschmerzen. Was konnte Hanna getan haben oder wissen, dass jemand hinter ihr her war? Ihre Kehle schnürte sich zu bei dem Gedanken, warum Hanna entführt worden war. Hoffentlich, weil sie für jemanden etwas tun sollte. Und nicht, um aus dem Weg geräumt zu werden ...

Außerdem knurrte ihr Magen. Ein doppelter Burger wäre jetzt das Richtige. Ihr Lieblingsessen würde ihre Nerven auf jeden Fall beruhigen.

Für einen Augenblick dachte sie an DeeDee, Chloe und Lauren. War das heute gewesen, dass sie am Skate Space Burger essen waren? Bestimmt waren die drei noch weitergezogen, Kaffee trinken, vielleicht ins Kino ... Lita wurde bewusst, dass sie ihre Tasche mit dem Handy in der Wohnung gelassen hatte. In der Wohnung, die durch eine Lichtexplosion völlig verwüstet worden war.

»Ich fasse es nicht. Der Tag hat als ganz normaler Samstag begonnen. Absolut normal. Und jetzt ...« Lita marschierte in Elaines riesige Küche und warf einen Blick in den Kühlschrank. Wenn sie nicht gleich etwas Ordentliches in den Magen bekam, drehte sie noch vollends durch. Gemüse, Obst, Joghurt. »Ist Elaine etwa Vegetarierin?« Auch das noch. Ein Albtraum! Lita starrte auf das Bund Möhren.

Es hat in unserer Wohnung ein Gasleck gegeben. Und ich liege im Koma! So muss es sein!

Oder sie war tot und alle Gerüchte über das Leben nach dem Tod waren Bullshit. Nix mit Himmel und Paradies. Nur ein Kühlschrank voller Grünzeug.

»Wir sind alle Vegetarier.«

Missmutig klappte Lita den Kühlschrank wieder zu und sah sich in dem spartanisch eingerichteten Loft um. »Hast du 'ne Ahnung, wo Elaine ihre Schokolade hat?« Sie schnappte Winnies mitleidigen Blick auf und seufzte. »Ja, schon klar. Blöde Frage.« Natürlich hatte diese Frau keine Naschschublade. Elaine war jemand, der sich keine Schwächen leistete, der immer darauf achtete, dass alles korrekt war. Vermutlich hatte Hanna das so sehr genervt, dass sie ausgezogen war.

Mit einem Seufzen ging Lita zu Winnie hinüber und ließ sich in den zweiten Sessel fallen. Ihr Magen knurrte.

Sie merkte, dass sie ans Ende ihrer Kräfte kam. Sie

war körperlich erschöpft und die Unsicherheit, was mit ihrer Mutter passiert war – ob Hanna lebte, ob es ihr gut ging –, zerrte an ihren Nerven. Ganz zu schweigen davon, dass sie in einem Paralleluniversum festsaß und sich mit übernatürlichen Wesen unterhielt. Oder so was in der Art.

Durchdringend starrte Winnie sie an. Bereits im Weltenraum hatte sie Lita derart fixiert.

»Kannst du damit aufhören?«, bat Lita. *Wenn ich jetzt einschlafe, ist dann alles wieder normal, sobald ich aufwache? Mum sitzt an ihrem Laptop und organisiert ihre Termine.*

»Nein.« Winnies Augen verengten sich zu Schlitzen.

Für einen Augenblick befürchtete Lita, ihre Gedanken laut ausgesprochen zu haben. »Dein Starren macht mir Angst«, murmelte sie.

»Oh.« Winnie lehnte sich zurück. »Tut mir leid. Das wollte ich nicht. Aber – ich verstehe nicht, wieso du die Fäden nicht berühren kannst. Du siehst sie doch. Das ergibt keinen Sinn!«

Laut Winnie war das Fadenmanipulieren angeboren. Wenn Lita Hannas Tochter und damit Elaines Enkelin war, dann musste sie auch Fäden berühren können. »Vielleicht weil ich nicht im Turm aufgewachsen bin?«

»Vielleicht. Aber das ist nicht alles.« Wieder starrte sie Lita angestrengt an. »Ich kann *deinen* Faden nicht sehen.«

Lita horchte auf. »Meinen Faden? Ist der nicht im Weltenraum?«

»Ja, schon. Aber wir sehen sozusagen ein Echo davon an jedem Menschen. Es sei denn …«

»Es sei denn …?«, wiederholte Lita. Es sei denn … man war tot! Ha! Wusste sie es doch. Die Explosion hatte sie umgebracht und sie hing in einer ziemlich verrückten Dimension fest.

»Es sei denn, der eigene Faden ist mit dem des anderen essenziell verbunden.« Da Litas Gesichtsausdruck Bände sprach, redete Winnie hastig weiter: »Das bedeutet, eine Mutter kann den Faden ihres Kindes nicht sehen. Oder den ihres Geliebten. Oder das Opfer nicht den seines Mörders.«

Eine kurze unangenehme Stille entstand. Winnie sah ihren Faden nicht? Lita war weder mit ihr verwandt noch in sie verliebt … »Also wirst du mich umbringen?« Litas Kehle war schlagartig staubtrocken. War das der Grund, warum Hanna mit ihr geflohen war? Wieso Lita den Turm nicht hatte betreten dürfen? War es ihr Schicksal, von so einem Weberinnenmädchen ermordet zu werden?

»Was? Nein!«, kiekste Winnie entsetzt. »Aber du vielleicht mich!«

Für einen Augenblick starrten die beiden sich an, dann lachten sie los. Winnie sollte eine Mörderin sein? *Lita! Komm zu dir. Du wirst ja völlig verrückt!* »Also, irgendwie scheint mir euer Schicksalsfadenzeugs ziemlicher Unfug zu sein«, meinte Lita, noch immer kichernd.

Winnie war aufgestanden und zog ihren lila Mantel zurecht. »Es ist schon spät. Ich habe noch Aufgaben im Archiv. Elaine wird sicher bald kommen.« Eilig ging sie zum Ausgang.

»Hey«, rief Lita ihr nach. »Du rennst jetzt nicht weg, weil du meinen Faden nicht sehen kannst, oder?«

Nervös nestelte Winnie an ihrer Tasche. »Nein, nein. Alles gut. Ich muss wirklich los. Wir sehen uns.«

Unschlüssig sah Lita dem Mädchen nach.

Das war doch alles absolut absurd! Ihr schwirrte der Kopf von all den Dingen, die Winnie ihr erzählt und gezeigt hatte. Lita schloss die Augen. Sie musste sich auf ihre Mutter konzentrieren! Wie viel Zeit blieb ihr noch? Leute wurden nicht entführt, damit sie den Tag an einem anderen Ort genießen konnten. Ihre Mutter war in Gefahr. Und mit jeder Minute wurde die Gefahr größer. Doch was konnte sie tun?

Stille spannte sich durch das Loft.

Sie kniff die Lippen zusammen und hielt die Luft an, um die Tränen zurückzuhalten, die heiß in ihr aufstiegen. Die Stirn auf die Knie gepresst, kämpfte Lita gegen die Angst um ihre Mutter und ihre Hilflosigkeit an. Was, wenn sie gerade einen Riesenfehler beging? Was, wenn sie hier selbst in Gefahr war? Hannas Verschwinden hatte mit diesem Weberinnenkram zu tun. Mit ihrer Flucht, damals vor fünfzehn Jahren. Davon war Lita überzeugt.

»Lita. Wartest du schon lange?«

Mit einem Ruck fuhr Lita hoch. Elaine hängte gerade ihren schwarzen Mantel an einen Bügel in einer hinter dem Paravent versteckten Garderobe. »Winnie hat dich allein gelassen?«

»Ich glaube, sie hat Angst vor mir.«

Elaine, die in die Küche gegangen war, sah sie ungläubig an. »Wieso? Hast du sie bedroht?«

»Sie kann meinen Faden nicht sehen.«

Elaine legte das Paket, das sie dabeihatte, vorsichtig auf

dem Tresen ab. Ihre Hand zitterte und sie schien kurz innezuhalten. Schließlich holte sie tief Luft, schob die Schultern zurück und kam zu Lita.

»Also gut.« Sie setzte sich in den Sessel gegenüber von ihr. »Das ist alles nicht einfach.«

»Nicht einfach? Was hast du herausgefunden? Wo ist meine Mum?«

»Ich –« Sie brach ab und bedeckte ihr Gesicht mit den Händen, atmete durch. »Hanna hat mich damals verlassen, weil dein Vater gestorben war.«

Gebannt starrte Lita sie an. Ihr Vater? Er war bei einem Verkehrsunfall ums Leben ...

Erschrocken keuchte Lita auf. »Du hast gewusst, dass er sterben wird!«, entfuhr es ihr. Elaine war die Chefin aller Schicksalsfäden, der Tod war schon bei der Geburt festgelegt! »Du hast ihn nicht gerettet, obwohl du wusstest, was passieren würde!«

Elaine seufzte, stand auf und ging zum Kamin. »Natürlich. Ich wusste, dass er sterben würde, und habe ihn nicht gerettet. Hanna konnte mir das nicht verzeihen.« Auf dem Kaminsims stand ein Kästchen, aus dem Elaine etwas herausnahm. Sie kam damit zurück und setzte sich wieder. »Wir Weberinnen sind nicht diejenigen, die das Schicksal bestimmen. Wir legen nicht fest, was wem widerfährt. Äon, das Wesen, das alles Leben geschaffen hat, spricht mit mir. Von ihm erhalten wir die Weisungen für die Schicksalsfäden.« Mit Bedacht stellte sie ein Fläschchen vor Lita auf den Tisch. Es erinnerte Lita an diese kleinen Schnäpse, die es oft auf Partys gab. »Es ist nicht an mir, ein Schicksal zu ändern. Äons Zorn, würde ich aus reinem Selbstnutz ein Leben retten und damit den Lauf des Schicksals verändern, würde die Welt in Asche legen.«

Fassungslos starrte Lita sie an. Das war der Grund für ihren Streit? Deshalb hatte Hanna alles aus ihrem Leben verbannt, das mit dem Schicksal zu tun hatte! »Sie muss dich gehasst haben.«

Müde lächelte Elaine. »Sie hat ihn so sehr geliebt.«

In Litas Kopf rasten die Gedanken. Es ergab Sinn. Vermutlich hätte sie genauso gehandelt. Aber – die Stimmen ... Warum hatte Hanna dennoch Kontakt ...? »Und warum hat man sie jetzt entführt?«

Eine tiefe Falte furchte Elaines Stirn. »Vielleicht meint jemand, sie könne ihm helfen, das Schicksal zu umgehen. Wo sie als Weberin doch schon einmal nahe dran war, Äons Gebot zu brechen.«

»Aber wenn es ein Unsterblicher war – die haben doch gar keinen Schicksalsfaden ...« Ein Gedankenknoten formte sich in ihrem Kopf und drückte gegen die Schläfen.

»Winnie hat dich gut unterrichtet.« Elaine lehnte sich zurück und musterte Lita. »Aber Unsterbliche lieben. Es ist grausam, sich in einen Menschen zu verlieben, wenn man unsterblich ist.«

Der Druck in Litas Kopf wurde stärker. Das hörte sich alles sehr schlüssig an. Aber dennoch ging es irgendwie nicht auf. »Wieso Hanna? Warum keine Weberin, die tatsächlich eine ist? Eine, die Zugang zu den Fäden hat?«

Elaine runzelte die Stirn. »Niemand kann den Turm betreten, es sei denn, er hat eine Einladung. Nur Weberinnen gelangen zum Schicksalsbaum.«

Langsam nickte Lita. Dann ging es dem Entführer nicht direkt um Hanna. Er wollte tatsächlich bloß an einen Faden gelangen ... »Und hast du etwas herausgefunden? Weißt du, wer Hanna entführt hat? Was soll sie für ihn tun?«

Elaine atmete tief durch. »Ich denke, sie ist unverletzt.«

Das war alles? Auch wenn sich Lita bei diesen Worten für einen Wimpernschlag erleichtert fühlte – sie mussten Hanna befreien!

»Lass uns zu den Unsterblichen gehen!«, forderte sie Elaine auf. »Die haben doch sicher einen Tempel in den Wolken oder so. Wir gehen zu ihnen und fordern, dass sie Hanna freilassen.«

Elaine schüttelte sanft den Kopf. »Leg dich nicht mit den Unsterblichen an. Du wirst den Kürzeren ziehen. Sie sind der Magie mächtig. Wir nicht.«

Zorn brandete in Lita auf. War das eine Berufskrankheit? Schicksalsergeben zu sein? Und was, wenn in ihren Fäden geschrieben stand, dass sie die Unsterblichen besiegten?

»Du kannst nicht einfach zu den Unsterblichen gehen, an ihrer Tür klingeln und Hallo sagen.« Unterdrückter Groll lag in Elaines Stimme. Hatte sie etwa schon erfolglos am Wolkentempel geklingelt?

In Litas Kopf dröhnte es. »Soll das heißen, dass du Hanna aufgibst?«

»Nein! Natürlich nicht.«

»Sondern?«, fragte Lita und versuchte, besonnen zu klingen, obwohl in ihr ein Feuer aus Wut, Angst und Verzweiflung tobte.

»Du wirst einen Unsterblichen nur treffen, wenn er es zulässt.« Elaine legte die Fingerspitzen aneinander und musterte Lita nachdenklich.

»Kann man sie nicht herbeibeschwören, oder so?« Die Mächte in dieser Welt waren offenbar sehr ungleich verteilt.

Anscheinend amüsierte Litas Vorschlag Elaine. »Keine Beschwörungen. Vielleicht hast du irgendwann richtig viel Glück und begegnest einem. Dann sieh dich aber vor! Ihnen ist nicht zu trauen.« Sie rückte vor und deutete auf das Fläschchen, das sie auf den Tisch gestellt hatte. »So oder so, Lita, wenn du Hanna finden willst, wirst du eine Weberin werden müssen.«

Stirnrunzelnd betrachtete Lita das Fläschchen. Es war halb voll. »Ich hab doch schon den Mantel und das andere Zeug bekommen.« Sollte sie Elaine sagen, dass sie die Fäden nicht berühren konnte? Dass sie gar keine Weberin sein konnte?

»Das sind nur Dinge.« Elaine winkte ab. »Du bist momentan nur eine halbe Weberin. Deine Mutter hat deine Gabe verschlossen.«

Ihre Mutter hatte was? Für einen Moment schwankte Lita zwischen dem Schock, was ihre Mum ohne ihr Wissen getan hatte, und der Freude, dass sie doch ganz normal war. Na ja. Normal nach Winnies Maßstäben. Sie wollte gar nicht daran denken, was DeeDee und die anderen zu dieser *Normalität* sagen würden.

»Sekunde. Kann ich deshalb die Fäden nicht anfassen?«

Elaine, die gerade das Fläschchen hatte hochnehmen wollen, erstarrte. »Was? Wieso hast du versucht, Fäden anzufassen! Wo?« Offensichtlich brachte sie dieser Gedanke aus der Fassung.

»Winnie hat mir doch alles gezeigt ...«

»Im Weltenraum?« Ein leichtes Zittern in Elaines Hand ließ die Flüssigkeit in dem Fläschchen schwappen.

Wieso erschreckte sie diese Tatsache so sehr? Hatte sie ihr den Weltenraum aus einem bestimmten Grund nicht zeigen wollen? Ein ungutes Gefühl ballte sich in Litas Magen zusammen. Ihre Mutter hatte ihre Gabe versiegelt, sie von den Weberinnen ferngehalten. Nervös huschte ihr Blick zur Tür. Was stand auf ihrem Schicksalsfaden? Und woher wusste Hanna, was darauf stand? Sie selbst hatte ihn ja nicht lesen können.

»Also gut. Du warst im Weltenraum. Du hast die Fäden gesehen. Aber konntest keinen berühren.« Während Elaine das sagte, starrte sie die Flasche an.

Eine Pause entstand und Lita wagte nicht, sich zu rühren. Warum brachte ihr Ausflug in den Weltenraum Elaine derart aus dem Konzept? Auch wenn sie die alte Frau erst seit ein paar Stunden kannte, Elaines Gesichtsausdruck war Lita vertraut. Ihre Mutter runzelte auf die gleiche Weise die Stirn, wenn sie nach einer Lösung suchte. Und Mum wurde fuchsteufelswild, wenn Lita in so einem Moment ihre Gedanken störte. Also schwieg Lita und beobachtete Elaine. Und nach und nach fielen ihr so viele Kleinigkeiten auf, die Elaine mit Hanna gemeinsam hatte. Wieder klopften die Tränen an, doch Lita ignorierte sie. Sie wollte nicht wegen Mum weinen. Sie war nicht tot. Sie würde sie finden – irgendwo in diesem ... diesem ... Paralleluniversum. Und auch wenn die Vernunft ihr sagte, dass sie schnellstens von hier fliehen sollte, wusste sie andererseits, dass sie nur hier in diesem Turm die Antwort auf Hannas Verschwinden finden würde.

Elaine war zu einer Entscheidung gelangt. Sie nahm das Fläschchen und schob es näher zu Lita. »Trink das.«

Aber sicher doch. Argwöhnisch betrachtete Lita die glasklare Flüssigkeit. »Was ist da drin?«

»Das ist ein Trank. Er wird den Zauber, der deine Gabe blockiert, auflösen.«

Zögernd nahm Lita das Fläschchen hoch. Woher hatte Elaine den Trank? Hatte sie etwa all die Jahre darauf gewartet, dass ... dass ihre Enkelin nach Hause kam? »Ein Zauber? Aber Weberinnen können keine Zauber wirken.«

Elaine schmunzelte. »Winnie ist wirklich eine gute Lehrerin. Du hast recht. Der Zauber, der die Gabe verschließt, stammt von einem Unsterblichen. Genau wie dieser Aufhebungszauber.«

In diesem Moment wurde Lita klar, dass ihre Mutter konsequent das Ziel verfolgt hatte, sie von den Weberinnen fernzuhalten. Ihre Mum hatte dafür sogar mit einem Unsterblichen zusammengearbeitet. Stirnrunzelnd wog sie den Trank in der Hand. Elaine und Winnie hatten sehr negativ von Unsterblichen gesprochen, doch Hanna hatte sie um Hilfe gebeten ... Welches Geheimnis hatte Hanna so sorgsam vor ihr verborgen? Mit Sicherheit war dieses Geheimnis der Grund dafür, dass eine Lichtkugel in ihrem Wohnzimmer explodiert war. »Mum hat einen Unsterblichen gebeten, mich zu blockieren? Warum?«

»Ich werde dir alles erklären. Sobald du eine vollwertige Weberin bist. Denn solltest du dein Erbe nicht antreten wollen, müssten wir dir das Wissen über uns wieder nehmen. Und das wäre nicht nur kompliziert, sondern es könnte auch mit einem unschönen Ergebnis enden.«

Lita knallte das Fläschchen zurück auf den Tisch. »Das ist doch alles Quatsch. Wieso sollte Mum mich mithilfe eines Unsterblichen blockieren und nun ist ein Unsterblicher hinter ihr her? Warum nicht hinter mir? Anscheinend bin *ich* doch so gefährlich!« Energisch stand sie auf. Wie schnell konnte sie die Treppe runterrennen und aus diesem Wahnsinn fliehen? Ihre Mutter hatte sogar einen Unsterblichen beauftragt, einen Zauber zu wirken, um Lita aus dem Turm fernzuhalten. Sie musste hier raus!

Elaine lachte auf. Es war ein helles, sympathisches Lachen. »Es tut mir leid, Liebes. Dich überfordert das alles. Deine Mutter wurde entführt und jetzt sollst du auch noch die Wahrheit über die Welt begreifen und einen neuen Platz einnehmen. Es ist zu viel. Du brauchst Zeit.« Sie musterte Lita, die mit geballten Fäusten neben dem Sessel stand. »Nimm den Trank bitte an dich. Ich verstehe, dass du diese Entscheidung nicht sofort treffen kannst. Eine Weberin wird dich zu den anderen bringen. Du bist sicher hungrig. Bitte nimm unsere Einladung an und übernachte hier im Turm.«

Noch immer wollte Lita fliehen. Das alles machte ihr Angst. Und sie war inzwischen davon überzeugt, dass Hannas Entführung mit dem Geheimnis ihrer Flucht aus dem Turm zu tun hatte. Etwas hatte vor fünfzehn Jahren hier seinen Anfang genommen. Und Lita war Teil davon. Hatte Hanna sich oder Lita in Sicherheit gebracht? Lita wusste nicht, wem sie trauen sollte. Und selbst wenn sie den Turm verließe – wo sollte sie hin? Nach Hause, in die zerstörte Wohnung? Würde die Polizei ihr helfen können? Es gab nur zwei Möglichkeiten: Entweder, alles, was sie heute gesehen hatte, war wahr, oder sie war völlig übergeschnappt. Idiotischerweise würde die Polizei sie in beiden Fällen in eine Nervenheilanstalt einweisen lassen.

Doch tief in sich drin wusste Lita, dass sie nicht mehr zweifelte. Etwas sagte ihr, dass es real war. Der Baum, die Fäden, Unsterbliche, Kami und – ihr Blick glitt zu dem Fläschchen – ihre eigenen Fähigkeiten. Sie war ebenfalls eine Weberin.

»Also gut. Ein Bett wäre toll. Und was zu essen. Ich sterbe vor Hunger.« Es war ihr egal, wie groß die Gefahr für sie war. Ihre Mutter war vermutlich in viel größerer Gefahr. Und der einzige Weg, sie zu retten, war, sich auf diese Welt einzulassen.

Es klopfte wie aufs Stichwort an der Tür und eine Weberin trat ein. Lita schätzte sie auf Anfang zwanzig. Sie trug eine schwarze Jeans und einen überlangen, grobmaschigen Pullover mit breitem schwarz-weißen Balkenmuster. Eine lila gefärbte Strähne fiel ihr in die Augen und sie strich sie hinters Ohr.

»Tegan. Wie immer auf den Punkt«, begrüßte Elaine sie. »Darf ich euch miteinander bekannt machen? Tegan, das ist Lita. Sie ist meine verschollen geglaubte Enkelin.«

Tegan nickte und maß Lita überrascht mit ihrem Blick.

»Hey.« Lita hob zaghaft die Hand zum Gruß. Diese Tegan war die erste Weberin, die ihren Mantel nicht trug.

»Zeig ihr bitte, wo sie sich ausruhen kann. Und wo sie etwas zu essen bekommt.« Elaine lehnte sich im Sessel zurück. Anscheinend war für sie die Angelegenheit Lita beendet.

»Gerne.« Tegan hielt die Tür auf und wartete auf Lita.

»Vergiss das nicht.« Elaine hielt ihr das Fläschchen hin. »Und dann sehen wir uns morgen. Ruh dich aus.«

Lita nahm es und steckte es in die Hosentasche. »Bis morgen«, murmelte sie und verließ mit Tegan das Loft.

17
HANNA

Hanna fröstelte. Ihr Kopf schmerzte, als hätte sie sämtliche Tequilavorräte der Stadt geleert. Mühsam richtete sie sich auf und sah sich um. Alles war verschwommen und sie brauchte eine Weile, bis ihre Augen die Umgebung wieder klar fokussierten. Aber es gab gar nichts zu sehen. Die Kammer, in der sie auf dem Boden lag, war leer bis auf zwei uralte simple Holzstühle und einen ebenso morschen, kleinen Tisch.

Extrem langsam kroch Hanna zur Wand und lehnte sich dagegen. Ihr Kopf dröhnte. Da war diese Lichtexplosion gewesen. Ein Swipe. Eine Entführung!

Es hatte also begonnen. Sie hatte recht gehabt.

Die Unke hatte recht gehabt.

Der Raum gab keinen Anhaltspunkt auf ihren Entführer. Aber das musste er auch gar nicht. Sie wusste, wem sie diese Zelle zu verdanken hatte.

Die Kammer war aus Sandstein gebaut und maß vielleicht vier mal fünf Meter. Es gab keine Fenster, nur ein Ewigkeitslicht glomm unter der Zimmerdecke. Seine Helligkeit reichte aus, um den bescheidenen Raum in ein angenehmes Licht zu tauchen.

Sie schloss die Augen und versuchte, sich an den Moment der Explosion zu erinnern. Lita war in ihrem Zimmer gewesen. Vermutlich war sie nach der Explosion ins Wohnzimmer gerannt. Aber sie war nicht hier. Das war gut. Dennoch machte sie sich Sorgen. Lita hatte keine Ahnung von der echten Welt. Hanna hatte sie sorgsam all die Jahre von allem ferngehalten, das Lita hätte in Gefahr bringen können.

Doch Faine hatte recht behalten. Sie selbst war die Schwachstelle. Und der Magie der Unsterblichen war sie nicht gewachsen.

Hanna entfuhr ein verzweifeltes Schluchzen und sie begann zu weinen. Ihr brach das Herz bei dem Gedanken daran, wie verwirrt, hilflos und verängstigt Lita sein musste.

»Verzeih mir«, wisperte sie.

Sie bereute es zutiefst, ihr nie die Wahrheit gesagt zu haben. Nun war es zu spät. Die Unke hatte Hanna gewarnt. Sie hatte es kommen sehen.

Das Schicksal begann sich zu erfüllen.

Und Lita war ihm schutzlos ausgeliefert.

18

LITA

Im Gegensatz zu Winnie, die Spaß daran hatte, quer durch den Schicksalsbaum zu turnen, folgte Tegan stur der Treppe, die sich um den Baum wand. Lita war ihr dafür sehr dankbar. Nicht nur weil sie sich ziemlich erschlagen fühlte, sondern weil sie so endlich einen Überblick über die verschiedenen Ebenen bekam. Elaines Loft befand sich in der Spitze des Baums. Ungefähr in der Mitte musste der Weltenraum liegen. Dazwischen gab es etliche andere Plattformen unterschiedlicher Größe mit Nestern. Lita vermutete, dass dort Werkstätten und Wohnräume untergebracht waren. Winnie hatte ihr ja erklärt, dass die Weberinnen in ihrem Turm völlig autark lebten.

»Du bist also die Verschollene. Es hieß, ihr wärt in Indien«, meinte Tegan und warf Lita einen neugierigen Blick zu.

»Nein. Wir haben es nur ein paar U-Bahn-Stationen weiter geschafft.«

Tegan schmunzelte und Lita erwiderte ihr Lächeln. Durch ihre Emo-Klamotten und die gefärbten Haare wirkte Tegan wie ein ganz normales Mädchen. Sie hätte auf Litas Schule gehen können. Auch wenn es bestimmt nicht Tegans Absicht war, Lita fühlte sich durch ihren Kleidungsstil ein bisschen sicherer.

Inzwischen war es dunkel im Turm. Nur wenig Licht fiel von außen durch die gläserne Fassade herein. Die Früchte des Baumes strahlten ein ähnlich ätherisches Licht aus wie die Fäden im Weltenraum. Es reichte aus, um die Wege wie in einer mondhellen Nacht zu beleuchten.

»In welcher Abteilung arbeitest du?«

Tegan zögerte. »Problemlösung«, sagte sie schließlich.

Fragend sah Lita sie an. Tegan war so gesprächig wie ein Stein. Fast wünschte Lita sich Winnies plappernden Wortwasserfall zurück. Andererseits brauchte sie eine Pause. Das Fläschchen in ihrer Hosentasche drückte bei jedem Schritt gegen ihr Bein und ihr Magen knurrte.

Anscheinend hatte Tegan bemerkt, dass ihre Antwort zu einsilbig gewesen war, und fuhr fort: »Meine Aufgabe ist es, Fäden zu entwirren. Wenn Menschen in eine andere Richtung wollen als das Schicksal ihnen zugedacht hat.«

»Passiert das denn oft?«

Tegan verdrehte die Augen. »Ständig. Menschen denken schließlich, sie hätten einen freien Willen. Jeder da draußen will mindestens einmal in seinem kurzen Leben in eine Richtung, die ihm nicht bestimmt ist.«

Nachdenklich folgte Lita Tegan weiter die Treppe hinab. Hatte das Schicksal Hannas Entführung gewollt? War es damit auch Litas Bestimmung, hier zu sein? Stand es etwa bereits seit Hannas Geburt geschrieben, dass Lita sie nicht retten konnte? Gab es dann überhaupt eine Chance? In ihrem Kopf begann es zu brummen. Diese Schicksalsfrage war in etwa so simpel wie die Frage, was zuerst da gewesen war: das Huhn oder das Ei.

Sie hatten eine Plattform erreicht, die nach Litas Schätzung zwei Stockwerke über dem Weltenraum lag. Tegan führte sie in eines der Häuser, die sich an die Äste des Baumes schmiegten. Es war der Speisesaal. Litas Magen machte einen Freudensprung.

Im Saal saßen nur ein paar Weberinnen, die leeren Teller von sich geschoben, und waren in angeregte Gespräche vertieft.

Im hinteren Teil des Saals war ein Buffet aufgebaut, das sich über vier Tische erstreckte. Tegan drückte Lita einen Teller in die Hand. »Keine große Auswahl mehr.«

Tatsächlich waren die meisten Schüsseln und Platten bereits leer. Lita war das egal. Sie tat sich den letzten Rest Rührei auf, schnappte sich ein Brötchen, Butter und schließlich noch einen Apfel. Sie hätte so einiges für ein Stück Schinken gegeben. »Seid ihr wirklich alle Vegetarierinnen?«

Tegan nickte. »Weberinnen beeinflussen kein Schicksal für sich selbst.«

Sie hatten sich an den nächstbesten Tisch gesetzt und Lita begann gierig zu essen. »Waf meimft du damit?«

»Würden wir Tiere essen, müssten sie für uns sterben. Das geht nicht.«

Verblüfft ließ Lita die Gabel sinken. »Soll das heißen, dass auch Tiere ein Schicksal haben?«

»Nun, nur sehr selten ist ein Tier dazu bestimmt, etwas ganz Herausragendes zu leisten. Aber jedes hat natürlich einen Faden. Der Faden *führt* dich nicht nur durch dein Leben …«

»… er *ist* dein Leben«, ergänzte Lita. Die Aufgabe der Weberin, die sie im Spindelwerk getroffen hatte, war, Leben zu beenden. So wie es geschrieben stand in diesem ganzen Fadenwirrwarr.

»Das größte Vergehen, das du begehen könntest, wäre, für deinen eigenen Vorteil ein Leben zu beenden. Das steht uns nicht zu. Wir führen nur Weisungen aus.«

Lita schob sich das letzte Stück Brötchen in den Mund und begann, den Apfel an ihrer Jeans zu polieren. »Äon. Nicht wahr? Es gibt also doch einen Gott?«

Tegan lachte. »Über all die Jahrhunderte sind unzählige Geschichten entstanden. Nicht alle sind wahr, manche vielleicht zum Teil. Und Namen kann man tauschen, ändern, sich ausdenken.«

»Du bist der Frage ausgewichen.« Sie biss in den Apfel und musterte Tegan.

Die legte den Kopf schief und erwiderte Litas forschenden Blick. »Wie kommt es, dass du gar nichts von der Welt weißt?«, fragte sie schließlich.

»Gute Frage. Meine Mum hat meine Weberinnenkräfte verschließen lassen und nie ein Sterbenswörtchen gesagt. Jetzt hat ein Unsterblicher sie entführt. Und ich muss sie finden, bevor er sie ermordet und wer weiß was tut.« Nachdenklich biss sie in den Apfel. War es leichtsinnig, all das preiszugeben? Offensichtlich gab es im Turm einen Feind, oder? Warum sonst hätte Hanna fliehen sollen? Doch Tegan war nur ein paar Jahre älter als sie selbst, sie wusste sicher nicht, wer damals ihre Mutter bedroht hatte.

Tegan runzelte die Stirn. »Ein Unsterblicher? Was hat deine Mutter angestellt? Unsterbliche können ziemlich nachtragend und rachsüchtig sein.«

»Auch eine sehr gute Frage.« Wenn Mum wegen dem Tod von Litas Vater gegangen war, weil sie das Elaine nicht verzeihen konnte, wie passte dann ein Unsterblicher dahinein? Hatte Elaine recht, dass er Hanna benutzen wollte, um einen Faden zu manipulieren? Plötzlich hatte Lita eine Idee. Tegan hatte die Frage nach Äon unbeantwortet gelassen, aber Äon hatte für jeden einen Plan! Sie beugte sich zu Tegan. »Wenn ich Hannas Faden finde, kannst du –«, flüsterte sie.

»Nein.« Tegan zögerte nicht, zuckte nicht mal mit der Wimper.

»Du weißt doch gar nicht, was ich fragen wollte.«

»Doch. Es ist naheliegend. Aber verboten.«

Lita schnaufte. Sauer lehnte sie sich wieder zurück. »Bist du so eine, die sich immer an alle Regeln hält?«

Tegan Gesichtszüge wurden hart. Anscheinend hatte Lita einen wunden Punkt erwischt.

»Es gibt Regeln, die kannst du nicht brechen«, antwortete Tegan leise. »Du kannst das Schicksal deiner Mutter nicht sehen.«

»Das weiß ich schon. Aber *du* kannst es sehen!«

Seufzend stand Tegan auf. »Richtig.«

Lita warf den Rest des Apfels auf den leeren Teller. »Also willst du nicht.« Wenn Tegan ihr nicht helfen wollte – vielleicht konnte sie Winnie bestechen. Winnie würde sich mit einer Sammelausgabe von Sailor Moon bestimmt überzeugen lassen.

Traurig schüttelte Tegan den Kopf. »Ich würde zu gerne helfen. Ich bin gut darin, Fäden zu entwirren. Aber wenn ich dir verraten will, was ich in Hannas Faden sehe – in diesem Moment werde ich es nicht mehr sehen können.«

Lita hatte den Teller zu einem Servierwagen getragen und zum benutzten Geschirr gestellt. Ihren Weberinnenmantel unter einen Arm geklemmt, folgte sie Tegan hinaus zur Treppe »Okay. Das kapiere ich jetzt doch nicht.«

»Wenn ich dir das Schicksal deiner Mutter verrate, um dir zu helfen, sie zu retten, werde ich zu einem wesentlichen Teil eurer Geschichte.«

Na wunderbar. Das Brummen in Litas Kopf verstärkte sich. »Und wenn du wesentlicher Teil bist, kannst du natürlich nichts sehen.« Jetzt verdrehte Lita die Augen. »Meine Güte. Wer hat sich denn den Mist ausgedacht!«

»Es war angeblich schon immer so.«

Sie schlenderten die Treppe weiter hinunter. Tegan bog auf das Plateau des Weltenraums ab, ging jedoch an ihm vorbei.

Lita warf einen Blick durch das Tor auf den Regenbogennebel. Irgendwo da drin war Hannas Faden. Ihre Hand tastete nach dem Fläschchen, das Elaine ihr gegeben hatte. Wenn sie es trank, dann konnte sie wenigstens den Faden ihrer Mutter berühren.

»Wie kommst du eigentlich darauf, dass deine Mutter von einem Unsterblichen gekidnappt wurde?«, störte Tegan ihre Gedanken.

Sie waren am Weltenraum vorbeigegangen und folgten einem Gang zwischen Nestern, die sich bis an die gläserne Außenwand des Turms reihten.

Irritiert sah Lita sie an. »Es gab eine Lichtexplosion. Elaine sagt, sie wurde geswipt.«

Tegan blieb vor dem Gemeinschaftsraum stehen. »Eine Lichtexplosion? Dann war es ein konservierter Swipe.«

»Ein was?«

»Magie ist käuflich. Einige Unsterbliche bieten unter anderem Swipes an. Sie sind mit einer Lichtexplosion verbunden – vermutlich weil es mehr hermacht. Es gibt Märkte dafür. Man muss nur wissen, wo.«

Unschlüssig hielt Lita inne. »Du meinst, jemand hat die Magie gekauft?«

Achselzuckend öffnete Tegan die Tür. »Na, ich mein ja nur. Unsterbliche sind zu so einigem fähig. Aber sie meinen, sie stehen weit über uns. Warum sollten sie also eine von uns entführen? Sie beherrschen Magie ...«

»Und wer *kauft* Magie?«, fragte Lita verblüfft. »Menschen ja wohl nicht. Oder doch?«

Erschrocken schüttelte Tegan den Kopf. »Bei allen Schicksalsfäden der Welt! Echte Magie in Menschenhand? Keine gute Idee. Kami und Halbblute sind Kunden bei den Schwarzmarkthändlern.«

Tegan schob sie durch die Tür des Gemeinschaftsraums. Sofort überfiel Lita das dringende Bedürfnis, sich in einen der Sessel am Kamin zu kuscheln. In diesem Raum quoll aus jedem Kissen, jeder Kuscheldecke und Sofaecke Gemütlichkeit.

Von einem Sessel blickte Winnie auf. »Hey, da bist du ja endlich! Hey, Tegan.« Sie hatte an einem Tischchen gesessen und offensichtlich irgendwelche Stoffe ... studiert. Vielleicht waren das Prophezeiungen über das Leben und

Wirken von Unsterblichen. Neugierig ging Lita zu ihr, doch Winnie rollte die Stoffbahnen eilig zusammen.

»Das Mädel hier braucht ein Bett«, stellte Tegan fest. »Und ich bin auch fertig mit diesem Tag.«

Als Winnie alle Rollen in ihrer Umhängetasche verstaut hatte, sprang sie auf. Grinsend knuffte sie Tegan in die Seite. »Wieder bei Jackson gewesen?«

Zu Litas Erstaunen wurde Tegan tomatenrot und rempelte Winnie zurück. »Lass das. Ja, ich hab mich mit Jackson getroffen. In unserem Stammcafé. Aber da war heute ein echt grusliger Kerl.«

»Gruselig?« Winnies Augen leuchteten. »Erzähl!«

»Bitte sag, dass es ein Mensch war«, mischte sich Lita ein, die den beiden quer durch den Raum zu einer runden, hölzernen Tür folgte. »Wenn ihr mir jetzt sagt, es gibt auch noch irgendwelche fiesen Monster, schreie ich.« Sie hatte für heute genug neue Wesen kennengelernt.

»Keine Monster«, beruhigte Winnie sie. »Die kommen nur selten nach London. Zu viele Menschen hier.« Wieder grinste sie und Lita war sich unsicher, ob sie ihr glauben sollte.

»Der Kerl war ein Halbblut.«

Halbblut? Das waren Kinder von Unsterblichen und Menschen. Wesen, die Magie zu kaufen pflegten. Ob sie die auch auf ihre Fahndungsliste setzen musste? »Ein Halbblut hat einen Faden, oder?«

Tegan warf ihr einen seltsamen Blick zu. »Ja, normalerweise schon. Warum?«

»Ich versuche nur, den Überblick zu behalten«, wich sie einer Antwort aus. War das eine Spur? Ein gekaufter

Swipe, um eine Weberin zu entführen, die sich gegen das Schicksal auflehnte …

Tegan öffnete eine Tür und sie betraten einen hellen Flur. Er war rund wie ein Schlauch und als Lita bewundernd die Finger über die Wand gleiten ließ, begriff sie, dass es ein festes Fadengespinst war. »Was ist das?«

»Von hier aus geht's zu unseren Zimmern«, antwortete Winnie. Nach wenigen Schritten verzweigte sich der Gang. Winnie und Tegan wandten sich nach links und bei der nächsten Gabelung nach rechts. Geradeaus, rechts. Egal, in welche Richtung sie gingen, die Wände blieben gleich. Auch das diffuse Licht veränderte sich nicht.

Lita stöhnte auf. »Gibt es einen Lageplan? Oder können wir Wegweiser an den Wänden anbringen?«

»Ich könnte dir einen Faden geben.« Winnie grinste und schien sich über ihren Witz königlich zu amüsieren. Doch Lita sah sie nur verständnislos an. »Es ist mein Ernst. Mein Orientierungssinn liegt bei minus zehn.« Sie blickte über die Schulter, doch hinter ihr sah es genauso aus wie vor ihr. Sie war verloren. Aus diesem Irrgarten würde sie nie mehr entkommen.

Tegan öffnete eine Tür, die Lita gar nicht bemerkt hatte, weil sie ebenso weiß war wie die Wand. »Ich hol dich morgen früh ab, einverstanden?«

Lita betrat den Raum und sah sich um. Er war rund, wie das Innere eines Eis. Die weißen Fadenwände verströmten ein diffuses, aber angenehmes Licht. Die Einrichtung war karg: Bett, Kommode, Tisch und Stuhl. Doch das war Lita momentan absolut egal. Sie war am Ende ihrer Kräfte. Sowohl ihr Körper als auch ihr Kopf wollten nicht mehr.

»Abgemacht«, murmelte sie. Ihr Blick war auf das Bett geheftet, das sie magisch anzuziehen schien. »Was für ein Scheißtag.« Erschöpft ließ Lita sich einfach darauf fallen.

Dass Winnie und Tegan die Tür schlossen, bekam sie gar nicht mehr mit.

In ihren Träumen balancierte sie auf schillernden Fäden über schwarzen Schluchten. Von irgendwoher schrie ihre Mutter. Doch sie konnte es nicht verstehen. Warnte sie Lita? Wovor?

19
ELAINE

Das Licht ist fort. Es hat sich von ihr abgewandt. Schatten überlagern die Welt. Asche treibt vor ihr her.

Sie ist allein. Hat alles verloren.

Das Mädchen steht inmitten der Asche. Die Hände gefaltet, als hielte es Hoffnung darin.

»Sieh doch nur«, flüstert sie und öffnet die Hände. Doch was immer Lita bewahren wollte, in der Sekunde, als sie es erblickt, zerfällt es zu Asche.

Erschrocken streckt sie die Hand nach ihr aus, doch das Mädchen vergeht, löst sich vor ihr auf, wird zu einem Schatten.

Ein Schatten.

Es sind so viele.

Die Welt ist nur noch Schatten.

20
LITA

Weberinnen besaßen keine Uhren. Vermutlich, weil exakte Zeitmessung für das Leben im Turm keine Rolle spielte. Oder sie hatten einfach ein sehr genaues, angeborenes Zeitgefühl.

Lita nicht.

Nachdem Tegan sie wach gerüttelt hatte, war sie für einen Augenblick desorientiert gewesen. Dieser seltsame runde weiße Raum, in dem sie geschlafen hatte ... Bis die Erinnerung an den gestrigen Tag über sie hereinbrach.

Nach einem schnellen Frühstück – mit einem ausgezeichneten Porridge – verließ Lita den Turm.

Einfach so.

Gestern noch hatte sie Sorge gehabt, bei den Weberinnen festzusitzen. Doch anscheinend war es nicht Elaines Absicht, sie im Turm gefangen zu halten. Die Kopfschmerzen waren allerdings zurückgekehrt, als sie versucht hatte, ihre Gedanken über Schicksal und Bestimmung und freien Willen zu ordnen. Jetzt wusste sie noch weniger, was sie denken sollte. Nur eines war sicher: Sie musste nach Hause. In *ihre* Realität. Vielleicht bekam sie so einen neuen Blickwinkel, der ihr weiterhalf, das Puzzle zu lösen, wer ihre Mutter entführt hatte.

Allerdings stand sie nun bereits mehrere Minuten vor der dunkelgrünen Wohnungstür und starrte den glänzenden Lack an. Dahinter lag ihr Leben. Ihr echtes Leben. Ihre Heimat.

Hätte man sie gebeten, ihr Zuhause in wenigen Worten zu beschreiben, wären ihr, trotz Hannas dunkler Tage, *Liebe, Geborgenheit, Vertrauen* und *Sicherheit* in den Sinn gekommen. Zumindest bis gestern. Jetzt hatte sie Angst, ihr Zuhause zu betreten. Was, wenn es sich nicht mehr nach Liebe und Vertrauen anfühlte? Hanna hatte all die Jahre die wahre Natur der Welt vor ihr verheimlicht. Hatte Lita unter einen Bann gestellt, damit sie nie die Wahrheit über sich selbst erfuhr.

Stimmen auf dem Flur ließen sie herumfahren. Zwei Frauen, die ein Stockwerk über ihnen wohnten, kamen die Treppe herunter. Sie unterhielten sich angeregt. Lita grüßte die beiden, doch obwohl die zwei zu ihr herübersahen, ignorierten sie Lita.

Natürlich, dachte Lita und lugte unter der Kapuze hervor. Sie strich den dunkelblauen Stoff des Mantels glatt. Tegan hatte sie regelrecht gezwungen, den Mantel anzuziehen.

Du weißt nicht, wer in der Wohnung auf dich wartet, hatte sie ihr erklärt. *Wenn du deinen Mantel trägst und die Kapuze überziehst, wird dich niemand sehen. Nur Weberinnen werden dich bemerken.*

Als die beiden Frauen außer Sicht waren, atmete Lita durch und betrat endlich die Wohnung.

Das Wohnzimmer lag im Dämmerlicht des Morgens.

In der Nacht, in einem sehr unruhigen Schlaf, hatte Lita geträumt, ihre Mutter hier zu finden. Tot zwischen den

Trümmern der Wohnung. Doch es gab keine Trümmer. Auch keine Hanna.

Irritiert sah sie sich um. In ihrer Erinnerung hatte die Lichtexplosion alles verwüstet, Tische und Sessel umgeworfen, Blumentöpfe zerscherbt.

Unsicher ging sie zum Sessel, legte ihre Hand auf die Lehne. Fühlte vertraute Weichheit unter ihren Fingerspitzen. Ein Stück zu Hause. Sie atmete durch und trat auf die Fenster zu. The Gherkin glänzte im frühen Licht.

Ihre Mutter trug am liebsten Weiß und Beige, die Farben der Weberinnen, die den Schicksalsbaum pflegten. Jetzt, da Lita von den Weberinnen wusste, waren so viele Dinge hier in der Wohnung, in Hannas Vorlieben und Routinen so offensichtlich.

»Mum?«, rief sie unsicher. Hatte sie sich doch nur alles eingebildet? »Mum?«

Stille.

Lita wandte sich zur Garderobe um. Die Koffer standen noch unberührt da. Hanna hatte gewusst, dass sie in Gefahr war und hatte fliehen wollen. Wenn Lita nur ein wenig früher nach Hause gekommen wäre, wenn sie nicht gedacht hätte, dass ihre Mutter wieder einen psychotischen Schub hatte ... Für einen Moment schoss ihr ein Gedanke durch den Kopf. Hanna war nie krank gewesen. Die Stimmen, mit denen sie gesprochen hatte, waren real, also ... also hatte sie nur Lita zuliebe so getan, als würde sie tatsächlich in Therapie gehen!

»Oh, Mum!«, schnaubte Lita. »Wieso konntest du mir nicht die Wahrheit sagen!«

Eilig ging sie zu den Koffern.

Sie streifte die Kapuze ab und öffnete Hannas Koffer. Der blöde Kapuzenmantel mit den weiten Ärmeln nervte sie und sie zog ihn aus. An der Garderobe hing ihre Tasche. Sie nahm sie und stopfte ihn hinein. Dann durchwühlte sie den Koffer. Wäsche, Kulturbeutel, Pullover, Hosen … nichts Ungewöhnliches. Kein Hinweis auf Weberinnen oder einen Zauber von Unsterblichen. Auch kein Hinweis, wohin sie hatte fliehen wollen.

»Oh, Mum, warum? Wovor hast du solche Angst?«, murmelte Lita.

Sie betrat ihr Zimmer. Die Tür hing wieder in den Angeln und die Bücher standen im Regal. Nachdenklich ließ sie ihre Finger an den Buchrücken entlanggleiten, bis ihr Blick auf Loki fiel. Er grinste sie wie immer frech vom Plakat herunter an.

»Du hast es die ganze Zeit gewusst, nicht wahr? Unsterbliche, Kami, Weberinnen …« Sie kniete sich auf ihr Bett und musterte sein schelmisches Grinsen. »Vielleicht mochte ich dich deshalb immer so. Auch dir hat deine Mutter verheimlicht, wer du in Wirklichkeit bist.« Sie setzte sich und lehnte sich mit dem Rücken neben das Plakat.

Sie war hergekommen, um nach Spuren zu suchen. Doch Hanna hatte keinen Hinweis hinterlassen.

Hanna hatte London verlassen wollen. Gab es einen Ort, wo sie vor Unsterblichen sicher waren? Verzweiflung überkam Lita. Sie drehte sich im Kreis. Hier würde sie keine Antwort finden. Hanna hatte alles verbannt, das mit der Wahrheit zu tun hatte. Und Elaine schien ihr ebenso ratlos.

War ihr Verdacht richtig und ein Unsterblicher wollte

Hanna dazu benutzen, einen Schicksalsfaden zu verändern?

Durch die offene Zimmertür fiel ihr Blick auf den Hausaltar und sie musste unwillkürlich lächeln. Sein Blau schimmerte wie Seide und strahlte eine erhabene Ruhe aus. Wie oft hatte Lita über den Aberglauben ihrer Mutter geschmunzelt. Wie wichtig es Hanna stets gewesen war, dass frische Blumen am Altar standen, gleich neben der uralten Teeschale mit den Kirschblüten ... Lita sprang auf. Wo war die Schale?

Aufgeregt begann sie, danach zu suchen. Spähte unter Tisch und Schränke. Hatte die Explosion sie erwischt? Aber wo waren die Scherben? Hatte derjenige, der hier aufgeräumt hatte, sie etwa entsorgt?

Hanna wird untröstlich sein, dachte sie verzweifelt.

Gerade war sie halb unter das alte Küchenbuffet gekrochen, das Hanna als Pflanzenregal nutzte, als es an der Tür klingelte. Lita erschrak so sehr, dass sie sich den Kopf anschlug. Umständlich krabbelte sie hervor und starrte die Tür an. Ihr Blick huschte zu ihrer Tasche, die neben dem durchwühlten Koffer an der Tür lag. Der Weberinnenmantel lugte daraus hervor. *Bleib unsichtbar,* hatte Tegan ihr geraten.

Langsam, mit klopfendem Herzen ging sie zur Tür.

Wieder wurde die Klingel gedrückt.

Sie bückte sich, hob die Tasche auf. Während sie den Mantel herauszerrte, schob sie sich an das Türblatt und sah durch den Türspion. Ein dunkler Lockenschopf wippte ungeduldig vor der Linse auf und ab.

»DeeDee!« Lita riss die Tür auf und fiel ihrer völlig

überrumpelten Freundin in die Arme. »Oh, DeeDee! Du glaubst gar nicht, wie gut es ist, dich zu sehen!«

»Meine Güte«, murmelte DeeDee. »So schlimm?« Sie drückte Lita.

Es tat wirklich gut, sie wiederzusehen. Lita verkniff sich eine Träne und löste sich von ihrer besten Freundin.

»Geht es wieder? Wir haben den ganzen Abend über versucht, dich zu erreichen. Irgendwas Schlimmes ist passiert, nicht wahr?«

Ertappt griff Lita nach ihrer Tasche, in der irgendwo unter dem Weberinnenumhang ihr Handy lag. »Du hast mich angerufen?«

»Bestimmt zwanzig Mal.«

»Oh – ich – ich hatte mein Handy nicht dabei.« Lita spürte DeeDees bohrenden Blick. Sie wusste, sie schuldete ihr eine Erklärung. Doch ihre beste Freundin hierzuhaben, brach in Lita eine wahre Lawine an Gefühlen los. Während sie all diese verrückten Dinge über Weberinnen, Schicksal und Unsterbliche erfahren und Angst um ihre Mutter gehabt hatte, war sie sich völlig allein und verloren vorgekommen. Vielleicht würde Elaine sich irgendwann wie Familie anfühlen und Tegan und Winnie zu guten Freundinnen werden. Aber DeeDee war ihre beste Freundin! Seit Kindergartentagen teilten sie alle Geheimnisse. Noch einmal umarmte sie sie innig. »Danke, dass du da bist!«

»Also, wie geht es deiner Mum? Ist sie hier?«

Unsicher sah Lita über die Schulter in die Wohnung. Nichts ließ mehr vermuten, dass hier eine Explosion einen Menschen verschlungen hatte. Es wurde Zeit, dass sie die

Puzzleteile richtig zusammensetzte und ihre Mutter ausfindig machte.

Entschlossen schob sie DeeDee in den Hausflur und zog die Tür hinter sich zu. »Nein. Mum ist nicht hier. Ich erzähl dir, was passiert ist. Aber ich brauche einen Kaffee, DeeDee!«

21
TEGAN

Tegans Füße flogen über das Pflaster. Die Sonne hatte inzwischen den morgendlichen Dunst, der von der Themse her aufgestiegen war, vertrieben.

Heute hatte sie sich freigenommen. Eine Möglichkeit, die Elaine erst vor vielleicht zehn Jahren eingeführt hatte. Schließlich war es kein Job, Weberin zu sein. Man war es. Von Geburt an bis zur letzten Stunde. Also konnte man auch nie Pause machen.

Doch Tegan war es leid, jede Minute ihres Daseins über andere Leben zu wachen. Sie wollte selbst ein Leben.

Deshalb hatte sie, kaum dass sie den Turm verlassen hatte, den Mantel in ihrer Schultertasche vergraben. Sie wollte eine ganz normale junge Frau sein. Eine junge Frau, die mit einem verliebten Lächeln durch Londons Straßen eilte. Das hier war *ihr* Leben. Und sie wollte es mit jeder Faser genießen. Zumindest solange es ihr Schicksalsfaden zuließ.

Sie tauchte in den Innenhof des Wohnblocks ein, in dem Jackson lebte. Die Sonne reichte noch nicht zwischen die eng stehenden Backsteinbauten hinab. Hier war die Luft kühl und fast schon winterlich. Ihre Schritte hallten in dem engen Hof wider und die schwere Eingangstür knarzte vertraut, als sie sie aufdrückte. Das Treppenhaus roch nach Staub und Bohnerwachs. Bei ihrem ersten Besuch hatte sie dieser Geruch befremdet. Im Turm duftete es immer nach frischem Grün und feuchter Erde. Alles war von Licht durchflutet und der Baum wisperte Melodien.

Sie atmete den Geruch des Mietshauses tief ein. Es roch nach Leben. *Echtem Leben.* Zwei Stufen auf einmal nehmend, lief sie die Stockwerke hinauf. Er hatte seine Wohnungstür für sie geöffnet und sie rannte in die Dachwohnung und drückte die Tür hinter sich ins Schloss.

Ihr Atem flog durch die Anstrengung. Und ihr Herz tanzte, als sie Jackson sah. Er hatte an seinem winzigen Arbeitstisch unter der Dachschräge gesessen und offenbar an einem seiner Modelle gearbeitet. Als er aufstand und zu ihr kam, dachte sie wie so oft, dass diese Wohnung für ihn viel zu eng war. Er war groß und hatte starke Schultern. Der Bart und seine Vorliebe für grobe Strickpullover verlieh ihm den Charme eines Waldarbeiters. Tegan liebte ihn. Alles an ihm. Ganz besonders vermutlich das Schmunzeln in seinen von Fältchen umrahmten Augen.

Lächelnd beugte er sich zu ihr herab und küsste sie zur Begrüßung. Tegan schlang die Arme um seinen Nacken und zog ihn an sich. Sie konnte den feinen Duft des Lötzinns an ihm riechen.

»Bist du hierher gerannt?«, fragte er amüsiert, als sie sich schwer atmend von seinen Lippen trennte.

»Geflogen!«

Erneut küsste er sie, packte ihre Hüfte, hob sie hoch und

trug sie hinüber zum Sofa. Dort ließ sie sich in die weichen Kissen gleiten. Die Wohnung unter dem Dach fühlte sich für Tegan wie eine Kuschelhöhle an. Im Turm war alles hell und nüchtern. Hier war es eng, aber nicht beengend. Vielleicht lag der Zauber dieser Wohnung auch schlicht darin, dass alles hier Jackson war. Jedes Detail zeigte ein Stück von ihm.

Die wenigen Möbel, in denen sich Bücher und Maschinenteile drängten, hatte Jackson selbst aus Holz gefertigt. Er war Ingenieur und Künstler zugleich. In seinem Job erfand er Autos, wie Tegan es nannte, und in seiner Freizeit bastelte er skurrile Figuren aus Metallschrott. Die Wände hatte er teils in Nachtblau gestrichen, denn er liebte es, die Sterne zu beobachten. Über seinem Futonbett mit den vielen Kissen drehte sich ein Planetenmobile, das er vor Jahren in der Schule gebastelt hatte.

Durch die Dachfenster leuchtete Morgenlicht herein und verlieh Jacksons Wangen einen goldenen Glanz. Vielleicht war sein Körper zu groß für diese enge Wohnung. Doch er war der Erschaffer dieser Welt und zugleich ein Teil davon. Tegan konnte sich das eine nicht ohne das andere vorstellen.

»Ich hatte schon Angst, du hättest immer noch schlechte Laune«, sagte er neckend.

Über Tegans glückliches Lächeln legte sich ein Schatten. Ihr gestriges Treffen im Café war tatsächlich sehr schweigsam verlaufen. Dieses blöde Halbblut hatte sie völlig durcheinandergebracht. »O nein!« Sie vergrub das Gesicht in den Händen. »Musst du mich daran erinnern? Ich hatte es schon verdrängt.«

Entschuldigend hob er die Hände. »Tut mir leid. Ich hab dich nur noch nie so erlebt. Eine ganz andere Tegan.«

Sie zog ein Kissen heran und drückte es an sich. Jackson hatte ihrer Glückslaune einen herben Dämpfer verpasst. »Entschuldige noch mal. Der Kerl hat mir einfach Angst gemacht.« Das hatte er wirklich. Denn er wusste zu viel von ihr. Und sie nichts über ihn. Sie hatte seinen Faden nicht sehen können. Das war kein gutes Zeichen.

Jackson ging in die Kochnische und angelte zwei Becher aus einem Hängeschrank. Die Nische bestand aus dem Hängeschrank mit Geschirr für zwei, einem Ofen, einer Mikrowelle und Kaffeemaschine – alles gestapelt in nur einem Meter Küche. Wasser hatte er bereits erhitzt. Nun goss er den Tee auf und brachte die Becher zum Sofa.

Noch immer saß Tegan, das Kissen an sich gedrückt, wie eingefroren auf dem Sofa. Wieder hatte sie die Situation vor Augen. Der Kerl war so selbstsicher gewesen. Es war, als hätte er gewusst, wann genau Jackson das Café betreten würde. Sie fröstelte und nahm ihm dankbar den Becher Tee ab. »Lass uns nicht mehr über diesen Vorfall reden.«

Er setzte sich neben sie und sie kuschelte sich an ihn.

»Wenn ich bei dir bin, will ich alles andere vergessen, was da draußen ist.« Sein Wollpullover war leicht kratzig, genau wie sein Bart. Aber gerade das liebte sie an ihm.

Sie schmiegte sich an seine Brust und lauschte seinem gleichmäßig schlagenden Herz. Er duftete nach Meer (wie auch immer er das fertigbrachte mitten in London) und einem Hauch Metall.

»Das Buch, das du mir gegeben hast«, wechselte sie das Thema. »Meine Güte – der Mann hat ja wirklich ganz schön viel aufgeschnappt.« Für einen Sterblichen viel zu viel. Aber zu der Zeit, als die Geschichte aufgeschrieben worden war, waren die Unsterblichen den Menschen noch näher gewesen. Man hatte sie als Götter verehrt. Winnie behauptete, das Archiv bräuchte keine neuen Regale mehr, da es kaum noch Helden gab, die von Unsterblichen abstammten, oder Unsterbliche selbst, die in die Geschicke der Welt eingreifen wollten.

Jackson lachte leise. »Willst du mir etwa sagen, das stimmt alles?« Nachdem sie Jackson ein halbes Jahr gedatet hatte und sich sicher war, dass er für immer in ihrem Leben sein sollte und dass sie nichts anderes brauchte, um glücklich zu sein, da hatte sie ihm die Wahrheit gesagt. Auch wenn sie ihn nie in den Turm mitnehmen oder die Fäden zeigen konnte, er hatte ihr geglaubt. Und dafür liebte sie ihn noch mehr.

»Ganz so, wie Dante schreibt, ist es nicht. Aber manches weist doch deutliche Parallelen auf.« Sie hatte ihren Kopf in seinen Schoß gebettet und sah zu ihm auf.

Seine Finger spielten mit ihrem Haar und er strich ihr sanft über die Stirn. »Vielleicht war dieser Dante einer von euch?«

»Nein. Bei uns gibt es nur Frauen.« Sie drehte sich, um ihm direkt in die Augen zu blicken. »Wir verlieben uns aber in Menschen.«

»Tut ihr das?«

Sie streckte ihre Hand aus und zog ihn zu sich. Weich und innig legte sich sein Kuss über sie. Mit geschlossenen Augen ließ sie sich von diesem Gefühl einhüllen und davontragen. Nie wieder wollte sie zurück in den Turm.

Er beendete den Kuss und als sie die Augen öffnete und seinen Blick fand, zerriss die watteweiche Wolke, auf der sie eben noch dahingetrieben war. »Was ist passiert?«, fragte sie alarmiert.

»Wie – woher willst du – kannst du es sehen?« Seine Stimme nahm einen kühlen Unterton an. »Hast du es etwa gewusst?«

Tegan schnellte hoch und setzte sich aufrecht neben ihn. »Was gewusst? Ich kann deinen Faden nicht lesen. Ich liebe dich! Mein Faden ist mit deinem verbunden.«

»Aber eben –«

Sie legte ihm den Finger auf die Lippen. Sein Bart kitzelte. »Ich kenne dich. Ich kenne jede Faser von dir. Also – da war etwas in deinem Blick. Du machst dir um etwas Sorgen.«

»Entschuldige.«

Lächelnd zuckte sie mit den Schultern. »Berufsrisiko. Passiert mir ständig, dass Leute denken, ich lese sie.«

»Tust du das nicht? Bist du nicht die beste Schicksalsknotenentwirrerin?«

»Ich denke, ja.« Sie beugte sich vor, um ihn erneut zu küssen, doch er wich ihr aus.

»Ich habe heute das hier erhalten.« Vom niedrigen Sofatisch zog er ein Schreiben und hielt es ihr hin.

Zögernd nahm sie es und faltete es auf. Es war von seiner Firma. »Sie versetzen dich.« Ihre Stimme war wie ein Hauch. Sie konnte nicht fassen, was sie dort las. »Für zwei Jahre?«

»Ich habe schon Widerspruch eingelegt.« Er zog sie zu sich. »Sie werden dich nicht von mir trennen! Niemals!«

Tegans Hand, in der sie das Schreiben hielt, begann zu zittern. »Es ist schon das zweite Mal.«

»Ja. Na und?« Er stand auf. Seine breiten Schultern verdunkelten das Sonnenlicht, das durch das Dachfenster hereinschien. »Wir haben es das erste Mal ausgetrickst, wir werden es ein zweites Mal schaffen.«

»Du kannst das Schicksal nicht austricksen.«

»Aber – Aber du ... du kannst doch den Verlauf ändern! Unsere Leben. Wir – Tegan.« Er kniete sich vor das Sofa und nahm ihre Hände. »Wir gehören zusammen!«

Sie konnte ihm nicht in die Augen blicken. Sie fühlte, wie ihr Herz zu brechen drohte. Mit jedem Schlag zuckte ein Stromstoß durch es hindurch. Ja! Natürlich! Sie gehörten zusammen! Sie liebte ihn so sehr, dass jede Stunde ohne ihn wie Folter war. Doch das Schicksal wollte, dass er ging. »Es ist wieder Michigan.«

»Zufall.«

Ihre Blicke trafen sich. Sie wusste, dass er wusste, dass es keine Zufälle gab. Alles war vorherbestimmt. »Du hast vor einem Jahr deinen superguten Job gekündigt, weil sie dich nach Michigan schicken wollten. Nun arbeitest du bei einer anderen Firma. Und wieder sollst du nach Michigan versetzt werden.«

»Ich kündige.«

Tegan schüttelte den Kopf. »Nein. Du verdienst jetzt schon deutlich weniger als in deinem alten Job. Du kannst nicht alles hinschmeißen. Das Schicksal wird am Ende gewinnen. Es wird einen Weg finden.«

Er stand auf, rieb sich über die Augen und starrte hinaus in den sonnigen Himmel. »Du schickst mich weg?«

»Nein!« Viel zu hastig sprang Tegan auf, sodass sie an das Tischchen stieß und Tee überschwappte. Sie schlang seine Arme um ihre Taille und schmiegte sich an ihn. »Nein. Ich will dich nicht verlieren. Ich werde um eine Versetzung bitten.«

»Nach Michigan? Steht denn dort auch ein Baum?«

Tränen stiegen in ihre Augen. Sie presste die Lippen zusammen und nickte.

Es war eine Lüge. Es gab keinen Schicksalsbaum in Michigan. Wenn sie ihr Leben mit ihm verbringen wollte, musste sie die Weberinnen verlassen.

Jackson hob sie hoch und Tegan schlang ihre Beine um seine Hüfte. Er küsste sie.

Sie erwiderte den Kuss inniglich. Die Welt außerhalb dieser Umarmung zählte nicht.

22
LITA

Zusammen mit DeeDee bummelte Lita am Royal Opera House vorbei. Es war früh am Tag. Die Touristen waren noch nicht wach, nur ein paar Londoner nutzten den Sonntagmorgen für ein gemütliches Frühstück in den Cafés. DeeDee und Lita hatten sich einen Kaffee bei ihrem Lieblings-Take-away geholt und schlenderten Richtung Covent Garden. Bisher hatte Lita kein Wort über ihre Mutter verloren, obwohl sie DeeDee am liebsten alles haarklein erzählt hätte. Doch wie?

DeeDee hatte ein Gespür dafür, wann sie nachbohren musste oder wann jemand einfach noch Zeit brauchte. Und sie ließ Lita Zeit.

Sie hatte jedoch keine Ahnung, wie sie anfangen sollte. DeeDee würde ihr sicherlich nicht ein Wort glauben. Und beweisen, dass es Schicksalsfäden gab und einen riesigen Baum inmitten des 30 St Mary Axe Towers, war nicht möglich. DeeDee konnte diese Dinge nicht sehen. Während Lita um Worte rang, mit denen sie ihrer Freundin – möglichst schonend – die Natur der Dinge beibringen konnte, quasselte DeeDee, was das Zeug hielt, um die Stille zwischen ihnen zu übertönen.

»Dieser Jeremy ist wirklich ziemlich nett. Laurens Mutter wird vor Freude einen Purzelbaum schlagen. Aber ich glaube nicht, dass Lauren bewusst ist, in was für einen totalen Langweiler sie sich verknallt hat.«

»Er konnte doch echt gut skaten«, erinnerte sich Lita.

»Ach, du weißt, was ich meine. Er geht auf eine dieser Eliteschulen. Der wird mal irgendwas im Anzug. Jedenfalls sind wir dann noch weitergezogen. Also, nach dem Regen.«

Richtig, der Regenschauer. Den hatte Lita schon ganz vergessen. DeeDee berichtete, wie sie sich im Skate Space untergestellt hatten. »Und Lauren durfte dann ein Board ausprobieren. Das hättest du sehen sollen!«

Lita lächelte abwesend. »Sie war bestimmt die totale Skaterqueen.«

DeeDee lachte und der Kaffee schwappte bedenklich im Becher. »In ihren Träumen. Vermutlich ist es nicht ihre Bestimmung, Skaterin zu sein.«

Litas zuckte zusammen. *Nicht ihre Bestimmung?* Aber genau das war Laurens sehnlichster Wunsch! Ihr Faden würde sie doch bitte genau dort hinbringen, wofür ihr Herz schlug!

Natürlich hatte DeeDee ihr Zusammenzucken registriert. Schweigend taxierte sie Lita für einen kurzen Moment. Doch Lita wich ihrem Blick aus und versteckte sich hinter ihrem Kaffeebecher.

Inzwischen waren sie in die Russell Street eingebogen. Jede Menge Leute flanierten auf der Piazza des Covent Garden und Tauben stolzierten zwischen den Caféstühlen auf und ab.

Ein melancholisches Lied eines Straßenmusikers wehte

herüber. Lita blieb bei ihm stehen. Sie kannte ihn, denn er stand fast jeden Tag mit seiner Gitarre vor dem von Säulen getragenen Zugang zur Markthalle. Vermutlich war er um die fünfzig, sein Vollbart bereits mit Grau durchzogen, seine Augen rahmten unzählige Lachfältchen. Über seine Gitarre gebeugt, sang er fast anklagend *See the sky about to rain*. Lita kannte den Song nicht, aber die Melodie, selbst der Text ... genauso fühlte es sich gerade jetzt an.

DeeDee zupfte sie am Ärmel. »Tut mir leid. Der Song ist mir zu deprimierend. Komm weiter.«

Lita warf dem Musiker eine Münze auf den Teller.

Some are bound to happiness ... Was wenn es ihr nicht bestimmt war, ihre Mutter jemals wiederzusehen? Sie würde niemals aufgeben, nach ihr zu suchen.

»Lita?« DeeDee musterte ihre Freundin stirnrunzelnd. »Ich weiß ja, dass ich viel quassle. Aber willst du nicht auch etwas sagen? Wir haben uns Sorgen gemacht. Was ist mit deiner Mum?«

Hastig trank Lita ihren Kaffee leer. Was sollte sie sagen? *Loki lebt und er hat meine Mum in seiner Gewalt?* »Es ist ... anders, als ich dachte. Aber ... ich mache mir sehr große Sorgen um sie.« Litas Blick blieb an einem Schrein hängen, der in einer Hausnische aufgestellt war.

»Oh, Lita!« DeeDee wollte sie in den Arm nehmen, doch Lita wich ihr aus.

»Sekunde«, entschuldigte sie sich bei DeeDee, die ihr irritiert nachsah, als Lita eilig die Straße überquerte. Natürlich. Kami! Es gab Weberinnen, es gab Unsterbliche – und Kami! Der Schrein war einer dieser uralten Stadtaltäre, die es an allen Ecken von London gab. Direkt an der Hauswand befestigt, in vielleicht einem Meter Höhe, trotzte er seit Jahrzehnten Wind und Wetter. Rot und Gold hatten zwar inzwischen ihre Strahlkraft eingebüßt, dennoch sah er mit all den geschnitzten Ornamenten prächtig aus. Der Schrein war einem alten Tempel nachempfunden, mit Pagodendach und Säulen. Davor, wie auf einem Regalbrett, stand eine Schale mit Sand, in den man Räucherstäbchen hineinstecken konnte. Außerdem hatte jemand eine Sake-Schale und einen Teller mit Mandarinen dazugestellt. Eine Plastikblumenkette hing über dem Dach des Minitempels. Zwischen den künstlichen Blüten steckte eine Elfenspielfigur. Es sah aus, als würde sie auf der Blüte reiten.

»Lita?« DeeDee tippte sie an die Schulter. »Das ist ein Kami-Schrein. Nur etwas für Leute, die abergläubisch sind.« Natürlich hörte Lita den spöttischen Unterton in der Stimme ihrer Freundin.

»Es tut mir leid, DeeDee. Dir und deiner Familie hat der Glaube an die Kami schon immer viel bedeutet. Meine Mutter aber –« Lita musste schlucken, damit der Knoten, der sich plötzlich um ihre Brust geschlungen hatte, nicht auch noch ihre Stimme befiel. »Mum hat mir nie von den Kami erzählt. Obwohl sie auch einen Schrein hat …«

Eine tiefe Falte hatte sich in DeeDees Stirn gegraben. »Lita Neverby. Du verschweigst mir etwas. Dabei weißt du doch, dass du mit mir über alles reden kannst.« Aufmunternd knuffte DeeDee sie in die Schulter.

»Ach, DeeDee!« Lita seufzte. »Ich … ich will dir ja alles erzählen. Aber – ich weiß nicht, wie ich anfangen soll. Es ist – kompliziert.« Hatte sie das tatsächlich gerade gesagt?

Klang wie aus einer blöden Lovestory. »Mir läuft die Zeit davon. Ich muss meine Mum finden.«

Erschrocken schlug DeeDee die Hände zusammen. »Deine Mum ist verschwunden? Oh, Lita! Sucht die Polizei schon nach ihr?«

Lita nickte zaghaft. »Ich denke, also, ich würde gerne mit einem Kami sprechen.«

»Wow.« DeeDee musterte Lita voller Sorge. »Natürlich. Dafür sind sie da. Tu das. Ich bin mir sicher, dass es dir helfen wird.« Sie kramte in ihrem Rucksack und drückte Lita zwei frische Räucherstäbchen und ein Feuerzeug in die Hand. »Ruf mich an, wenn du hier fertig bist! Fest versprochen?«

»Fest versprochen. Du bist die Beste.« Sie drückte ihre Freundin und nahm die Räucherstäbchen. »Hast du 'ne Gebrauchsanleitung?«

DeeDee schmunzelte amüsiert. »Versuch's mit Anzünden.«

»Schon klar.« Lita verdrehte die Augen. »Ich meine – wie spricht man mit Kami? Gibt es eine Beschwörungsformel?«

»Sag einfach, was dich bedrückt. Und bitte um Hilfe. Sie hören dich. Und sie werden dir helfen.«

»Das hoffe ich sehr.«

DeeDee drückte sie fest. »Ich bin sicher, dass die Polizei sie ganz bald findet. Es geht ihr sicher gut. Ich werde auch für deine Mum beten. Und …« Sie sah ihr fest in die Augen. » … melde dich! Ich bin für dich da!«

Dankbar nickte Lita und sah DeeDee nach, die die Piazza überquerte und bald hinter der Markthalle verschwand.

Unschlüssig betrachtete Lita die Räucherstäbchen. Sie atmete durch und ließ das Feuerzeug aufflammen. Mit dem Rücken zur Straße stand sie am Schrein. Schirmte ihn, oder vielleicht auch sich selbst, vor den Blicken der Passanten ab. Laut DeeDee vollbrachten Kami Wunder. Sie beschützten, heilten, stärkten die Menschen. Aber konnten sie Hanna vor den Unsterblichen beschützen?

Also gut. Dann lasst euch mal blicken. Sie entzündete die Räucherstäbchen und steckte sie in den Sand. Der nach Sandelholz duftende Rauch wirbelte durch die Luft und kräuselte sich vor dem geschnitzten Tempelrelief.

23
RUKAR

Ein beseeltes Lächeln lag auf Tegans Lippen, als sie das Wohnhaus verließ und in den Innenhof trat. Die Sonne schien inzwischen an der Backsteinfassade hinab, doch der Hof selbst lag noch immer im Schatten. Dort unten war es kühl.

Oben auf dem Dach in der Sonne, wo Rukar es sich gemütlich gemacht hatte, war es fast schon heiß. Die Jacke hatte er bereits vor einer Stunde ausgezogen. Und den Kaffee leider etwa zur gleichen Zeit ausgetrunken.

Eine Taube hatte ihm für eine Weile Gesellschaft geleistet und den neusten Tratsch erzählt. Aber Tauben erzählten viel, wenn der Tag lang war. Rukar gab wenig auf das neue Gerücht, dass bald Asche die Welt überziehen würde.

Er seufzte erleichtert, als Tegan endlich das Haus verließ.

Sie blinzelte hinauf in die Sonne, bevor sie eiligen Schrittes davonging. Er stand auf, schlüpfte in seine Jacke und lief die Ziegel empor, über den Dachfirst zur Straßenseite. Gerade verließ Tegan unter ihm den Innenhof, trat auf die Great Peter Street und schlug den Weg zum Embankment ein.

Als wäre es nur eine etwas höhere Treppenstufe, sprang Rukar vom Dach. Er zupfte seine Jacke zurecht, beförderte den leeren Pappbecher mit einem gekonnten Wurf in einen Mülleimer an einer Laterne und schlenderte Tegan hinterher.

Als Tegan vor ein paar Stunden den Turm verlassen hatte, war ihre Laune mit jedem Schritt in Richtung ihres Freundes gestiegen. Aber irgendwas hatte ihr einen Dämpfer verpasst. Die federnde Leichtigkeit war aus ihrem Gang verschwunden. Sie legte ein ziemliches Tempo vor, als wolle sie vor etwas weglaufen.

An der nächsten Straßenkreuzung hatte Rukar sie eingeholt. Er hätte nur den Arm ausstrecken müssen, um sie anzutippen. Doch er hatte eine weitaus eindrucksvollere Idee.

Er verschwand nach rechts in der Seitenstraße, während Tegan weiter geradeaus lief. Ohne Eile marschierte er die schmale Straße zwischen den ockerfarbenen Wohnblöcken entlang und bog bei nächster Gelegenheit wieder nach links ab.

Sein Timing war wie immer perfekt.

»Na, wenn das kein Zufall ist!«, rief er freudig aus, als Tegan ihn anrempelte, weil er so plötzlich um die Ecke kam.

Ihr entsetzter Blick, als sie ihn erkannte, amüsierte ihn.

»Verschwinde!«, zischte sie ihn an und eilte an ihm vorbei. Die Straßen dieser Gegend wirkten abweisend, da die Wohnhäuser zur Straße hin nur glatte Fensterfronten präsentierten. Die Wohnungszugänge lagen in den abgeschotteten Innenhöfen.

Rukar drehte sich auf dem Absatz um und sprang ihr nach. »Aber, aber! Wieso so unfreundlich!« Völlig entspannt lief er neben ihr her, während sie sich mit jedem Schritt mehr verkrampfte. Die Hände zu Fäusten geballt, ihre lila geschminkten Lippen zu einem dünnen Strich zusammengepresst.

»Ich bin nicht unfreundlich. Du bist aufdringlich«, sagte sie schroff.

Grinsend schob sich Rukar vor sie und lief dabei rückwärts. Er musste nicht fürchten, gegen irgendwen oder irgendwas zu laufen. Er sah die Zeit. Wenn die Zukunft ein Hindernis zeigte, veränderte er einfach seine Schritte.

»Das Schicksal zwingt mich.« Er schickte diesem Bekenntnis einen klagenden Seufzer nach. »Ich kann nichts dagegen tun.« Abrupt blieb er stehen, doch Tegan reagierte schnell und wechselte wortlos die Straßenseite, hinüber zur Westminster Abbey. Touristen verstopften den Bürgersteig vor der berühmten Kirche. Tegan nutzte diesen Vorteil und tauchte zwischen den Menschen unter.

Rukar ließ sich jedoch nicht abschütteln. »Du kannst deinem Schicksal nicht davonlaufen. Das weißt du doch.«

Wütend fuhr sie zu ihm herum. »Was soll der Mist! Sag endlich, was du von mir willst!«, schrie sie ihm entgegen.

Die Leute musterten die beiden irritiert. Einige beeilten sich weiterzugehen. Andere blieben stehen und beobachteten Rukar argwöhnisch.

Ein Passant ging auf Tegan zu. »Alles in Ordnung, Miss?«, fragte er mit einem warnenden Blick auf Rukar.

»Er wollte sich gerade verabschieden.« Triumphierend grinste sie Rukar an und marschierte eilig davon. Der Mann stellte sich Rukar in den Weg. »Du gehst besser in die andere Richtung.«

Rukar zuckte mit den Achseln. Na gut. Es war clever von ihr gewesen, Passanten zu nutzen, aber es hatte ihn nicht überrascht. Er machte kehrt und schlenderte davon.

Drei Querstraßen weiter rannte Tegan erneut in ihn.

»Das – Verdammt.« Fassungslos stand sie vor ihm. »Wie hast du das gemacht? Ich hab eine ganz andere Richtung eingeschlagen! Ich weiß nicht mal selbst, wohin ich will.«

Lächelnd hob er die Hände, um zu zeigen, dass er genauso hilflos gegenüber der Vorsehung war wie sie. »Akzeptiere doch einfach, dass das Schicksal uns zusammenführt.«

»Lass dieses Schicksalsgeschwätz! Du hast keine Ahnung, wovon du redest!« Sauer sah sie sich um. Vermutlich hatte sie vorgehabt, in die U-Bahn bei St. James Park zu verschwinden. Hier waren kaum Leute unterwegs und niemand der Vorbeieilenden beachtete die beiden.

Er nahm ihren Arm und hakte ihn bei sich unter. »Ich werde dich betrunken machen.« Schelmisch lächelte er sie an.

Damit hatte sie anscheinend nicht gerechnet, denn sie lachte vor Überraschung auf. »Viel Glück!«

Sie wollte ihren Arm zurückziehen, doch er hielt ihn fest. »Meinst du wirklich, ich brauche welches?«

Ihre Blicke trafen sich. Und zufrieden stellte Rukar fest, dass sie begann, mit sich zu ringen. Neugier flackerte in ihren Augen. Er stellte sich vor, welche Gedanken ihr wohl gerade durch den Kopf schossen: Wer war er, dass er eine Weberin immer wieder zu fassen bekam? Ein Halbblut. Sicher. Doch welche Fähigkeiten hatte sein unsterblicher

Erzeuger ihm wohl vererbt? Feuer? Wasser? Oder gar die Macht über alle Elemente?

Er erwiderte ihren Blick und ließ die Zeit für ein paar winzige Sekundenbruchteile in Schleife laufen. Tegan würde es nicht wissen, aber den Eindruck haben, dass sie die Zeit, während sie ihm in die Augen geblickt hatte, vergessen hatte.

»Ganz sicher.« Sie räusperte sich und wandte den Blick ertappt ab. Ein rosa Hauch hatte sich über ihre Wangen gelegt und Rukar grinste in sich hinein. Dieser Zeitschleifentrick war großartig.

Er zeigte über die Straße. »Lass uns da drüben auf unsere Bekanntschaft anstoßen. Ich garantiere dir, bei meiner Ehre, dass ich dir nichts antun werde. Falls das deine Sorge ist.«

Tegan drückte den Rücken durch und warf die Haare über die Schulter. »Vergiss es! Ich bin doch nicht blöd. Ich kann deinen Faden nicht sehen. Ich werde nicht mit dir irgendwo hingehen!«, zischte sie. »Außerdem bist du nervig!«

Aus einer der Innentaschen seiner Jacke zog Rukar einen schmalen Umschlag. »Vielleicht siehst du meinen Faden nicht. Aber ich kenne deine Zukunft.« Er wedelte mit dem Umschlag vor ihrer Nase herum.

»Was ist das?«, fragte sie wütend und entriss ihm den Umschlag. Sie zog ein Flugticket heraus. Als sie das Reiseziel las, wurde sie blass. Ohne den Blick vom Ticket zu nehmen, griff sie nach Rukars Ärmel. Ihre Stimme klang belegt und sie musste sich räuspern. »Woher weißt du von Michigan?«, flüsterte sie.

Wieder bot er ihr seinen Arm an. »Es ist mein Job, viel zu wissen. Und? Redest du jetzt mit mir?«

»Nur *einen* Drink. Ohne Alkohol.« Sie musterte ihn scharf. »Und du wirst mir auf jede Frage eine ehrliche Antwort geben.«

Zufrieden mit sich stieß Rukar wenig später die Tür zum Pub auf. Die Tauben waren einfach die besten Mitarbeiter, die man haben konnte.

24
ELAINE

Schweißnass schreckte Elaine aus dem Schlaf hoch. Das graue Haar klebte ihr an Stirn und Nacken.

Ascheflocken wehten zu ihr.

Bei dem Bild zuckte sie zusammen und strich sich angewidert über die nackten Arme. Es war, als würde die Asche an ihr haften.

Wütend schlug sie die Bettdecke zur Seite, stand auf und ging ins Badezimmer. Sie hasste diese Träume. Sie hasste sie, weil sie nicht von ihr abließen.

Sie hasste sie, weil sie ein Abbild der Zukunft waren.

Sie hasste sie, weil *sie* die Schuld an dieser Zukunft trug.

Selbst das Wasser der Dusche konnte das Gefühl von Asche auf der Haut nicht vertreiben. Egal, wie hartnäckig Elaine sich schrubbte.

Schließlich drehte sie das Wasser ab und trat fröstelnd vor den Spiegel am Waschbecken. Müde betrachtete sie ihr altes Gesicht. Was war nur aus der energischen Weberin geworden, die für ihre Aufgabe brannte? Inzwischen fühlte sich die Verantwortung für die Schicksale der Menschen wie eine unermesslich schwere Last an. Es kam ihr vor, als krümme dieses Gewicht ihren Rücken jeden Tag um ein weiteres Stück.

Aber vor allem die Träume von Asche setzten ihr zu. In immer kürzeren Abständen verfolgten sie sie. Warnten sie, dass der Tag näher rückte. Der Tag, an dem sie bezahlen musste. An dem die Welt bezahlen musste, weil sie einen Fehler gemacht hatte.

Hanna hatte dies wohl auch gespürt. Lita hatte gesagt, Hanna hätte vor etwas Angst gehabt.

Als Lita geboren wurde, hatte Elaine zum ersten Mal von den zerfallenden Fäden geträumt. In den vergangenen Jahren war der Traum immer mal wiedergekehrt und nun, seit einigen Monaten, quälten sie die Bilder von einer Welt in Asche fast jede Nacht.

Erschöpft trat sie in den Wohnraum.

»Es sind keine Träume«, murmelte sie und beobachtete, wie London langsam erwachte. »Du schickst mir eine Warnung, was passieren wird, wenn ich nicht endlich deinen Willen erfülle.«

Für einen Augenblick wollte sie nach Lita rufen lassen. Ob sie sich dafür entscheiden würde, eine Weberin zu werden?

Elaine schauderte, als sie sich an Litas Bericht erinnerte, dass sie im Weltenraum versucht hatte, die Fäden zu berühren, und als das Bild der wirbelnden Asche ihr wieder vor Augen stand.

Vermutlich machte sie einen großen Fehler, wenn sie Lita anbot, eine von ihnen zu sein. Es war schon ein Fehler gewesen, das Mädchen überhaupt in den Turm zu holen. Doch was hätte sie tun sollen? Sie hatte das zutiefst verwirrte Kind doch nicht dort lassen können.

»Ich mache meinen Fehler wieder gut«, sagte sie in

die Leere um sich. »Du darfst die Welt nicht dafür bestrafen.«

Natürlich erhielt sie keine Antwort.

Es sprach nicht mehr mit ihr.

Dies war das Schlimmste an seiner Strafe. Es hatte sie verlassen.

Elaine sah sich zur Küche um. Das Päckchen, das sie gestern bei Wook erstanden hatte, lag noch ungeöffnet auf dem Tresen. Es wurde Zeit. Sie musste mit dem Trank beginnen.

25
LITA

Lange Rauchfahnen schwebten von den Stäbchen empor, die Lita in die Sandschale am Schrein gesteckt hatte. Es war so windstill, dass der Rauch sich erst an der roten Marquise des Pubs nebenan auflöste. Noch immer stand sie mit dem Rücken zum belebten Covent Garden. Bisher hatte sie sich über Leute, die an den öffentlichen Schreinen beteten, lustig gemacht. Sich an etwas zu klammern, das nicht existierte, war ihr absurd erschienen. Vermutlich dachten so auch manche der Passanten, die jetzt an ihr vorübergingen.

Ob ein Kami ihre Mutter einfach befreien konnte? Aber selbst wenn nicht, vielleicht wusste er wenigstens, wo Hanna gefangen gehalten wurde.

»Bitte«, murmelte Lita. »Ich brauche Hilfe!«

Sollte sie die Hände falten? Oder sich hinknien? Unschlüssig warf Lita einen Blick über die Schulter. Doch niemand beachtete sie.

Die Menschen waren zu sehr mit den Auslagen der Geschäfte und den Darbietungen der Straßenkünstler beschäftigt. Keiner der Passanten nahm Notiz von dem verzweifelten Mädchen am Kami-Schrein.

»Bitte. Ich brauche Hilfe!«, wisperte sie ein weiteres Mal.

Sie kam sich dämlich vor. Sie sprach mit einem angemalten Stück Holz!

»Na so was«, sagte da plötzlich jemand hinter ihr.

Als hätte sie etwas Verbotenes getan, zuckte Lita zusammen und fuhr herum.

Hinter ihr stand ein junger Mann. Schlaksig und groß gewachsen mit kupferrotem Haar und einem moosgrünen Sakko. Sein Markenzeichen.

»Faine!« Überrascht starrte sie ihn an. »Meine Güte, hast du mich erschreckt!«

»Na und du *mich* erst!« Die Hände in den Hosentaschen vergraben, blickte er amüsiert an ihr vorbei auf den Altar, an dem die Stäbchen vor sich hin qualmten.

Verlegen versuchte Lita, ihm die Sicht darauf zu versperren. Es war ihr peinlich, dass ausgerechnet er sie an einem Kami-Schrein ertappt hatte. Auch wenn er der beste Freund ihrer Mutter war, hatte er immer deutlich gezeigt, wie wenig er von ihrem Glauben hielt. Schließlich mopste er sich stets die Kirschblütenschale für seinen Tee.

»Was machst *du* denn an einem Schrein?«

Lita biss sich auf die Lippe. Faine und Hanna kannten sich von der Arbeit. Ob er gestern oder heute versucht hatte, sie zu erreichen, weil sie nicht im Büro erschienen war? Die beiden engagierten sich in einem sozialen Projekt für Leute, die *ihre Lebensbalance verloren haben,* wie Faine es ausdrückte. Hanna hatte immer gesagt: *Ich helfe Menschen, denen das Schicksal übel mitgespielt hat.*

Natürlich. Innerlich schüttelte Lita den Kopf über ihre Mum. Sie hatte sich in Wahrheit nie ganz von ihrer Aufgabe als Weberin gelöst.

»Wie ich sehe, hast du Räucherwerk entzündet. Lita!« Faine lachte. »Was wird deine Mutter nur sagen!«

»Ich hoffe, sie wird sagen: gut gemacht!« Sie verschränkte die Arme und hoffte, dass Faine schnell weiterging. Doch die Hände lässig in den Taschen, stand er vor ihr, als gäbe es nichts auf der Welt, dass ihn von hier fortrufen könne.

Faine hatte etwas an sich, das den Eindruck erweckte, der Moment gehöre ihm. Es gab Leute, die konnten allein durch ihr Charisma die gesamte Aufmerksamkeit auf sich ziehen, wenn sie einen Raum betraten. Bei Faine war es anders. Man übersah ihn gerne, trotz des leuchtenden Grün und Rot. Aber er beanspruchte den Augenblick. Als sie sich hier gegenüberstanden, fühlte es sich so an, als ob es *seine* Zeit wäre, die er großzügig mit ihr teilte. Dabei dachte Lita eigentlich, dass er ihre Zeit stahl und sie kostbare Minuten auf der Suche nach Hanna verlor. Dennoch nistete sich in ihr das Gefühl ein, es wäre eine Ehre, dass sie diesen Moment mit ihm gemeinsam hatte.

»Gut gemacht?« Er klang überrascht, beugte sich nah zu ihr und grinste. »Du hast um Hilfe gebeten.«

»Und wennschon«, antwortete sie fast trotzig. Sie mochte Faine, auch wenn sie sich oft gefragt hatte, ob er keine Familie hatte, weil er stundenlang bei ihnen abhing. Ihre Mum und er waren schon miteinander befreundet, seit sie denken konnte, aber jetzt nervte er. Warum ging er nicht einfach weiter?

Er zuckte mit den Schultern. »Ich mein ja nur. Bis vor Kurzem war das doch nur ein oller Aberglaube für dich.«

Bis gestern. Sie musterte Faine. Lita schätzte ihn auf

Ende zwanzig, bestenfalls. In seinen Bewegungen lag etwas Jungenhaftes: Seine Arme und Beine schienen zu lang und er wusste nie so recht, wohin mit ihnen. Stets trug er ein Lächeln auf den Lippen, als gäbe es niemals schlechte Tage.

Wenn er schon nicht verschwand, dann konnte sie genauso gut nach Hanna fragen. Auch wenn er Hannas Schrein wenig Respekt zollte, vielleicht wusste er etwas, das ihr von Nutzen sein konnte. Denn sein Auftauchen hatte wahrscheinlich sowieso ihre Kami-Bitte unterbrochen. Hier und jetzt würde sie keine Antwort auf ihren Hilferuf bekommen.

»Was weißt du über Kami?«

Überrascht hob Faine eine Augenbraue. »Was *ich* über Kami weiß? Nun. Vermutlich mehr als du.«

Na, dafür muss man ja kein Fachmann sein, dachte Lita grummelnd. Sie seufzte. Hanna vertraute ihm. Also sollte sie ihm vielleicht ebenfalls vertrauen. Auch wenn er die Wahrheit über die Welt nicht kannte. Schlimmstenfalls hielt er sie für ebenso verrückt, wie Hanna es bis gestern für sie gewesen war.

»Also – ich … ich hab meine Großmutter getroffen …«

Bei diesen Worten zuckte Faine deutlich zusammen. »Was?« Entsetzt sah er Lita an. Jegliches fröhliche Lachen war aus seinem Blick verschwunden. »Und was hat Hanna gesagt?«

»Das würde ich zu gerne wissen. Schließlich hat sie behauptet, Elaine sei tot. Aber – also …« Sie sah sich um, als könnte irgendjemand der Passanten sie belauschen. »Hanna wurde entführt.«

Faine packte Lita und zog sie in die Nische zum Schrein. »Entführt?« Der Schock war ihm deutlich anzusehen.

»Eine Lichtexplosion.« Lita machte ein schlürfendes Geräusch. »Und eingesogen. Weg. Entführt.«

»Bei allen Teetassen! Hanna hatte recht.« Er begann, hektisch auf seiner Unterlippe zu kauen.

Lita klappte den Mund auf. »Hanna hatte recht?«, wiederholte sie viel zu laut – so geschockt war sie von der Erkenntnis, dass Faine offenbar über die Weberinnen Bescheid wusste. »Was – was weißt du darüber?«

Hanna hatte ihm alles erzählt! *Ihm!* Nicht ihrer Tochter! Einem dahergelaufenen Typen aus ihrer Arbeit hatte sie die unfassbare Wahrheit über sich und die Welt anvertraut!

Lita packte Faine an seinem grünen Samtsakko. »Was weißt du über meine Mutter?«

»Offensichtlich auch mehr als du.« Sanft löste er Litas Finger von seinem Revers und strich den Samt glatt.

»Das kann doch nicht wahr sein! Jeder weiß Bescheid – über die Welt und die andere Welt! Nur mir hat Mum nie was erzählt!« Lita schnaubte. »Wo ist sie? Wer hat sie entführt?«

Faine hob eine Hand. »Langsam. Und von vorne. Was genau ist passiert?«

»Sie hatte vor irgendetwas Angst.« Lita versuchte, sich zu beruhigen. Was nicht so einfach war, denn es verletzte sie, dass ihre Mutter mit Faine über ... über ... Familienangelegenheiten gesprochen hatte. Mit ihrer Tochter jedoch nicht!

Faine seufzte. »Sie wusste, dass der Tag kommen würde,

an dem ihr zwei dafür bezahlen müsst, dass ihr das Schicksal betrogen habt.«

Völlig perplex starrte Lita ihn an. »Ich hab das Schicksal betrogen? Wie das denn? Ich wusste ja nicht mal, dass es Schicksalsfäden gibt!«

»Nun, du hast vermutlich recht. Du bist ziemlich unschuldig an dem ganzen Drama. Aber – deine Mutter ...« Erneut seufzte er und drapierte die Blumenkette am Schrein so, dass die Feenspielfigur jetzt auf dem Dachfirst saß.

»Sekunde.« Lita kniff die Augen zusammen und sah ihn scharf an. »Du *weißt,* wieso Mum entführt wurde? Und dann weißt du auch, *wer* sie entführt hat!« Sie machte einen Schritt von ihm weg. »Wenn du ein Unsterblicher bist –«

»Was?« Beleidigt trat er zurück auf die Straße. »Ich bitte dich! Ich bin ein Kami! Und deine Mutter macht den besten Tee der Welt!«

Lita blieb der Mund offen stehen. Ihr fehlten die Worte. Natürlich. Die Teeschale! Eine Opfergabe für einen Kami. Keine Respektlosigkeit. Er hatte nur die Opfergabe angenommen! »Kami –«, stammelte sie. Warum war sie so geschockt? Litas Familie waren Weberinnen, ihre Mutter hatte bei der Versiegelung von Litas Gabe Hilfe eines Unterblichen – warum sollte dann nicht auch ein Kami der beste Freund ihrer Mutter sein?

»Dann ... dann bist du meinem Hilferuf gefolgt?« Sie deutete auf den Schrein.

»Natürlich. Ich muss zugeben, ich war sehr erstaunt, von dir auf diesem Weg zu hören.« Er schlug die Hacken zusammen und verbeugte sich leicht vor ihr. »Darf ich mich vorstellen: Faine. Glückskami. Stets zu Diensten.«

Glückskami? Na, dann aber einer der unteren Klasse, dachte Lita. *Bei so wenig Glück, wie Mum es hat, kann es mit seiner Macht nicht weit her sein.*

»Wo ist meine Mutter?« Lita verschränkte die Arme und sah ihn auffordernd an. Wut machte sich in ihr breit. Alle Welt hatte sie belogen! Und nun war auch noch das Schicksal sauer auf sie? »Ich will Mum zurück!«

»Du hast das Konzept von uns Kami nicht ganz begriffen, Lita.« Er hakte sich bei ihr ein und schlenderte mit ihr Richtung Covent Garden. »Wir sind keine Dschinn. Wir erfüllen keine Wünsche. Und wir sind keine Hellseher, die dir dein Schicksal offenbaren.« Er flanierte mit ihr ziellos über die Piazza. Leichtfüßig, als könnte ihn nichts auf der Welt niederringen. Lita kam sich hingegen vor, als hätte jemand eine mächtige Eisenkugel an ihr Bein gebunden, die sie an Ort und Stelle festhielt.

»Weißt du, wo sie ist?«, wiederholte sie.

»Nein. Ich kann dir nicht sagen, wo sie ist.«

»Aber du weißt, wer sie entführt hat!« Ungeduld und Zorn ließen sie zittern. Wie konnte er nur so seelenruhig sein? Hanna war doch seine Freundin!

An einem der Blumenkübel, die die Zufahrten zur Piazza für Autos versperrten, blieb Faine stehen. Astern waren darin gepflanzt. Er pflückte eine Blüte und steckte sie Lita an den Parker. »Kami sind Schutzgeister. Wir helfen den Menschen, indem wir ihnen düstere Gedanken nehmen, Schmerzen lindern, Hoffnung geben.«

Da begann sie zu grinsen. »Oder Glück.« Hatte Elaine

nicht gesagt, sie würde einen Unsterblichen nur mit einer gehörigen Portion Glück finden?

Faine nickte. »Meine Spezialität.« Sein Blick traf den ihren und Litas Wut verpuffte. Sie verstand, was er meinte. Selbst mit Magie wäre ein Kampf gegen die Unsterblichen aussichtslos. Ohne Zaubertricksereien noch mehr. Doch die Magie, die Faine ihr anbot, schlich sich an der Macht der Unsterblichen vorbei.

»Schenk mir Glück! Damit ich den Unsterblichen finde, der meine Mutter entführt hat!«

Gespielt erstaunt musterte Faine sie. »Oh. Das ist schlau. Du brauchst zweifellos jede Menge Glück, um einfach so in einen Unsterblichen laufen.« Er zwinkerte schelmisch, doch dann wurde sein Blick wieder ernst. »Unsterbliche sind kein Spaß.«

Lita verdrehte die Augen. »Ja, das haben mir jetzt genügend Leute klargemacht. Dennoch. Einer von denen hat Hanna.«

»Unsterbliche sind unberechenbar. Sie denken, sie sind die Herren der Welt. Sie könnten tun und lassen, was sie wollen.«

»Eben! Und das dürfen sie nicht! Sie können nicht einfach Mütter entführen! Jemand muss sie in die Schranken weisen!« Lita hatte die Fäuste geballt. Wütend schnaubte sie, was Faine zum Lachen brachte.

»Oh, Lita. Du wirst die Welt auf den Kopf stellen.« Lächelnd strich er ihr die fransigen Haare aus den Augen und gab ihr einen sanften Kuss auf die Stirn. »Mit Glück wirst du den Unsterblichen finden, der für die Lichtexplosion verantwortlich ist. Aber bewahre dir deinen klaren

Verstand, Lita! Lass dich nicht blenden! Wo helles Licht strahlt, sind die Schatten am dunkelsten.«

Er roch nach Blumen. Wie eine Frühlingswiese. Amüsiert musterte Lita ihn. Das Rot seiner Haare glänzte im Sonnenlicht und für einen Wimpernschlag wirkte er wie der weise König aus einem Märchen: gütig, aufrecht und stark. »Ich dachte, du bist kein hellsichtiges Orakel.«

Jetzt wurde Faine knallrot. »Nein. Ich bin nur ein Glückskami – war das etwa zu theatralisch?«

»Einen Tick.«

Seufzend vergrub er die Hände in den Hosentaschen und zog die Schultern hoch. Sofort wirkte er wieder wie ein Junge, der nicht wusste, wohin mit seinem Körper, in den er irgendwie nicht hineinpasste.

»Okay. Ich dachte, der Spruch käme vielleicht ganz gut.« Er zuckte mit den Achseln. »Also dann. Halt die Augen auf. Und wenn du mich brauchst – du hast ja jetzt meine Nummer.« Er grinste schief und bevor Lita etwas erwidern konnte, war er verschwunden. Sie konnte noch nicht mal sagen, ob er tatsächlich unsichtbar geworden war oder ob ihn einfach die Menschenmenge verschluckt hatte.

26
RUKAR

Rukar nickte dem Wirt zum Abschied zu und bugsierte die kichernde Tegan auf die Straße. Schwankend stand sie auf dem Bürgersteig und blinzelte in die Sonne.

»Verdammt.« Sie wandte sich von der Helligkeit ab. »Wie lange waren wir in dem Loch? Mach die Sonne weg!«

»Ich muss schon bitten.« Rukar umfasste sie an der Taille und manövrierte sie die Straße entlang. »Das war ein ehrbares Pub. Kein Loch.«

»Neinneinneindaskannnichtsein.« Sie schüttelte so heftig den Kopf, dass sie das Gleichgewicht verlor. »Ich hatte nur Kaffee. Aber die haben da was reingetan! Wieso ist plötzlich Mittag!«

Ja, dummerweise war es schon Mittag. »Ich verbürge mich für den Wirt.« Das war die Wahrheit, denn der Wirt hatte ihr nichts in den Kaffee getan, Rukar hingegen schon. Allerdings hatte er sich ohne jeden Zweifel verrechnet, was Tegans Körpergewicht anbelangte. Die Tropfen hätten viel langsamer wirken müssen. Nun hatte er einige Mühe, das Mädchen auf Kurs zu halten. »Komm hier lang.« Er zog sie in eine schmale Seitengasse, weg von der Hauptstraße.

»Du spielst mit gezinkten Karten!« Schmollend verschränkte sie die Arme und wollte nicht mehr weitergehen.

Seufzend blieb er stehen. Zugegeben, er hatte es sich einfacher vorgestellt, sie auszuhorchen. Tegan war extrem misstrauisch gewesen. Drei Mal hatte er die Zeit zurückgedreht, bis er alle Informationen, die er brauchte, von ihr erhalten hatte. Jedes Mal hatte sie gezögert, das Flugticket einzustecken. Und doch war es immer in ihrer Tasche gelandet.

»Also, du scheinst ja alles über mich zu wissen. Dass ich Jackson liebe und mit ihm gehen will, wenn sein Schicksal ihn fortschickt. Was also willst du von mir? Was soll ich für dich tun, damit du mich nicht an Elaine verpetzt und ich dieses Ticket benutzen kann?« Und so hatte sie ihm von den Fäden erzählt, dem Turm und wie man die Membran durchschreiten konnte. Allerdings wusste sie nichts mehr davon, denn jedes Mal, wenn sie misstrauisch geworden war, nichts mehr preisgeben wollte und aufstand, um zu gehen, hatte er an der Zeit gezupft ... und der Wirt stellte gerade erneut den bestellten Kaffee auf den Tisch.

Beim vierten Mal hatte Rukar dann die Zeit eingefroren. Er wusste genug, um seinen Auftrag auszuführen. Er hatte die K.-o.-Tropfen in ihren Kaffee geschüttet und als die Zeit wieder normal lief, auf ihre Frage geantwortet: »Ich spendiere dir einfach nur einen Kaffee. Genieß ihn. Als Auszeit von deinem Weberinnenschicksal.« Sie hatte keine Ahnung, was sie ihm alles verraten hatte.

»Mir ist egal, dass du einen auf Mr Geheimnisvoll machst.« Schwankend stand Tegan jetzt vor ihm und boxte gegen seine Brust. »Und dass ich deinen Faden nicht sehe! Das hat gaaaaar nichts zu sagen! Also nich, dass du mir was antust. Sondern, weil wir jetzt Komplizen sind. Du erpresst mich.« Sie runzelte die Stirn und dachte angestrengt nach. »Was soll ich eigentlich tun, als Gegenleistung für das Ticket?«

»Ich wollte nur einen Kaffee mit dir. Nichts weiter.«

Unschlüssig musterte sie ihn. »Scheiß auf Fäden!«, rief sie dann und geriet erneut ins Schwanken.

»Ganz genau.« Er klopfte gegen ihre Tasche, in der sich sein Geschenk an sie befand. »Du hast das Ticket. Deswegen: Scheiß auf die Fäden. Und nun los. Ich bring dich ins Bett.«

»Ich muss zum Turm! Schicksale entwirren sich nicht von allein. Und sie verfitzen sich ständig. Nur Knoten. Manchmal glaube ich, die Menschen wissen von den Fäden und gehen absichtlich in andere Richtungen, als sie müssen.« Sie stolperte und er fing sie auf. Ihr Blicke trafen sich. »Wieso weißt du so viel über mich?«

Rukar stellte sie zurück auf die Füße und legte ihren Arm um seine Schulter. »Weil ich meinen Job gut mache. Und du – du bist etwas Besonderes, Tegan.«

»Willst du mich anmachen?« Sie kniff die Augen zusammen und starrte ihn durchdringend an. »Wenn du so viel über mich weißt, weißt du auch, dass ich einen Freund habe.«

»Das ist ja das Tolle an dir.« Er meinte es ehrlich. Ohne Jackson wäre Tegan im Turm und diese wundervolle Chance hätte sich nie ergeben. Von ihr würde er alles bekommen, was er brauchte.

Er bog in einen Hinterhof ein und schleppte sie zu einer

rot lackierten Tür. Mit der Faust donnerte er drei Mal dagegen.

»Du bist sooooo strange!« Ihre Knie sackten weg.

»Nun mach schon«, murmelte Rukar ungeduldig. Jeden Augenblick würde Tegan ganz zusammenbrechen. Unter all den weiten Pullis verbarg sich offenbar ein viel schmalerer Körper, als er geschätzt hatte. Er musste mit ihr noch die Treppe hoch!

Endlich wurde die Tür geöffnet.

Eine alte Frau im ausgewaschenen Morgenmantel, mit zerzausten grauen Haaren und einer Zigarette zwischen den nikotingelben Fingern musterte ihn argwöhnisch.

»Schönen guten Tag, Mylady.« Rukar neigte höflich den Kopf und bekam ein kehliges Grunzen zur Antwort. Die Frau trat beiseite, um ihn und sein Mädchen reinzulassen.

Er drückte ihr ein paar Geldscheine in die Hand und schob Tegan zur schmalen Stiege, die in den ersten Stock führte.

Die Frau musterte Tegan eingehend, die sich aber mehr für die verstaubte Tiffanylampe an der Decke interessierte. »Zweites rechts. Und seid nicht so laut«, murrte die Alte und schlurfte den Flur zurück in ein Zimmer, aus dem ein Fernseher dudelte.

»Aber natürlich.« Rukar packte Tegan fester. »So, Schätzchen. Hinauf mit uns.«

Tegan bekam kaum noch die Augen auf. In Zeitlupe hob sie einen Fuß und zog sich die Stufe hoch. »Es is'n Scheiß mit'n Fäden. Wenns wichtig is, machen se sich unsichtbar.« Sie blieb stehen und sah ihn an. Allerdings hatte sie Schwierigkeiten, das Gleichgewicht auf den Stufen zu halten, und Rukar hievte sie ungeduldig weiter nach oben. »Aus irgendeinem beschissenen Grund sin unsere Leben verbunden. Vielleicht der hier? Aber ich mag dich nich.«

Noch vier Stufen Rukar schob sie nun von hinten, da er Sorge hatte, sie könnte sonst die Treppe hinunterpurzeln.

»Aber du bis cool. Du bisso einer, der meint, mit allem davonkommen zu können.« Inzwischen hatte er Mühe, Tegans genuschelte Worte zu verstehen. »Das bewundere ich. Ehrlich. Scheiß aufs Schicksal.«

Er öffnete die Zimmertür und schubste Tegan hinein.

Geschafft.

Im Raum befanden sich nur ein Sessel und ein riesiges Bett, über dem an der Decke ein Spiegel angebracht war. Die roten Vorhänge waren zugezogen und über einer Lampe, die auf dem Fußboden neben dem Kingsizebett stand, war ein rotes Tuch drapiert. Der ganze Raum wirkte durch das blutrote Licht wie eine Höhle. Allerdings keine kuschlige. Gemütlich ging anders, fand Rukar.

Tegan ließ sich auf die Matratze plumpsen. »Jackson is ganz anders. Er isso –« Sie lächelte verträumt, dann schien sie sich zu erinnern, dass Jackson nicht da war. »Warum is mein Schicksal nich mit seim verbunden? Das is doch der letzte Scheiß! Weissu, was?« Sie rupfte an der Manteltasche herum, aber ihre Hände wollten ihr nicht mehr gehorchen. Irgendwie zerrte sie dann doch den Umschlag heraus. »Er wird in diesem Scheißmichigan 'ne andere kennenlernen. Die beiden heiraten und kriegen scheißliebe Kinder.«

Rukar ließ sie quasseln. In aller Seelenruhe zog er seine Jacke aus.

»Das is aber nich das Schlimmste an der Sache. Ich hab's

gesehen. Das is schlimm. Verstehste? Unsere Fäden trennen sich. Ich verliere ihn. Das Scheißschicksal klaut ihn mir.«

Sorgsam hängte Rukar seine Jacke über die Lehne des Sessels.

»Man kann sein Scheißschicksal nich austricksen.« Sie wedelte kraftlos mit dem Flugticket. »Wetten, das is gar nich echt? Du bisn Betrüger und ich seh deinen Faden nich. Aber das Schicksal kann mich mal. Ich mach da nich mehr mit! Ich werd nich deine Freundin! Ich liebe Jackson. Und Jackson liebt mich. Aber er wird 'ne andere heiraten.« Sie kippte nach hinten auf die Matratze.

Rukar öffnete den Ledergürtel und streifte seine Jeans ab.

»Wir sin alle Gefangene des Schicksals!«, murmelte Tegan.

»Da sind wir endlich mal einer Meinung.« Rukar trat ans Bett und sah auf sie hinab.

Ihr Atem ging flach, aber gleichmäßig. Vorsichtshalber stupste er sie an. Doch sie war weg. Die Tropfen hatten ihren Dienst getan. Sofort begann Rukar, ihr die Schuhe auszuziehen.

27

LITA

Nachdem Faine verschwunden war, hatte Lita drei Runden um Covent Garden gedreht, in der Erwartung, zwischen den Touristen einen Unsterblichen zu finden. Jedem, der nicht eindeutig nach Tourist aussah, hatte sie forschend ins Gesicht gestarrt und war sich nach und nach wie eine Stalkerin vorgekommen. Eine vierte Runde zu drehen, hatte sie sich nicht mehr getraut. Zwei Polizisten waren schon auf sie aufmerksam geworden und hielten sie vermutlich für eine Taschendiebin.

War ein Ort, der von unwissenden Menschen überquoll, überhaupt ein Hotspot für Unsterbliche in London? Hatten Unsterbliche Hobbys? Was tat man denn den lieben langen Tag, wenn man unendlich viele Tage zur Verfügung hatte?

Lita fühlte sich auf diese Suche ungefähr so gut vorbereitet wie auf die Physikarbeit letzte Woche.

Schließlich hatte sie sich von den Touristen mitziehen lassen. Von Covent Garden aus war sie durch die Fußgängerzone der Cranbourne Street geschlendert. Am Leicester Square hielt sie kurz inne, um einer Straßenmusikerin zu lauschen. Die junge Frau sang über einen unsichtbaren Faden, der sie und ihre Liebe zusammenband. Es war ein schöner Song, den Lita aus dem Radio kannte. Doch jetzt überlief sie eine Gänsehaut. Hastig ging sie weiter und bog Richtung Soho ab.

Hinter dem chinesischen Tor, das den Eingang nach China Town markierte, schmückten orangefarbene Lampions die Straßen. Lita bemerkte einige Kami-Schreine, die prachtvoll bemalt und bestens gepflegt waren. Sie überlegte kurz, ob sie noch einmal mit Faine sprechen sollte. Sie hatte versäumt, ihn zu fragen, woran sie den Unsterblichen erkennen konnte. Und wie lange der Glückssegen brauchte, bis er wirkte. Wie viel Zeit hatte sie, bis er versiegte?

Die Straßen waren hier jedoch so belebt von Londonern und Touristen, dass sie sich nicht traute, Faine anzurufen.

An einem Take-away kaufte sie sich etwas zu essen und machte sich auf den Weg Richtung Hyde Park, um dort Pause zu machen.

Das Glück war an ihrer Seite, davon war sie überzeugt.

Mit Faines Glückssegen würde sie den Unsterblichen finden, denn alles, was sie dazu brauchte, war ein wenig Glück. Und – wenn sie ihn ganz sicher fand, war es ihr dann nicht sowieso vorherbestimmt, dass sie den Unsterblichen treffen würde? Sie musste sich also gar keine Gedanken darum machen, wie sie ihn erkannte oder wo er wohl zu finden war. Es war das Schicksal selbst, das sie direkt zu ihm brachte.

Tief in Grübeleien über vom Schicksal bestimmte Ereignisse und ihren freien Willen versunken, durchquerte sie Mayfair. Hier waren nicht mehr so viele Menschen unterwegs. Die adretten weißen Häuser mit den schwarzen

Zäunen und farbenfroh blühenden Blumenkästen leuchteten in der Herbstsonne. Aber Litas Gedanken drehten sich nur um ihr Schicksal. Stand tatsächlich auf ihrem Faden geschrieben, dass sie den Unsterblichen fand? Hätte Faine sie also gar nicht segnen müssen? Und Hanna? War etwa auch schon bestimmt, ob es ihr gelang, ihre Mutter zu finden? Könnte sie sich demnach nicht einfach in den Park setzen und darauf warten? Weil es ja so oder so passieren würde, egal, was sie tat?

Ihr Kopf brummte von diesen paradoxen Schicksalsgedanken und als sie sich umsah, hatte sie längst Grosvenor Square passiert und stand nun vor den Toren des Hyde Parks. Sie überquerte die Straße und ging an den Bronzestatuen der Kriegspferde vorbei in den Hyde Park hinein.

Dort suchte sie sich eine Bank und packte ihr Lunch aus. Ihr Magen knurrte dankbar, als sie das Sandwich mit Schinken und Cheddar auspackte. Während sie aß, beobachtete sie die Passanten. Die Eichhörnchen und Tauben, die sich um sie versammelten, ignorierte sie. Sie war zu hungrig, um zu teilen.

Unweit der Bank, auf der sie sich niedergelassen hatte, stand ein Kami-Schrein. Zwei Eichhörnchen balgten sich um den Apfel, den jemand dort geopfert hatte. Das Dach war mit Taubenkot beschmutzt. *Vielleicht sollte ich DeeDee helfen, die Straßenschreine zu säubern,* dachte Lita. Jetzt wo sie wusste, dass es Kami gab. *Wenn ich durch Faines Hilfe den Unsterblichen und Hanna finde, dann gehe ich mit DeeDee auf die monatliche Säuberungsrunde,* versprach sie in Gedanken.

Stimmen von Speakers' Corner wehten zu ihr herüber

und als sie ihr Lunch verspeist und die Krümel abgeklopft hatte, sodass die Tauben doch noch etwas von dem Sandwich abbekamen, schlenderte sie zu der berühmten Ecke des Parks.

Ein paar Polizisten schoben sich in ihren leuchtend gelben Westen durch die Menge. Eine Gruppe Männer und Frauen, die große Buttons trugen, auf denen eine durchgestrichene Hand einen Geldschein hielt, appellierte an die Menschen, vom Glücksspiel abzulassen. Doch sie wurden von drei Männern, die mit ihren Wettscheinen herumwedelten, übertönt.

Einige Schritte weiter hatte sich eine Frau auf eine Klappleiter gestellt und rief zur Revolte gegen mieses Kantinenessen auf. Mehrere Leute applaudierten ihr zustimmend. Zwei Teenager, die sich in der Mitte des Areals aufgestellt hatten, wollten die Londoner davon überzeugen, die Stadt komplett für den Autoverkehr zu sperren. Ein Taxifahrer diskutierte mit ihnen, ein Mann im Anzug konterte und vertrat ebenfalls die These der jungen Männer.

Einem Impuls folgend, kramte Lita die Weberinnenbrille aus ihrer Tasche. Würde sie damit die Fäden der Jungs sehen können? Und auch, wohin sie die beiden führten? Zögernd setzte sie das altmodische Ding auf die Nase und blinzelte hindurch. Tatsächlich! Plötzlich erschienen ihr alle Menschen von vielfarbigem Nebel umhüllt – wie einem Kokon. Und je ein Faden spannte sich von ihm fort. Lita trat näher an die Zuhörerin vor ihr heran. Ein Lichtfaden führte von ihr fort, hinein in den Park. War das der Weg, den die Frau in ein paar Augenblicken beschreiten würde? Doch mehr als dieses Licht konnte Lita nicht erkennen. Keine Ereignisse oder Sprachfetzen, Bilder, was auch immer. Nichts, das irgendetwas über die Geschehnisse der Zukunft verriet. Enttäuscht ließ sie die Brille wieder in ihrer Tasche verschwinden.

Ein älterer Mann stand am Rand auf einer wackeligen Holzkiste und hielt ein selbst gemaltes Schild hoch. In zittrigen Buchstaben war darauf zu lesen: *Das Ende der Welt ist da.*

Lita schob sich näher zu dem Mann. Sein Bart war schon grau, die Haare dünn und schlohweiß. Er trug einen hellen Trenchcoat, Jeans und gepflegte, aber abgetragene Lederschuhe. Viel zu leise, um gegen die anderen Redner anzukommen, rief er: »Es hat begonnen! Die Welt wird vergehen!« Seine Stimme klang kratzig. Er kam mit seiner Botschaft nicht gegen die Rufe und den Gesang der anderen an. »Die Welt wird zu Asche zerfallen!«, verkündete er einem jungen Vater, dessen Sprössling sich ängstlich an den Ärmel seines Vaters krallte.

Noch gestern hätte Lita sich über den alten Mann lustig gemacht. Niemand konnte schließlich wissen, wie die Zukunft aussah. Sie drückte ihre Tasche an sich und spürte den Mantel darin. Doch es gab Hunderte von Frauen, die die Zukunft kannten. Die Zukunft jedes einzelnen Menschen.

Das war gruselig.

Bei den jungen Männern, die das Fahrverbot forderten, brandete eine Diskussion hoch. Es wurde laut, Passanten drängten näher zu den jungen Rednern hin. Lita reckte sich, um noch mal einen Blick auf den alten Mann zu erhaschen, dabei wurde sie angerempelt und stieß dadurch an einen anderen Zuhörer.

Sie drehte sich zu ihm und entschuldigte sich. »Tut mir leid. Hier wird es etwas eng.«

Der Mann starrte sie fassungslos an. »Hast du dich gerade bei mir entschuldigt?«

»Ja, tut mir leid. Ich wollte hören, was der Herr dort mit dem Plakat sagt. Er ist so leise.«

Der alte Mann auf seiner Weinkiste schüttelte das Plakat in ihre Richtung. »Asche! Die Welt vergeht zu Asche!«

Der Mann, den Lita angerempelt hatte, drehte sich weg und murmelte: »Du hast nichts versäumt. Die Welt geht nur mal wieder unter. Ständig wird es verkündet, aber letztendlich findet es dann doch nicht statt.« Er seufzte.

Amüsiert musterte Lita den Mann. Er war Mitte dreißig, glatt rasiert, sehr gepflegt und vermutlich in irgendeinem Unternehmen im Vorstand. Denn er trug nicht nur ein teuer aussehendes Jackett, auch seine Körperhaltung strahlte eine Selbstsicherheit aus, die fast an Arroganz grenzte. Unter dem Jackett trug er ein T-Shirt, das offensichtlich kein Bügeleisen gesehen hatte. »Das klingt ja, als würden Sie darauf warten, dass die Welt endet.«

Abrupt blieb der Mann stehen. Zögerlich drehte er sich um und starrte Lita an. »Sprichst du schon wieder mit mir?«

»Ähm. Eigentlich immer noch.« Sie verschränkte die Arme. Der Kerl trat auf wie ein Herr aus besseren Kreisen, doch Manieren hatte er wie der letzte Rüpel.

Verärgert baute er sich vor ihr auf. »Siehst du mich denn immer noch?«

Wie? Was war denn das – Moment! Lita begann zu grinsen. Sollte etwa der Glückssegen gewirkt haben? *Danke, Faine!*

Das war er also. Der Unsterbliche. Die Beschreibung traf zu: extrem unfreundlich.

Der Unsterbliche beugte sich zu ihr und musterte sie argwöhnisch. Überrascht hob er die Brauen und schob mit spitzen Fingern Litas Haare zur Seite.

Entrüstet schlug sie seine Hand fort. »Finger weg!«

»Du hast da einen Kami-Kuss! Ist das ein schlechter Witz? Wer war das?«

»Kann Ihnen egal sein.«

»Was hast du dir gewünscht?« Er trat noch näher. Sie wollte zurückweichen, doch das Gedränge war zu dicht.

Ihm war anzusehen, dass er gerade verzweifelt versuchte herauszufinden, ob er sie kannte.

Energisch schüttelte Lita den Kopf, sodass der Fransenbob wieder in ihr Gesicht hing. Durch die Haarsträhnen warf sie ihm einen warnenden Blick zu. »Sie sind der, den ich gesucht hab. Sie sind ein Unsterblicher!«

Resigniert schnaubte er und machte eine altertümliche Verbeugung. »Ich gratuliere. Du hast deine Wette oder was auch immer du da am Laufen hast, gewonnen. Soll ich dir noch ein Autogramm geben? Als Beweis?« Er grinste sie herablassend an. Für einen Augenblick duellierten sich die beiden mit Blicken, bis er eine abfällige Handbewegung machte. »Und nun verschwinde.«

»Das hättest du wohl gerne.« Lita wechselte bewusst zum Du. Sie hatte keine Lust, diesem Kerl irgendeine Art von Respekt zu zollen. »Ich werde erst verschwinden, wenn ich meine Mutter zurückhabe.«

Der Mann blinzelte verwirrt. »Deine Mutter? Noch so eine Nervensäge? Wer, sagtest du doch gleich, bist du?«

Lita reckte das Kinn. Sie hoffte inständig, dass Elaines Name den Kerl einschüchtern würde. Denn so froh sie war, dass sie den Schuldigen gefunden hatte, so hilflos fühlte sie sich auch. Wie sollte sie denn bitte einen Unsterblichen zu etwas zwingen, das er nicht wollte?

»Ich bin Lita!«, schmetterte sie ihm entgegen. »Tochter von Hanna, Enkelin von Elaine!« Mit diesem Auftritt hätte sie sofort jede Rolle in einem Historiendrama bekommen. Und eigentlich hätte ihr Gegenüber vor Ehrfurcht zittern müssen.

Doch stattdessen lachte er nur kurz.

Und dann schnippte er mit den Fingern.

Lita klappte zusammen. Ihr Magen krampfte. Sie rang nach Luft, ging in die Knie, krümmte sich vor Schmerz. Verdammt. Es hatte ihr regelrecht den Boden unter den Füßen weggerissen. Der Kerl war schnell. Hatte er sie geschlagen? Es fühlte sich an, als hätte er ihr mit voller Wucht einen Fausthieb in den Magen versetzt. Sie kniete auf allen vieren und versuchte, nicht vor Schmerz nicht zu weinen. Was für ein Mistkerl!

Steh auf, Lita! Tritt ihn zurück!

Mühsam erhob sie sich, kam schwankend auf die Beine. Die Welt war ein unscharfer Wirbel. Sie zwang sich, alles auszublenden, sich nur auf ihr Gegenüber zu konzentrieren.

Mutig tat sie einen Schritt auf den Unsterblichen zu. »Was hast du mit –«, fauchte sie – und verlor erneut das Gleichgewicht. Mit einem gellenden Schrei warf sie sich nach vorne und klammerte sich an dem Mann fest. »Was – was …«

Pikiert schob er sie von sich weg. »Ich dachte, wir bräuchten einen ruhigen Ort, um die Lage zu besprechen.«

In Litas Ohren rauschte es. Ihr Herz hämmerte und versuchte zu entkommen. Ihr Körper fühlte sich steif an. Die Tiefe unter ihren Füßen! Wie konnte das sein! Sie stand nur auf einem schmalen Sims! Unter ihr ein Abgrund. Nebel verbarg den Boden, der irgendwo ganz weit unten, in unendlicher Tiefe lauerte. Panik flutete ihre Sinne. Hatte er sie geswipt? Einige Meter unter sich erkannte Lita schemenhaft eine Brücke. Menschen flanierten darüber. Das Geländer war hellblau und weiß gestrichen. Noch immer hielt sie sich am Unsterblichen fest. Was – das – Sie versuchte, ruhiger zu atmen. Sie stand auf einem Sims, hinter ihr glänzte ein vergoldetes Ornament, das einen Dachfirst aus Kalkstein schmückte.

»Wieso stehe ich auf der Tower Bridge?«, flüsterte sie.

»Wieso behelligt mich die Enkelin der Obersten Weberin?« Er zupfte an seinem T-Shirt herum, als langweilige ihn dieser Small Talk. »Und warum hat dich ein Glückskami gesegnet? Ich finde, du solltest mir deine Geschichte erzählen. Und lass bitte endlich mein Jackett los.«

»Ich stehe auf der Tower Bridge!«, wiederholte Lita. Ihre Stimme überschlug sich vor Angst. »OBEN AUF der Tower Bridge!« Es war ihr schnurzpiepegal, dass sie sich noch immer an den Unsterblichen klammerte. Da krachte ein zweiter Schwinger in ihren Magen. Der Fußboden kippte weg, sie fiel auf die Knie, ihr wurde schwarz vor Augen.

Leg dich nicht mit den Unsterblichen an. Du wirst den Kürzeren ziehen, hatte Elaine gesagt und nun krallte sie sich an einem fest. Sie hätte auf sie hören sollen. Auch

Winnie hatte sie gewarnt. *Unsterbliche beherrschen die Luft, das Wasser, die Erde und das Feuer. Swipen ist für die nur ein Taschenspielertrick.*

Lita musste würgen. Wieso hatte sie schlauer sein wollen als Elaine? *Sie war so dumm gewesen!*

»Höhenangst also.« Er klang amüsiert. Harsch packte er Lita am Arm und zog sie auf die Füße. »Besser jetzt?«

Benommen öffnete Lita die Augen. Sie stand mitten in einer Blumenwiese. Leichter Wind fuhr über die langen Gräser und verwandelte die Landschaft in ein wogendes, grünes Meer. Es war angenehm warm. Um sie herum summte die Luft von Insekten und die Wildblumen verströmten einen intensiven Duft.

Lita atmete durch. *Besser. Sehr viel besser.* Wütend wandte sie sich dem Unsterblichen zu. »Lass diesen Mist! Du sagst mir jetzt sofort, wo meine Mutter ist! Ich weiß, dass du sie entführt hast!«

Anscheinend war dieser eingebildete Schnösel von Litas Willenskraft überrumpelt. »Du hast wohl geglaubt, du kannst mich mit deinem Zaubertrick einschüchtern!« Lita sah ihn fest an. »Falsch gedacht, Zauberlehrling!«

Da schlich sich ein schelmisches Lächeln auf seine Lippen. »Na sieh einer an. Die Unke hat mich gewarnt. Hanna ist also deine Mutter ...«

Lita ballte die Fäuste. Vielleicht hätte sie Mums Angebot damals in der fünften Klasse annehmen und einen Schnupperkurs in Judo absolvieren sollen. Jetzt wäre ein bisschen schnelle Kampfkunst sicher von Vorteil gewesen.

»Und deine liebe Mami hat dir nichts über die wahre

Welt erzählt.« Wieder kam er ihr viel zu nah – doch Lita wich nicht aus. Sie konzentrierte sich auf ihren Stand. *Ich werde nicht einknicken. Ich werde meine Mutter retten!*

Er begann, um sie herumzugehen, als wäre sie eine Ware, über deren Wert er sich eine Meinung bilden wollte.

»Ich sag es jetzt ein letztes Mal!«, fauchte Lita ihn an. »Lass meine Mutter frei! Sofort!«

»Oder was?« Seine hellblauen Augen blitzten amüsiert. »Bringst du mich um?«

Wütend schnaubte Lita. In ihrer Tasche war doch irgendwo ein Pfefferspray ... Sie musste es nur total unauffällig unter dem Weberinnenmantel herauskramen ...

»Ach, Kindchen. Hat dich keiner gewarnt? Wir Unsterbliche gelten als ziemlich ... nun ja ...« Er schnipste.

Zack. Lita blieb die Luft weg. Doch diesmal hielt sie sich auf den Beinen. Versuchte, den Schmerz wegzuatmen. Den Brechreiz zu unterdrücken.

»Es ist albern«, sagt er leichthin.

War sie in einem Wald? Vor Litas Augen drehte sich alles, aber da waren Tannen –

Er schnippte mit den Fingern.

Lita japste nach Luft.

»Wir sind unendlich mächtig.« Mitleidig lächelte er sie an.

Lita starrte ihn an und ermahnte sich zur Konzentration. *Achte nicht darauf, wo du bist!*

Schnippen. *Zack.* Der Boden kippte. Wasser rauschte.

Achselzuckend blickte er sich um. »Wir beherrschen Zaubertricks aller Art.«

Bam! Schon wieder sackte die Welt weg. Doch Lita starrte

ihn unverwandt an, um das Gefühl zu mildern, dass ihre Innereien nach draußen wollten.

Eisiger Wind schnitt ihr ins Gesicht. Schneeflocken tanzten zwischen ihnen. Lita rührte sich nicht. *Dieses Swipen, wie Elaine es genannt hat, das muss ihn doch Kraft kosten.* »Du kannst nicht bis in alle Ewigkeit herumschnippen!«

Abfällig verzog er die Mundwinkel. »Glaub mir. Ich kann.«

Er schnippte. Hitze. Die Luft flimmerte. Lita spürte die Sonne wie tausend Nadeln in ihre Haut stechen.

»Nur die Zeit und das Leben entziehen sich unserer Macht. Sehr ärgerlich.« Er zupfte sich ein Blütenblatt vom Jackett.

Swipe.

Lita blinzelte. Sie versuchte, ruhig zu atmen, doch ihr war so übel. So entsetzlich übel. Vermutlich würde sie sich gleich auf seine teuren Lederschuhe übergeben.

»Also – was habe ich mit deiner Mutter gemacht?«, sagte er nachdenklich, als würde er mit sich selbst sprechen. Er breitete die Arme aus und drehte sich um seine eigene Achse, wie um sich in all seiner unsterblichen Großartigkeit zur Schau zu stellen.

Erst da wurde Lita bewusst, dass er sie mitten in einen Spiegelsaal geswipt hatte. Vergoldeter Stuck und Spiegel prangten an Wänden und Decke. Selbst der Fußboden bestand aus Spiegeln. Eine unendliche Vielzahl seiner selbst lächelte Lita höhnisch entgegen.

»Dein Wohnzimmer?«, keuchte sie.

Er lachte. »Respekt, Mädchen.« Plötzlich sprang er auf sie zu und Lita zuckte zurück in der Erwartung, dass er sie erneut swipte. »Also. Wohin hat mein Zauber deine Mutter verschleppt?«

Es ist für ihn nur ein Spiel. Seine Augen strahlten vor schelmischem Spaß. Es war mehr als offensichtlich: All das amüsierte ihn königlich.

»Wir machen ein Rätsel daraus. Ja? Also pass gut auf: Du findest deine Mutter am Ursprung.« Selbstzufrieden grinste er sie an. »Und sag Elaine schöne Grüße von Jin, wenn du sie siehst. Sie kennt mich. Wir sind alte Bekannte.«

Bevor Lita etwas erwidern konnte, kippte der Spiegelboden weg und sie fiel auf den Fußweg vor dem Weberinnenturm. Mit letzter Kraft zog sie sich an einer der Laternen hoch und schaffte es gerade noch zum Mülleimer.

28
ELAINE

Müde rieb Elaine sich über die Augen. All die Jahrhunderte, die sie ihren Dienst als Oberste Weberin tat, waren makellos gewesen. Nie hatte sie einen Fehler gemacht. Jeden Hinweis, jede Andeutung Äons hatte sie protokolliert und ausführen lassen. Aber jetzt ... sie hatte keine Kraft mehr. Sie musste Äon zeigen, dass er ihr wieder vertrauen konnte, dass sie ihr Schicksal akzeptierte, so wie jede hier im Turm und jeder Mensch dort draußen sein Schicksal annahm.

Inzwischen hatte sie sich von Winnie berichten lassen, dass Lita den Turm schon früh am Morgen verlassen hatte. Das Mädchen wollte einige Sachen aus der Wohnung holen. Dafür war Lita allerdings schon viel zu lange weg. Musste sie sich Sorgen um das Mädchen machen?

Natürlich musst du dir Sorgen um sie machen! Närrin!

Elaines Blick fiel auf den Kaminsims. Zwischen Windlichtern und einer selbst gemachten Keramik des Schicksalsbaums, die die sechsjährige Hanna ihr einst geschenkt hatte, stand die schmale Schatulle aus Kirschholz. Behutsam nahm Elaine sie vom Sims und trug sie in die Küche. Ob Lita inzwischen den Trank genommen und dadurch den Bann gelöst hatte?

Sie klappte den Deckel mit zwei Händen auf. Ein gewebter Stoff lag eingerollt darin. Elaine hatte ihn gewoben. Nur eine Notiz. Eine wichtige Notiz. Der genaue Wortlaut, den Äon ihr im Orakelraum diktiert hatte. Doch sie hatte diesen Spruch nie an das Archiv gegeben.

Die Luft knisterte für einen winzigen Augenblick. »Na, so was. So melancholisch?«

Elaine fuhr herum. Jin stand direkt vor ihr und grinste sie frech an.

»Was liest du da Hübsches?«, fragte er.

Hektisch stopfte Elaine den Stoff zurück in die Schatulle. »Jin! Wie kannst du es wagen! Du hast keinen Zutritt mehr zum Turm!«

Der Unsterbliche lehnte sich an den Küchentresen und schob das Stück Schildkrötenpanzer hin und her. Dabei warf er Elaine einen vielsagenden Blick zu. »Oh, hab ich nicht? Ich erinnere mich an andere Zeiten.«

»Ich erinnere nur, was erinnernswert ist.« Sie klappte die Schatulle zu und zog die Zutaten von ihm weg. Nichts von alldem ging ihn etwas an. »Und ich kann mich nicht erinnern, dass du hier willkommen bist.«

Nicht mehr.

»Es gab aber Zeiten, da war ich sehr willkommen.« Interessiert musterte er die Spiegelspähne.

»Verschwinde!« Sie ignorierte ihr verzerrtes Spiegelbild, das der Kupferkessel ihr zuwarf. Die leichtsinnigen Tage ihrer Jugend waren vorbei. Eine unwirkliche Erinnerung aus einer ewigen Vergangenheit. »Und gib mir den Schlüssel zurück«, blaffte sie ihn an. Auffordernd hielt sie die Hand hin, ohne ihn direkt anzusehen.

»In all den Jahren hast du ihn nicht sperren lassen. Noch

nicht mal deine Erlaubnis hast du widerrufen …« Jin hatte seine Stimme zu einem Flüstern gesenkt.

Tatsächlich hatte sie sich nie zu dem Schritt durchringen können, Jin den Zugang zum Turm zu sperren. Hatte sie ihn geliebt? Sie hatte es damals zumindest für Liebe gehalten.

»Ach, Elaine. Wir sind seit Ewigkeiten auf dieser Welt. Ich länger als du. Ich muss sogar bis zum bitteren Ende durchhalten!« Er seufzte theatralisch. »Du hast nicht zufällig etwas Neues über den Weltuntergang gehört?« Es klang wie beiläufig, als ob er nach dem Wetter fragen würde. Doch Elaine durchfuhr es wie ein Blitz.

Ascheflocken bedecken den Boden.

Für einen Augenblick versuchte sich Panik in ihr festzusetzen, doch sie straffte die Schultern und verbot sich jegliche Gefühle. Sie wusste, Jin sehnte sich schon seit Jahrzehnten nach einem Ende seines unendlichen Lebens. Mit Eifer hatte er, als sie noch ein Paar waren, sich alles Wissen über Weltuntergangsprophezeiungen angeeignet. Sie hatte ihn damals nur belächelt. Denn all diese Weissagungen stammten von Menschen und waren reine Fantasie. Es gab nur eine Prophezeiung, die echt war. *Die Welt ist nur noch Schatten.* Elaine zog scharf die Luft ein. Dass er ausgerechnet jetzt nach dem Ende der Welt fragte, hatte nichts zu bedeuten – daran wollte, musste sie mit aller Macht glauben.

Sie drehte sich zu ihm um und sah ihn mahnend an. »Die Welt wird nicht enden, Jin!« Ohne es zu wollen, streifte ihr Blick das Kirschholzkästchen mit der Prophezeiung. »Und nun raus aus meinem Turm!«

Doch Jin spielte weiter mit dem Schildkrötenpanzer. »Die Tauben reden davon.«

»Die Tauben«, schnaubte sie verächtlich. »Seit wann hörst du auf diesen Tratsch?«

»Die Tauben haben ein Talent für Geheimnisse.« Er zog eines der Fläschchen zu sich und las interessiert das Etikett.

Sauer nahm sie ihm die Nebelessenz ab. »Schnüffle nicht in meinen Sachen herum!«

»Nun ja, kommen wir zu dem Punkt, weshalb ich dich überhaupt besuche!« Er sah sie direkt an.

Wie eh und je lag dieses schelmische Funkeln in seinen Augen, das Elaine damals so anziehend gefunden hatte. Jetzt löste es in ihr erhöhte Alarmbereitschaft aus. Jin heckte etwas aus!

»Verschwinde jetzt, Jin! Und lass den Spiegelschlüssel hier!« Sie wusste, dass ihre Forderung sinnlos war. Er würde so oder so einen Weg finden, sie zu nerven, wenn er wollte.

»Ist heute der Tag des *Bedroht-unsinnigerweise-einen-Unsterblichen?* Das ist albern.« Er seufzte.

Worauf wollte er jetzt schon wieder hinaus? Jin war von all den unzähligen Unsterblichen, die die Welt bevölkerten, mit Sicherheit der Lästigste. Und er hatte sich natürlich nach ihrer Trennung London als bevorzugten Wohnsitz ausgesucht! Er hätte auf der ganzen Welt herumlungern können. Aber nein.

»Die Tauben haben recht. Ihr Weberinnen heckt was aus«, stellte er selbstzufrieden fest. »Du kauft sonst nie bei Wook ein ...« Sein Finger wirbelte über den Zutaten herum.

Ertappt schob Elaine sie zusammen mit dem Kirschholzkästchen unter das Packpapier. »Vielleicht habe ich mir ein neues Hobby gesucht. Und du verschwindest jetzt!«

Doch Jin rührte sich keinen Millimeter. »Hat *das* was mit Hanna zu tun?« Immer noch ruhte sein Blick auf den Zutaten.

Elaine erstarrte. Hanna? Woher wusste er davon? Lita war lange nach ihrem ... Techtelmechtel geboren worden. »Was ist mit Hanna?«, fragte sie scharf.

Gespielt überrascht schlug Jin die Hände zusammen. »Du weißt es noch gar nicht? Deine Tochter wurde entführt!«

Grimmig starrte sie Jin an. Er hatte also mal wieder zu viel aufgeschnappt. Diese verfluchten Tauben!

Sie hätte es wissen müssen. Sein Auftauchen bedeutete immer, dass er eine Chance für Chaos witterte. Er meinte, einen Trumpf zu haben, den er ausspielen wollte. Und wenn es nur aus purer Schadenfreude war. »Was ist mit Hanna?«

Er seufzte theatralisch. »Ich fürchte, ich war das. Diese Entführung. Es war meine Lichtmagie, die sie – *schlurp.«* Mit gespreizten Fingern, die er sogleich zu einer Faust ballte, spielte er den Effekt nach. Dabei lächelte er Elaine unschuldig an. »Aber du machst dir sicher keine Sorgen um sie. Schließlich kann *ich* ja keine Lebensfäden abschneiden.«

Elaines Gedanken rasten. Jin war als Gegner unberechenbar. »Drohst du mir?«

»Ich? Nein! Oh, Elaine! Das verletzt mich aber jetzt.« Schmollend schob er die Unterlippe vor. »Aber – also deine Enkelin. Die wollte mir drohen.«

Elaine wurde blass. Dieses dumme Mädchen! Wie hatte sie es angestellt, mit ihm aneinanderzugeraten? Ausgerechnet mit Jin! »Was hast du ihr getan?« War etwa Jin der Grund, dass sie noch immer nicht zurück war?

»Gar nichts!« Er verschränkte die Arme und sah sie empört an. »Ich hab ihr nur die Welt gezeigt. All meine Lieblingsorte. Das war ziemlich nett von mir.«

Elaines Hand lag auf dem Griff des großen Hackmessers, das sie für die Kräuter bereitgelegt hatte. Es war ein schlechter Scherz von Äon gewesen, den Unsterblichen keinen Lebensfaden zuzuteilen. Menschen wie Weberinnen litten unter ihren Launen. Von den Kami ganz zu schweigen. Wie einfach wäre es, wenn Unsterbliche wenigstens ein bisschen Sterblichkeit besessen hätten.

»Wo ist Lita jetzt?« Sie versuchte, ruhig zu klingen, obwohl sie vor Anspannung fast platzte.

Er zuckte mit den Schultern. »Ich glaube, sie verträgt das Reisen nicht so gut. Aber sei unbesorgt. Sie hat mein Herz berührt. Ich habe ihr alles gestanden. Sie weiß, wo sie Hanna findet.«

Elaines Herz machte einen Satz. Lita wusste, wo Hanna war? »Wo –« Elaines Stimme brach vor Aufregung.

Jin begann zu lachen. »Ach, ich vermisse unsere Zeiten, Elaine. Damals warst du noch nicht so … so … na ja …« Er zerwedelte, was auch immer er hatte sagen wollen, mit der Hand. »Aber im Ernst, Elaine.«

Sie zuckte zurück, als er sich blitzschnell über den Tresen beugte und ihr plötzlich ganz nah kam.

»Was passiert, wenn du einen Fehler machst, Elaine?« Er schlug gegen den Kupferkessel und ein Glockenton hallte durch den Raum wie eine Warnung. »Zum Glück machst du keine Fehler. Niemals. Nicht wahr? Nur dieses eine Mal. Diese eine Mal, Elaine. Zählt das?«

Sie schluckte schwer. Ihr war heiß. Sie wollte sich setzen. Ihn rauswerfen. Doch sein Blick, die Nähe zu ihm lähmten sie. Er wusste zu viel. Ihre Hand umklammerte das Messer.

»Und nun rast es wie ein Boomerang zu dir zurück«, sagte Jin leise, aber mit einem drohenden Unterton. »Fängst du ihn auf? Oder duckst du dich weg?« Ein weiterer Gong erschallte, als er den Schildkrötenpanzer in den Kessel fallen ließ.

Er hat mich durchschaut, schoss es ihr durch den Kopf. Angestrengt hielt sie ihren Atem flach. Ihr Blick glitt zu dem Holzkästchen, das unter dem Papier hervorlugte. Wie viel wusste er wirklich?

»Das Allerärgerlichste ist die Liebe, nicht wahr?« Er stand so nah vor ihr, dass ihre Lippen sich fast berührten. Seine Stimme war nur noch ein Wispern. »Wen immer sie befällt, sie sorgt am Ende nur für Tränen.«

Die Luft blitzte auf und Jin war fort.

Elaine rang nach Atem und rutschte an der Küchenzeile zu Boden. Noch immer umklammerte sie das Messer und zitterte am ganzen Körper.

Die Welt wird zu Asche.

Jin hatte recht: Die Liebe war eine Seuche, die ihr Gift in die Herzen pflanzte.

29
RUKAR

Tegan hatte sich als perfektes Opfer angeboten. Ihre täglichen Besuche bei Jackson machten sie berechenbar. Außerdem war sie eine der wenigen Weberinnen, die überhaupt einen Fuß vor die Turmtür setzte. Allein das war schon ein Glücksfall für diesen Eilauftrag gewesen.

Aber manchmal war das Schicksal ganz besonders hilfsbereit und schenkte Rukar kleine Details wie Tegans Größe und ihren Hang zu oversized Pullovern.

Wie immer war Rukar über die Dächer Londons gesprungen. Die U-Bahn benutzte er nie. Es war ihm dort unter der Erde zu dunkel und eng. Er bekam ein ungutes Gefühl dabei, so weit vom Himmel entfernt zu sein.

Vor ihm ragte The Gherkin auf. Er suchte sich ein niedrigeres Dach, sprang hinunter und von dort auf die Straße hinab. Dann schlenderte er auf den Turm zu.

Im Gehen legte er Tegans Mantel an. Er zupfte die Kapuze tief ins Gesicht, sodass ihn der Weberinnenmantel vor den Blicken der Menschen verbarg. Nur Weberinnen konnten ihn immer noch sehen.

Kontakt zu anderen Weberinnen musste er auf jeden Fall vermeiden. Schnell hinein und schnell wieder hinaus, ohne bemerkt zu werden. Das war der Plan.

Um die Maskerade abzurunden, hatte er sogar den Lippenstift, den er in Tegans Tasche gefunden hatte, aufgetragen. Die schmierige Farbe fühlte sich grässlich auf den Lippen an. Frauen waren in manchen Dingen echt schräg. Außerdem kratzte Tegans dämlicher Wollpullover. Zu guter Letzt hatte er sich sogar eine Haarsträhne lila angemalt. Sie reichte ihm zwar nur bis knapp zur Nasenspitze, aber bei einem flüchtigen Blick würde eine Weberin ihn hoffentlich für Tegan halten.

»Los geht's«, feuerte er sich an. Er ließ den Blick den Turm hinaufwandern. Es gab kaum Aufzeichnungen über den Aufbau des Turms der Weberinnen. Selbst die Tauben hatten ihm nur spärliche Informationen gegeben. Aber zum Glück hatte er Tegan ein paar Details entlocken können.

Selbstsicher trat er durch die Drehtür. In der Lobby war niemand, nur der Portier saß hinter seinem Tresen neben den Durchgangsscannern. Er sah kurz auf, als er das Geräusch der Drehtür hörte. Doch der Mantel verbarg Rukar vor ihm. Gelangweilt wandte sich der Portier wieder seinem Handy zu. Vermutlich war er mit den vermeintlichen Fehlfunktionen der Tür vertraut. Wie oft drehte sie sich am Tag, ohne dass ein Mensch sie betreten hatte?

Die Spiegelsäule, von der Tegan ihm berichtet hatte, stand direkt bei der Drehtür. Rukar zog den Taschenspiegel hervor und hielt ihn vor die Säule. Immer wieder flog sein Blick zum Portier. Der sah jedoch nicht mehr von seinem Handy auf. Ungeduldig kippte und drehte Rukar den Handspiegel, aber nichts geschah.

Schließlich hauchte er den Spiegel an und rieb ihn blank. Erneut richtete er ihn auf die Säule.

Der Portier stand auf.

»Shit.« Rukar variierte den Abstand. Was machte er falsch? Wieso wurde er nicht zu den Weberinnen portiert? Eigentlich müsste das Foyer schon längst verschwunden sein.

Der Portier streckte sich und verließ seinen Tresen. Schlendernd kam er auf Rukar zu.

Konnte er ihn etwa doch sehen?

Komm schon!

Verzweifelt sah Rukar in die Spiegelsäule. Zwischen der Säule und dem Handspiegel wurde sein Abbild unendlich oft hin und her geworfen.

Kurz wurde ihm schwindelig. Er schloss die Augen, um sich zu fokussieren. Als er wieder aufsah, befand er sich im Turm der Weberinnen.

Erleichtert atmete er durch.

Geschafft.

Sofort checkte er seine Umgebung. Da war der riesige Baum und einige Weberinnen, die anscheinend Früchte pflückten. Eine breite Treppe … es war genauso, wie Tegan es ihm erzählt hatte. Dennoch hatte er sich völlig falsche Vorstellungen von der Dimension dieses Baums gemacht. Er tat gänzlich unbeeindruckt und marschierte mit tief ins Gesicht gezogener Kapuze auf die Treppe zu.

Die Absätze seiner Stiefel klackten hart auf den glatten Fliesen und er versuchte, nur mit den Zehen aufzutreten. Doch das kostete ihn Zeit. Er wollte auf keinen Fall die Aufmerksamkeit einer Weberin auf sich ziehen.

Als er an den beiden Frauen, die auf der Treppe standen und diskutierten, vorbeikam, nickte er ihnen zum Gruß zu, aber sie beachteten ihn nicht. Sie redeten über einen Stoff, den eine von ihnen in der Hand hielt. Die andere hatte sich eine bügellose Brille auf die Nase gesteckt und studierte die Weberei.

»Du hast recht.« Die Frau mit der Brille deutete auf eine Stelle im Stoff. »Hier ist Alvas Faden und Marlas kreuzt ihn.«

»Es ist mehr als nur eine Kreuzung«, stellte die andere zwinkernd fest.

»Ja, sie verlaufen parallel.« Lächelnd betrachtete die Brillenträgerin den Stoff. »Freut mich für Alva.«

»Aber wir müssen jemanden schicken und den Knoten in Alvas Weg lösen.« Die andere Weberin tippte auf das Webstück.

Hastig beschleunigte Rukar seine Schritte.

»Oh, Tegan!«, rief ihm da eine der beiden nach. »Kannst du das hier übernehmen?«

Ohne sich umzuwenden, eilte er weiter. Verdammt.

»Tegan!«, rief die Frau lauter.

Er schaute kurz hinter sich, darauf bedacht, dass die lila Haarsträhne ihm halb übers Gesicht fiel. Wie gut, dass Tegan so einen extravaganten Stil pflegte. Die beiden sahen ihn verärgert an. Um sich nicht durch seine Stimme zu verraten, hob er nur den Daumen, als Zeichen, dass der Auftrag klarging.

Kopfschüttelnd wandten sich die beiden wieder dem Stoff zu. Rukar unterdrückte ein erleichtertes Aufatmen.

»Du kennst sie doch. Lass gut sein«, hörte er eine von ihnen.

Was für ein dämlicher Auftrag, Rukar! Mach bloß, dass

du hier rauskommst! Lebend! Noch nie war jemand bei den Weberinnen eingebrochen. Sie galten als zurückgezogen und Harmonie suchend, aber wer weiß, wie sie auf einen Eindringling reagierten. Immerhin besaßen sie alle Scheren. Und so ein Lebensfaden war schnell durchtrennt …

30
LITA

Mit wackligen Knien betrat Lita das Foyer. Sie hatte den Handspiegel aus dem Mantel in ihrer Tasche gezerrt und hielt ihn fest umklammert, als würde er ihr helfen, nicht zusammenzusacken. Sie holte tief Luft. Noch immer war ihr übel von dem Herumgeswipe und der ekelhafte Geschmack im Mund machte es nicht besser. Sie hatte sich setzen müssen, bis ihr Kreislauf wieder halbwegs stabil war und sie den Turm betreten konnte.

Unsicher sah sie zum Portier. Sie trug keinen Umhang, der sie vor den Blicken der Menschen verbarg. Zum Glück wartete diesmal niemand auf den roten Sofas. Aber was, wenn der Portier sie bemerkte und beobachtete, wie sie vor seinen Augen – verschwand?

Doch der Mann schenkte ihr keine Aufmerksamkeit.

Noch immer zitternd, richtete sie den Spiegel auf die Säule und blickte in die Unendlichkeit, die sich auftat.

Ihr Magen rebellierte, als die Realität kippte.

Stöhnend lehnte sie sich gegen die Säule und musterte das Foyer. Der Portier war zusammen mit den Palmen und roten Sofas verschwunden. Sie hatte es geschafft. Sie war im Turm der Weberinnen.

Für einen kurzen Augenblick schloss sie die Augen,

um sich zu sammeln. Schon der Gedanke an die endlose Treppe ließ ihren Magen rumoren. Doch sie musste zu Elaine.

Du findest deine Mutter am Ursprung.

Was für ein Ursprung? Konnte sie überhaupt davon ausgehen, dass der Kerl ihr die Wahrheit gesagt hatte? Aber er wusste, wer Hanna war. Und hatte er die Entführung nicht zugegeben? Er hatte gesagt: *Wohin hat mein Zauber deine Mutter verschleppt?*

Lita stieß sich von der Säule ab und steuerte auf die Treppe zu. Noch immer fühlten sich ihre Knie wie Wackelpudding an. Aber es half nichts. Sie musste ganz nach oben.

Ihre Großmutter wusste sicher einen Weg, wie man einen Unsterblichen zu etwas zwingen konnte. Sie war schließlich die Chefin der Weberinnen. Sie musste einfach wissen, was zu tun war.

Am Fuß des Schicksalsbaums legten Weberinnen Früchte in Körbe, um sie die Treppe hinaufzubringen.

Lita zwang sich die Stufen hinauf, klammerte sich an den Handlauf, aus Angst, ihre Knie könnten aufgeben. In ihrem Kopf überschlugen sich die Gedanken. Was war mit diesem Äon? Diesem obersten Wesen? Konnte es einen Unsterblichen – konnte es Jin – bestrafen?

Langsam ging Lita die Luft aus. Das bisschen Schulsport genügte offensichtlich nicht für eine gute Kondition, die Swipes gewachsen war.

»Weberinnen!«, stieß sie halblaut zwischen den Zähnen hervor und machte einen großen Schritt hinauf. »Unsterbliche!« Sie nahm noch zwei Stufen auf einmal. »Kami!«

Noch ein Sprung über zwei Stufen. Hanna hatte ihr ein ganzes Universum vorenthalten. Und das nur, weil das Schicksal ihren Vater viel zu früh aus dem Leben gerissen hatte? Das ergab nicht wirklich Sinn. Menschen starben. Weberinnen auch, aber erst nach einigen Jahrhunderten. Hanna hatte gewusst, dass sie ihn irgendwann verlieren würde.

»Kami, Weberinnen, Unsterbliche!« Sprung, Sprung, Sprung.

Siebzehn Jahre hatte Lita unter Menschen gelebt und die Kami hatte sie bloß für einen alten Aberglauben gehalten. Schnaufend hielt sie auf der Plattform vor dem Weltenraum inne. Das Flechtwerk der Fäden schimmerte durch die Pforte.

So viele Leben, die miteinander verwoben sind. Litas Herz raste vor Anstrengung und der Atem stach sie in die Seite. *Für jedes Leben ein Faden, aus den Früchten des Schicksalsbaums gesponnen und –*

Natürlich! Der Ursprung! Hatte Jin damit etwa den Ursprung der Schicksalsfäden gemeint?

Lita lief in den Weltenraum und bog ab zum Spindelwerk. Sofort umfing sie das Rattern von Millionen Spulen und der Geruch von Maschinenöl und Zitrone. Über die Stege versuchte sie, einen Weg hinaufzufinden in die höheren Ebenen des Spindelwerks. Doch sie musste einige Male umdrehen, weil sie in einer Sackgasse gelandet war. Für sie waren diese schmalen Wege, die quer durch die Maschine führten, der reinste Irrgarten. Schließlich sprach sie eine Weberin an, die neue Leben in das Spindelwerk einflocht, und fragte sie nach dem Weg zur Spinnerei.

»Dahinten«, antwortete die Frau und deutete ans andere Ende der Maschine. Dort liefen sternförmig Stege aus verschiedenen Ebenen zusammen und mündeten an einer Pforte. Genervt über ihre eigene Blindheit, bedankte sich Lita und eilte darauf zu. Natürlich verlief sie sich erneut, bevor sie endlich den richtigen Laufsteg erwischte und durch den Durchlass trat.

Sofort wurde das Rattern leiser und der Maschinengestank wurde von einem frischen, angenehmen Duft verdrängt.

Die Spinnerei war rund und ganz in Weiß gehalten. In einem Kreis standen dicht an dicht Spinnräder. Es mussten an die hundert sein. Sie glichen jenen Geräten, die Lita von Illustrationen aus Märchenbüchern kannte. Allerdings bestanden sie nicht aus Holz, sondern aus einem durchsichtigen, glasartigen Material.

An fast jedem Spinnrad saß eine Weberin, trat das Schwungrad, ließ die Fasern der Schicksalsbaumfrucht durch die Finger gleiten und formte ein gleichmäßiges Garn, das sich auf eine Spule wickelte. Lita blinzelte, denn die Fäden blitzten in einem makellosen Weiß, als bestünden sie aus reinem Licht, und verströmten einen frischen Geruch. Die Weberinnen waren, passend zu ihrer Aufgabe, ganz in Weiß gekleidet.

Eine Weberin sammelte die fertigen Spulen in einen Korb ein und brachte sie fort.

Winnie hatte Lita erklärt, dass die Fäden den Lebensweg eines Menschen speicherten. Und dass diese Wege über das Orakel, sozusagen die Mailbox des obersten Wesens, angeordnet wurden. Wichtige Weissagungen empfing

Elaine persönlich. Also nahm dort das Schicksal seinen Anfang. Hatte Jin diesen Ursprung gemeint, den Ursprung aller Schicksale? Ergab das Sinn? Wieso sollte Jin Hanna innerhalb des Turms, am Anfang aller Schicksale ... Litas Herz schlug schneller. Und wenn Jin nur derjenige war, der den Zauber zur Verfügung gestellt hatte? Was wenn dieses oberste Wesen selbst hinter der Entführung steckte? Als Strafe, weil Hanna den Weberinnen den Rücken gekehrt hatte?

Die Frau mit den Spulen verließ die Spinnerei durch eine unscheinbare Tür. Lita schlüpfte ihr hinterher. Hoffentlich lag sie richtig und die Frau brachte die Fäden zum Orakel. Doch kaum war Lita aus der Tür, stand sie auf einer kleinen Plattform im Gewirr der Äste.

Wo war die Weberin hin?

Hektisch sah sie sich um und entdeckte gerade noch rechtzeitig den Zipfel des weißen Mantels, bevor die Weberin hinter der Spinnerei verschwand. Hastig rannte Lita ihr nach, lief um die Krümmung der Nestkugel und bremste vor Überraschung so abrupt ab, dass sie fast vornüberfiel.

Was um alles in der Welt war das denn? Auf einem von dem dichten Astwerk des Baums überdachten Platz stand ein riesiger Trichter. Die Weberin war drei Stufen hinaufgestiegen und leerte gerade ihren Korb hinein. Aus dem Trichter kullerten die Spulen in regelmäßigen Abständen auf ein Förderband. Dieses transportierte die Fäden durch einen Lichtstrahl und ließ sie am Ende wieder in einen Korb plumpsen.

Staunend sah Lita in die Äste hinauf, von wo das farbige

Licht strahlte. Dort befand sich ein riesiges weißes Nest. Aus einem runden Fenster schoss das Licht auf das Band.

Der Lichtkegel veränderte für jede Spule seine Farbe. Lita beobachtete, dass das Licht wie ein Mosaik auf den Faden fiel. Ein Muster aus vielen unterschiedlichen Farbsplittern.

»Kann ich dir helfen?«, fragte die Weberin. Sie hatte alle Spulen hineingekippt und wartete nun, bis sie durch den Lichtstrahl gewandert waren. »Du bist Elaines Enkelin, richtig?«

Lita lächelte matt. Es hatte also schon die Runde gemacht. »Ja, richtig. Ich schaue mich ein wenig um. Versuche zu lernen. Das Licht – ist das der Lebensweg?«

»Ganz genau. Dort oben ist der Orakelraum.« Die Weberin deutete auf das Nest, aus dem das Licht herabstrahlte. Sie machte einen freundlichen und hilfsbereiten Eindruck. Je mehr Weberinnen Lita kennenlernte, umso weniger wollte sie glauben, dass sie gefährlich waren. Wenn Jin ihr den richtigen Hinweis gegeben hatte, dann waren es allerdings auch nicht die Weberinnen gewesen, vor denen Hanna damals aus dem Turm geflohen war, sondern Äon. Genauer gesagt, dieser Orakelraum, durch den dieses Wesen anscheinend Zugriff auf den Turm hatte.

»Der Ursprung.« Lita legte den Kopf in den Nacken und starrte auf die Nestkugel.

»Durch das Orakel sendet Äon uns die Schicksale«, erklärte ihr die Frau. »Die Spulen werden anschließend nach Geburtsdatum sortiert und zum Spindelwerk gebracht.«

Skeptisch musterte Lita die Kugel. »Wie komme ich in den Orakelraum?« Inzwischen war sie in genügend solcher Kugeln gewesen, um zu wissen, dass sie innen ganz anders geformt waren als von außen sichtbar. Wenn der Orakelraum durch die Zeit reichte so wie der Weltenraum, dann war es durchaus möglich, jemanden darin gefangen zu halten, ohne dass man ihn im Hier und Jetzt bemerkte.

Die Weberin hob verwundert eine Augenbraue. »Niemand darf dort hinein. Nur Elaine. Sie ist die Einzige, mit der das Orakel spricht.«

»Und wie kommt sie zum Orakel?«

Die Frau wandte sich ab. Der Korb am Ende des Fließbands war voll und sie tauschte ihn gegen einen leeren aus. »Das Orakel ist mit dem Ursprung verbunden. Dort, wo Äon wohnt. Auch wenn du Elaines Enkelin bist, die Regeln sind eindeutig: Das Orakel spricht nur zur Obersten Weberin.«

Lita unterdrückte ein abfälliges Schnauben. Regeln waren das Letzte, das sie momentan interessierte. Aber sie hatte richtig vermutet. Der Raum hatte eine Verbindung zu einem anderen Ort. Zu Hannas Gefängnis! Jemand hatte sie am Ursprung eingesperrt. »Hat wirklich nur Elaine diesen Draht zu Äon? Ich meine, was ist mit den Unsterblichen? Sie müssen doch auch mit ihm in Kontakt sein, oder?« Hatten die ihren eigenen Orakelraum, der zum Ursprung führte? Und Jin hatte Hanna über diesen Weg dorthin gebracht?

Die Frau lachte auf. »Die Unsterblichen? Vielleicht als Äon sie geformt hat. Aber spätestens seitdem es uns erschaffen hat, grollen ihm die Unsterblichen.«

Nachdenklich ließ Lita den Blick über die Wege schweifen, die sich durch das Astgewirr schlängelten. Elaine konnte nicht fliegen. Es musste einen Weg geben, der direkt zum Orakelraum führte. »Also liegen die Unsterblichen mit ihrem Schöpfer im Streit?«

Die Frau schulterte den Korb und machte sich auf den Weg zurück zur Spinnerei. Aus dem Korb schimmerte ein vielfarbiges Licht. Es erinnerte Lita an den Blick durch ein Kaleidoskop.

»Die Unsterblichen lieben es zu streiten. Zumindest die meisten von ihnen. Nur wenige haben sich in irgendeinen Winkel der Welt zurückgezogen und leben unerkannt unter den Menschen.«

»Danke.« Lita verabschiedete sich von der Weberin und sprang auf einen der Astwege. Den Blick fest auf das Nest geheftet, in dem sich der Orakelraum befand, suchte sie sich einen Weg durch den Baum. Natürlich verlor sie die Kugel hin und wieder aus den Augen, machte Umwege und betrat schließlich einen falschen Raum. Darin reihten sich bis in die Unendlichkeit Regale mit eingerollten Teppichen und Stoffbahnen. Eine lila gekleidete Weberin, die hinter einem langen Tisch saß, auf dem sich Teppiche stapelten, warf ihr einen überraschten Blick zu.

»Falsche Tür«, entschuldigte sich Lita und drehte um. Vielleicht war hier das Archiv, von dem Winnie gesprochen hatte. Aber hier würde sie keine Antwort finden. Selbst wenn es einen Teppich zu Hannas Schicksal gab, würde sie ihn nicht lesen können. Nicht mal mithilfe von Elaines Trank, denn als Hannas Tochter war ihr Schicksalsfaden eng mit dem ihrer Mutter verwoben. Sie musste den Ursprung finden, wie es der Unsterbliche gesagt hatte.

Davon ausgehend, dass dieser Jin mich nicht belogen hat, räumte sie in Gedanken ein.

Wenig später fand sie einen schmalen Steg, der zu einer einzelnen Nestkugel führte. Lita spürte es – sie wusste, dass sie hier richtig war. Fast meinte sie, ein Leuchten um die Kugel herum wahrzunehmen.

Vorsichtig balancierte sie hinüber. Die Tür hatte keine Klinke, doch als Lita die Wand berührte, glitt sie zur Seite.

Ein gleißend helles Licht blendete sie. Sie musste die Augen zukneifen und den Kopf abwenden. »Hallo?« Tastend trat sie in das Licht.

Eine wunderbare Wärme umfing sie und sie hörte, wie sich die Tür hinter ihr zuschob. Sie fühlte sich, als wogte Wasser um sie, und es duftete nach … Lita versuchte, den Duft zu benennen. Er war süß und weich, aber auch etwas frisch und … herb? Wie eine Blumenwiese.

»Hallo?«, rief sie noch mal und blinzelte in die schattenlose Helligkeit. Sie konnte überhaupt nicht einschätzen, wo der Raum endete. Wo Fußboden oder Zimmerdecke sich befanden. Alles war nur Licht. »Ist da jemand? Äon?« Ihre Stimme wurde dumpf geschluckt. Gleich einem Raum voller Teppiche, blieb jedes Geräusch ohne Nachklang.

Das Licht schmerzte in den Augen, dennoch versuchte Lita, irgendetwas in dem Gleißen zu entdecken. Aber da war nichts. Niemand antwortete.

»Hanna? Mum!«, brüllte sie schließlich voller Verzweiflung. Doch der Raum schluckte ihre Rufe und blieb stumm. Tränen füllten ihre Augen. Das Licht war so grell!

Mit geschlossenen Augen tastete sie sich vorwärts. Selbst durch die Lider stach die Helligkeit. Sie senkte den Kopf, doch das Licht kam von überall, sogar der Boden schien zu leuchten. Es gab kein Oben oder Unten, keine direkte Quelle.

»Hallo? Bitte! Mum? Mum!« Lita stolperte durch das Nichts und fürchtete, dass sie bald erblindete, wenn sie nicht wieder herausfand. Inzwischen hatte sie jegliche Orientierung verloren. Aus welcher Richtung war sie gekommen? Wütend auf sich selbst und ihre Unfähigkeit, ihren Weg zuverlässig zu finden, stolperte sie herum. Ein ungutes Gefühl streckte seine Tentakel nach ihr aus. Was, wenn der Raum tatsächlich unendlich war? Würde sie den Ausgang jemals wiederfinden?

Finde die Wand! Tränen liefen ihr über die Wangen. *Taste dich daran entlang.*

Der Raum verschlang alle Geräusche und allmählich wurde Lita bewusst, dass sie noch nicht einmal mehr sagen konnte, wie lange sie schon herumirrte. Minuten? Stunden?

Da, endlich, berührten ihre Finger einen elastischen Widerstand. Erleichtert lachte sie auf und begann, sich daran entlangzuschieben. Nur nicht den Kontakt verlieren!

Und so tat sie Schritt um Schritt. Geradeaus? Oder im Kreis? Sie konnte es nicht sagen. Sie sah durch ihre Lider nur helles, leuchtendes Rot.

Der Schmerz in den Augen bohrte sich inzwischen tief in ihren Kopf.

Plötzlich streiften ihre Fingerspitzen etwas. Eine Naht? Hektisch betastete sie die Stelle und die Wand gab unter ihren Fingern nach. Mit einem leisen Geräusch öffnete sie sich und Lita stolperte zurück in die Welt.

Zitternd verharrte sie vor dem Orakelraum und rang nach Atem. Tränen hatten ihre Augen verklebt. Der frische Wind, der die Blätter des Schicksalsbaums leise klingen ließ, kühlte ihre Wangen. Irgendwann wagte sie es und blinzelte vorsichtig. Alles war verschwommen. Sie konnte keinerlei klare Formen erkennen.

Shit.

Noch einmal öffnete sie kurz die Augen und peilte den Steg an. In Zeitlupe balancierte sie in den Baum auf den Astweg, die Augen immer nur für einen winzigen Augenblick öffnend.

Sie musste zu Elaine. Sicherlich konnte sie den Orakelraum betreten, ohne zu erblinden. Schließlich war sie Äons Sprachrohr. Sie würde wissen, wo in dieser Helligkeit Hanna gefangen gehalten werden konnte. Außerdem kannten sich Elaine und dieser Jin anscheinend. Bestimmt wusste sie etwas über ihn, das weiterhalf.

Noch immer tränten Litas Augen, doch langsam konnte sie wieder besser sehen. Eilig rannte sie auf den Stamm des Baums zu. Sie musste die Spiraltreppe finden. Auf einem etwas breiteren Ast rempelte sie mit einer Weberin zusammen.

»Entschuldigung!«, brachte sie atemlos hervor. »Tut mir leid. Ich muss zu Elaine. Weißt du, in welche Richtung?«

Die Weberin stand wie erstarrt, mit dem Rücken zu ihr gewandt. Schließlich hob sie den Arm und deutete in die Richtung, aus der Lita gerade gekommen war.

»Im Ernst?« Ärgerlich blickte Lita zurück. »Ich hab die Treppe übersehen?« Sie blinzelte. Noch immer lag ein feiner, unscharfer Schleier über ihrer Sicht.

Die Weberin antwortete nicht, zuckte nur mit den Schultern und wollte weitergehen.

»He.« Lita hielt sie am Ärmel ihres schwarzen Umhangs zurück. »Was ist los? Geht es dir nicht gut?« Wieso sah die Frau sie nicht an?

Die Weberin hatte die Kapuze des Mantels übergezogen. Winnie hatte ihr erklärt, dass sie so für Menschen unsichtbar wurden. Aber warum legte diese Weberin die Kapuze nicht ab? Hier gab es keine Menschen.

»Ich bin Lita. Wir wurden uns noch nicht vorgestellt ...«

Die Frau seufzte auf und wandte sich zu ihr um.

Sofort erkannte Lita sie – trotz des Nebels auf ihren Augen. Der lila Lippenstift und die gefärbte Haarsträhne waren unverkennbar. »Tegan?«, fragte sie verdutzt und trat näher an sie heran. »Du musst mir helfen. Ich hab ...«

Tegan starrte sie entsetzt an.

Lita blinzelte. Ihre Sicht wurde ein wenig schärfer.

»Hab ich was falsch gemacht?« Lita erinnerte sich, dass Winnie Tegan wegen eines Typen namens Jackson aufgezogen hatte. Vielleicht hatte Tegan sich mit ihm gestritten und sich deshalb auch heute noch nicht rasiert.

Rasiert?

Lita schlug der Weberin die Kapuze herunter. »Das – Du!« Blinzelnd starrte sie in das Gesicht, das nicht Tegans war. »Du bist ein Kerl!«

Er lächelte verlegen. »Nun ja, ich schätze, jeder hat so seine Makel.«

»Bist du ein Weber?« Kaum hatte sie diese Frage ausgesprochen, war ihr klar, wie dumm sie war. Es gab keine männlichen Weber. Es gab keine Männer im Turm. Und es gab diesen lila Lippenstift und diese Haarsträhne auch nur ein Mal.

»Ob ich ein Weber bin?« Erstaunt musterte er Lita. »Wer bist du denn?«

»Ich – ähm ... also. Tut mir leid. Es – ich war nur so völlig ... überrascht.« Warum sah er aus wie Tegan? Hatte er deshalb die Kapuze getragen? Wollte er, dass man ihn für Tegan hielt? Nervös blickte sich Lita um. Wieso war nie eine Weberin in Sicht, wenn man Hilfe brauchte! Etwas war hier doch falsch. Der Typ war ein Einbrecher! Geschockt starrte sie ihn an.

»Ja. Du hast mich auch überrascht. Passiert mir eigentlich nie, dass ich überrumpelt werde.« Bevor Lita reagieren konnte, hatte er sie gepackt und tiefer ins Laub hineingestoßen. Er hielt ihr den Mund zu. Lita wehrte sich, trat nach ihm, aber er hatte anscheinend Übung darin, Leute so festzuhalten, dass sie wehrlos waren.

»Scht!«, zischte er. Sein Gesicht war ihrem so nah, dass sie nun erkennen konnte, dass er sich die Haare mit dem Lippenstift angemalt hatte. Er roch nach Kräutern und Tegans Veilchenparfüm.

Er war tatsächlich ein Einbrecher! Wie war er hier hereingekommen und – wozu? Hanna! War *er* der Entführer?

Stimmen näherten sich. Zwei Weberinnen schlenderten auf der anderen Seite des Blättervorhangs vorbei. Das war ihre Chance. Lita versuchte zu schreien, um sich zu treten, in seine Hand zu beißen, doch sie hatte gegen ihn keine Chance.

Die Weberinnen bemerkten nichts und entfernten sich.

»Mach keinen Aufstand.« Er sah sich um, nahm die

Hand aber nicht von ihrem Mund. »Es tut mir leid, dass du mir über den Weg gelaufen bist. Du denkst wahrscheinlich wer weiß was.« Unnötigerweise kam er ihr jetzt noch näher. Sie spürte fast schon seine Lippen an ihrer Wange, als er flüsternd weitersprach: »Ich bin nur wegen der Liebe hier. Verrat mich nicht.«

Zögernd nickte Lita und er lockerte seinen Griff.

»Nicht schreien ...« Ihre Blicke trafen sich und Lita sandte wütende Blitze aus, doch sie verpufften. Seinem intensiven Blick hielt Lita nicht stand. Kaum merklich nickte sie erneut.

Er ließ sie los und trat von ihr zurück.

»Du hast also eine Affäre mit einer Weberin? Etwa mit Tegan?« Misstrauisch musterte sie ihn. Er trug Tegans Sachen ... Stahl er sich gerade heimlich davon? Es war mit Sicherheit nicht erlaubt, Menschen in den Turm zu schmuggeln.

Ertappt lächelte er. »Und wenn es so wäre?«

Ja, was, wenn es so wäre? Dann hätte Tegan zwar einen guten Geschmack, läge mit dem Typen aber echt daneben. Sauer musterte sie ihn. Irgendwie wollte sie ihm glauben. »Wenn es so wäre, dann hoffe ich, dass du ein ehrlicher Kerl bist.«

Für einen Moment sah er sie unsicher an. Dann seufzte er so tief, als wäre die Welt nicht mehr zu retten. »Du hast recht. Das wäre zu wünschen.« Und im selben Augenblick sprang er auf Lita zu. Sie war völlig überrumpelt. Er war derart schnell, dass sie – bevor sie überhaupt begriffen hatte, woher er plötzlich ein Seil hatte – auch schon in der Luft zappelte. Die Hände auf dem Rücken gefesselt, einen

Knebel im Mund, hatte er sie an dem Strick an einem Ast hochgezogen, sodass sie wie eine Schmetterlingspuppe dort baumelte.

»Es tut mir leid«, flüsterte er hinauf. »Ich kann kein Risiko eingehen. Und du bist offensichtlich eines.« Er wandte sich um und sprang an einen Ast, zog sich hoch und war im Nu verschwunden.

Das ist nicht die Richtung zum Ausgang, dachte Lita. Zumindest, soweit sie das beurteilen konnte.

Wütend versuchte Lita, sich aus den Fesseln zu winden.

Das brachte sie jedoch nur gehörig ins Schaukeln, sodass sie es sofort bleiben ließ. Bevor ihr erneut schlecht wurde, schloss sie lieber die Augen. Der Tag gestern war fürchterlich gewesen, aber dieser hier war kaum mehr zu toppen.

Wenn sie dieses Äon jemals in die Finger bekam, dann konnte es sich aber auf was gefasst machen!

Was für 'nen miesen Schicksalsfaden hatte sie denn abgekriegt!

31

RUKAR

Rukar schätzte die Entfernung zu dem Ast, federte in den Knien und sprang ab. Es war nur ein kurzer Sprung. Ein Klacks für ihn. Die Treppe, die sich um den Baum hinaufwand, war ihm zu gefährlich geworden. Zu viele Weberinnen. Also nutzte er den Baum selbst, um an sein Ziel zu gelangen.

Die Hände vorgestreckt, bereit zuzugreifen, suchte sein Blick schon den nächsten Ast, zu dem er sich schwingen konnte.

Doch bevor sich seine Finger um das Holz legten, gab es plötzlich einen Ruck und Rukar wurde mitten im Flug zurückgerissen. Gerade noch rechtzeitig erwischte er einen Zweig.

Verdammt! Dieser dämliche Weberinnenmantel!

Er war es nicht gewohnt, mit flatternden Stoffbahnen unterwegs zu sein, und hatte die Gefahr völlig außer Acht gelassen. Die Kordel des Mantels zog sich um seinen Hals zusammen und schnürte ihm die Kehle zu. Den Ast loszulassen, um sie zu öffnen, war zu riskant. Wenn er stürzte, wäre der Mantel sein Galgen.

Dieser verfluchte Schicksalsbaum wird nicht mein Schicksal sein!

Er holte Schwung und erreichte knapp einen starken Ast, den er mit den Beinen umklammern konnte. Kopfüber hängend, löste er den Knoten und befreite sich aus dem Mantel.

Er zog sich hoch und auf den Ast. Wütend musterte er Tegans Gewand, das sich in einem Zweig verfangen hatte und nun wie ein Schatten im Blattwerk hing.

Konzentrier dich!, fuhr er sich in Gedanken an.

Das Zusammentreffen mit dieser seltsamen Weberin hatte ihn völlig aus dem Takt gebracht. Es tat ihm leid, dass er sie so hatte hängen lassen, aber er durfte nicht entdeckt werden. Wenn sie Alarm schlug, war er geliefert. Allerdings grübelte er die ganze Zeit, wie sie es geschafft hatte, sich an ihn anzuschleichen. Er beobachtete doch die Zeit! Nur deshalb war er so gut in seinem Job: Er sah die Zeit fließen, wusste, was in den nächsten Minuten passierte, und konnte sein Tempo und sein Verhalten dementsprechend anpassen. Wieso hatte er sie nicht kommen sehen? War sie für sein Radar unsichtbar?

Und nun hatte er sich wegen ihr auch noch seine Tarnung versaut!

Außerdem verlor er immer mehr wertvolle Zeit.

Er stellte sich auf den Ast. Jetzt war er dankbar, dass er seine Stiefel trug und nicht Tegans Bikerboots. Die Sohlen hatte er mit einer besonderen Kami-Kautschuklösung bestrichen, um auch bei Regen auf den glatten Ziegeln der Dächer Halt zu finden. Auf Schicksalsbaumästen hafteten sie ebenfalls ausgezeichnet. Kurz überlegte er, den Mantel einfach an dem Ast zu lassen. Doch er wollte nicht noch mehr Spuren hinterlassen. Und Tegan sollte ihre Sachen vollständig und unversehrt zurückbekommen.

Mit einem gewagten Sprung packte er den Mantel im Flug und landete auf einem gegenüberliegenden Ast. Der Mantel hatte sich jedoch derart fest um einen Zweig gewickelt, dass Rukar beinahe wieder nach hinten gerissen wurde. Doch diesmal war er vorbereitet. Er verlagerte sein Gewicht, zog den Mantel zu sich. Der Stoff spannte sich.

Wütend und leise vor sich hin fluchend, zerrte er an dem Mantel, bis er mit einem lauten *Ratsch* riss. Ein unübersehbarer Riss klaffte im Stoff.

Wunderbar. So viel zu unversehrt.

Rukar knüllte den Mantel zusammen und steckte ihn sich unter Tegans Schlabberpulli, den er in den Hosenbund stopfte, damit der Mantel nicht herausfiel. Dann sprang er weiter.

Immerhin befand er sich inzwischen im oberen Drittel des Baums. Hier musste irgendwo die Kammer sein, die er suchte.

Er sprang auf eine Plattform herab. Sofort ließ er die Zeit für sich vorlaufen und beobachtete, was passierte. Er sah sich, ähnlich einem Hologramm, durchsichtig und flackernd, wie er in das Kugelhaus hineinsah und die Tür sogleich wieder schloss.

Das war es also nicht.

Rukar wandte sich ab. *Nächste Ebene.* Er zog den Mantel wieder an, stülpte die Kapuze über und eilte weiter den Weg hinauf. Er hatte keine Zeit mehr, sich in den Zweigen zu verstecken. Spätestens in einer Stunde würde Tegan aufwachen. Bis dahin musste er hier raus sein.

Auf der nächsten Plattform standen drei Häuser, die durch Röhren verbunden waren. Erneut sah er sich an, was er finden würde, und stellte fest, dass er in das erste Haus hineinging.

Also lief er darauf zu, zog die Tür auf und schlüpfte hindurch.

»Das ist jetzt nicht wahr!«, fluchte er.

In dem Raum war es glühend heiß. Er glich mehr einem niedrigen Tunnel, an dessen Ende ein diffuses rotes Licht schimmerte. Direkt neben der Tür glomm ein Ewigkeitslicht. Es beleuchtete einen Stapel Körbe und das Ende einer Art Wäscheleine. Die Leine lief über Transportrollen und wurde von einem Motor gezogen. Im Kami-Viertel überspannten solche Rundlaufleinen alle Höfe und Gassen: Wenn man die leere Seite zu sich zog, beförderte es die Wäsche von einem weg, in die Mitte der Straße. Hier allerdings verliefen gleich zehn Schnüre übereinander. Sie führten tief in den Tunnel hinein. Der Motor bewegte sie nicht besonders schnell, die Leinen ruckten jedoch stetig vorwärts.

Mit dem Ärmel wischte sich Rukar Schweiß von der Stirn. Im Tunnel war es so warm, dass ihm jetzt schon die Zunge am Gaumen klebte. Er schob sich an den Wäscheleinen entlang tiefer in den Raum.

Auf den Leinen baumelten Fäden. Reste von Lebensfäden. Er war also richtig. Dies war die Totenkammer. Die Frage war nur noch, wie er hier diesen einen Faden finden sollte.

Einige der Fadenstücke schimmerten in den unterschiedlichsten Farben, viele aber wirkten grau und lichtlos. Sanft ließ er die Finger durch die Fäden gleiten. Obwohl der Raum sengend heiß war und die Luft flimmerte, fühlten sie sich kühl an.

Er zog einen von der Leine und betrachtete ihn genauer. Doch außer den verblassenden Farben gab es nichts Besonderes über dieses Fadenende zu sagen.

Verdammt. Er war nachlässig gewesen. Er hatte sich von der Panik seines Auftraggebers anstecken lassen. Dies war kein normaler Botengang. Er wusste zu wenig über den Turm und die Fäden. Natürlich gab es keine Namensschilder an den Fäden! Wieso war er nur so naiv gewesen!

Nachdenklich beobachtete er, wie die Leinen erneut ein Stück nach vorne ruckten. Sein Blick glitt daran entlang in die Tiefe des Tunnels. Glutrotes Licht glomm in der Ferne. Wohin führten die Wäscheleinen?

Ihm stockte der Atem. Die Hitze! Das rote, flackernde Licht am Ende des Gangs! O verdammt. Natürlich. Sie wurden eingeäschert.

Fluchend raufte sich Rukar seine völlig verschwitzten Haare. Die Hitze brachte ihn noch um den Verstand, dabei brauchte er jetzt unbedingt einen kühlen Kopf!

Wie konnte er den richtigen Faden finden? An den Leinen, die auf die Glut am Ende des Tunnels zuliefen, baumelten bestimmt Zehntausende Lebensfäden. Ohne Namensschilder.

Schweiß tropfte ihm in die Augen. Er versuchte zu überschlagen, wie weit er in den Tunnel vordringen musste, um den Tag des Todes zu erreichen. Die Hitze war hier, am Beginn des niedrigen Gangs, schon unerträglich. Und was, wenn er zu spät war? Wenn der Faden bereits vom Feuer dort hinten verschlungen worden war?

Die Erde würde zerbrechen. Ganz sicher. Und Rukar wäre der Erste, den die Wut seines Auftraggebers zermalmen würde.

»Such dir deine Aufträge sorgfältiger aus!«, zischte er und streifte Tegans Mantel wieder ab. Jede Schicht Kleidung war eine zu viel.

Sauer wollte er den Mantel auf den Boden schleudern, als plötzlich die Tür aufschwang und zwei Weberinnen den Raum betraten. In letzter Sekunde duckte sich Rukar hinter die gestapelten Körbe neben der Tür. Das mieseste Versteck, das er jemals benutzt hatte. Wenn sich eine von ihnen umdrehte, blickte sie ihn direkt an.

Was dann?

32
MISANO

»Wo ist sie?« Misanos Stimme donnerte durch die Säulenhalle. Sein roter Damastmantel wogte hinter ihm her, als er die schier endlose Reihe der leuchtend weißen Säulen entlangflog. Ein kalter Sturm folgte ihm, trug ihn und seinen Zorn durch die Vorhalle der Agora. Hier hatte einst der Rat der Unsterblichen getagt, wann immer auf der Erde Dinge geschahen, die einer Einmischung bedurften. Doch seit die Menschen ihre Probleme mit Technik lösten, trafen sich die Ratsmitglieder nur selten, meist, um Fragen rund um das Gemeinschaftseigentum hier, in ihrer Stadt über den Wolken, zu debattieren.

Der Rat hatte kein Recht dazu, sich in seine Trauer einzumischen! Und doch hatten sie ihm Zaras Leichnam genommen!

Die Säulen links und rechts ragten Hunderte von Metern hinauf, gekrönt von goldenen Palmwedeln. Misanos Sturm ließ die riesigen Blätter rauschen und Lichtreflexe tanzten über das Weiß der Halle. Der Versammlungsort der Unsterblichen lag nicht, wie die Menschen früher glaubten, im Himmel. Es war mehr eine Zwischenwelt. Eine eigene Dimension, die sie sich erschaffen hatten, um ungestört vom Krach der Menschen zu sein. Allerdings hatten die

Architekten unter ihnen es sich nicht nehmen lassen, sich von Bauwerken der Menschen inspirieren zu lassen. Auch wenn Heka natürlich diese Wunderwerke auf seine Einflüsterungen bei den Menschen zurückführte. Für das Zentrum ihrer eigenen Welt protzten die Unsterblichen jedenfalls mit Licht, Luft, Unendlichkeit und jeder Menge Kostbarkeiten von der Erde.

Doch all diese Pracht beeindruckte Misano schon lange nicht mehr. Und heute sowieso nicht. Es fehlte nicht viel und er hätte die ewigen Hallen zu Staub zermalmt.

»Gebt sie mir zurück!« Ein Donnergrollen wie ein Paukenschlag ließ die goldenen Blätter über ihm erzittern.

Zwischen den Säulen trat ein junger Mann hervor. Seine blonden Haare, so lang, dass sie ihm bis an den bestickten Gürtel reichten, wurden von Misanos Sturm zerzaust.

»Misano, ich grüße dich.« Er sprach leise, seine Hände in den weiten Ärmel seines grünen Kaftans verborgen.

»Yama! Was habt ihr mit Zara gemacht! Wo ist sie?« Ausgerechnet diesen Hänfling hatten sie geschickt, um ihm, dem großen Misano, entgegenzutreten. Feiglinge! Yama war der Sprecher des Rats, denn Geduld war seine Tugend.

Misano schäumte.

»Lass uns ein paar Schritte gehen, Misano.«

So dicht wie möglich bremste Misano seinen Sturmflug vor Yama ab. Der Wind schlug dessen Kaftan und Haare nach hinten wie eine Ohrfeige. Doch Yamas Gesicht blieb ausdruckslos. Misano konnte ihn nicht leiden. Yama war die Nachsicht in Person. Wann immer es zu Meinungsverschiedenheiten unter den Unsterblichen kam, war Yama zur Stelle, um die erhitzen Gemüter zu kühlen. Die Feiglinge hofften wohl, Yama könne Misanos Zorn lindern. Doch nichts, *nichts* konnte den brennenden Sturm stillen, den Zaras Tod in ihm entfacht hatte. Im Gegenteil – sie hatten ihn sogar noch weiter befeuert, als sie sich ihres Leichnams bemächtigten.

Misano wandte seinen Blick nach rechts.

Zwischen den Säulen hindurch sah er den Rat auf den marmornen Quadern im Kreis sitzen. Sie tuschelten und spähten mit besorgten Mienen zu ihm herüber. Die Angst vor ihm stand ihnen in die Gesichter geschrieben. Und das war weise. Wie hatten sie es wagen können, Zara auch nur zu berühren! Er würde sie alle zerschmettern.

»Ich möchte dir etwas zeigen, Misano.« Yamas Stimme plätscherte wie ein Bach im Frühlingshain.

»Ich rühre mich nicht von der Stelle, bis ich weiß, wo Zara ist.«

Yama seufzte. »Wir sind uns deines Schmerzes bewusst, Misano.«

»Ach, seid ihr das, ja? Wie nett von euch!« Die Luft hinter ihm ballte sich zu einer schwarzen Wolke zusammen.

Unbeeindruckt wandte Yama sich ab und schritt langsam die Säulenhalle hinunter. »Zara hat dir alles bedeutet.«

Zähneknirschend sah Misano ihm nach. Yama wollte ihn wegführen. Dachte wohl, er könnte ihn wie ein Hündchen fortlocken.

»Ihr habt sie aus dem Garten fortgeschafft! Was habt ihr mit Zara getan?«, polterte er in Richtung der Agora. Seine Stimme hallte zwischen den Säulen wie das Grollen eines tödlichen Orkans. Erschrocken zuckten die versammelten Unsterblichen zusammen. Misano ballte die Faust. Blaue, eisige Blitze flimmerten über seine Finger hinweg. Warum zögerte er? Den gesamten Rat sollte er auf der Stelle in Eis verwandeln!

Yama war an ihn herangetreten und legte ihm beschwichtigend die Hand auf den Arm. Von seiner Berührung flutete wohlige Wärme durch Misanos Adern. Sofort riss er sich von der sanften Geste los.

»Lass das!«, zischte er. Sein war der Zorn. Und sein Zorn war gerecht. Niemand würde ihm je diesen brennenden Schmerz nehmen können.

»Kommt mit mir. Wir haben Zara aus dem Garten fortgebracht. Sie ist eine Sterbliche. Ihr Körper ist vergänglich, Misano.«

»Nein! Sie bleibt! Ich werde sie nicht verleugnen, nur weil sie menschlich ist. Ich liebe sie über den Tod hinaus. Mehr als alles, was jemals war oder sein wird!«

Yama lächelte nachsichtig und wandte sich erneut zum Gehen. »Ich bringe dich zu ihr.«

Zähneknirschend beobachtete Misano, wie Yama weiter in gemessenem Tempo die Säulenhalle hinabschritt. Schon allein die Ruhe dieser Bewegung brachte ihn zum Explodieren. In ihm war so viel Wut und Zorn.

Schnaufend setzte er sich in Bewegung, Yama zu folgen. Jedoch nicht, ohne vorher noch einen Eisblitz zwischen den Säulen hindurch in Richtung des Rats abzufeuern. Der schockierte Aufschrei ließ Yama kurz innehalten. Doch er drehte sich nicht um, sondern ging weiter, als wäre nichts.

Der Kerl machte ihn wahnsinnig.

Yama führte Misano zu einem Tempel, ein Monopteros

auf einem Hügel nahe dem Himmelsgarten. *Zaras Garten,* wie ihn Misano eigenmächtig umbenannt hatte.

»Das ist neu«, stellte Misano fest und betrachtete den weißen Rundbau, auf dem die Sonne leuchtete. Letzte Woche war hier nur Himmelweite gewesen. Unschlüssig, ob er weiter Zorn versprühen sollte, verschränkte er die Arme.

»Wir haben ihn für Zara errichtet.« Yama deutete auf den Garten, der unterhalb des Tempels lag. »Mit Blick auf den immerwährenden Frühling.«

»Ihr habt was?« Misanos Stimme bröckelte. Der Rat hatte Zara einen Tempel erbaut? Respektierten sie seine Trauer – oder fürchteten sie bloß seinen Zorn?

Er beschleunigte seine Schritte und eilte an Yama vorbei, den gekiesten Pfad zum Tempel hinauf. Die Sonne überzog die schlanken Säulen mit einem goldenen Schimmer. Der Bau wirkte leicht und filigran, die Kapitelle zierten unterschiedlichste Blumen und Blätter. Vom Garten am Fuß des Hügels wehte der Duft von Lavendel herauf. Zara hätte diesen Ort geliebt.

Ein beklemmendes Gefühl schnürte sich um seine Brust. Zögernd trat er zwischen die Säulen.

Der Rat hatte ihr ein Mausoleum errichtet, das ihrem Wesen und ihrer Schönheit gerecht wurde. Sein Atem stockte und er musste sich an einer Säule stützen, als er Zara erblickte.

Auf Marmor gebettet lag sie da, als ruhe sie nur in einem sanften Schlaf. Das weiße Gewand umfloss sie wie Tauwasser.

Wach auf, dachte Misano wehmütig.

Sein Zorn hatte sich zurückgezogen und dem Schmerz Raum gegeben, den Zara hinterlassen hatte. Er drückte Misano die Luft zum Atmen ab. Und Misano wusste nicht, was ihn mehr zerstörte: die Hitze seines Zorns auf Elaine, den Rat, die Welt und Äon oder die taube Kälte der Leere, die sein Herz von innen auffraß.

»Hier kann sie ruhen. Für alle Zeit. Dies ist dein Raum für deinen Schmerz und deine Trauer«, sagte Yama leise. Er war neben Misano getreten. »Doch Zaras Körper ist vergänglich, Misano.«

Misano gab der Kälte in ihm freien Lauf. Er hob die Hände und Eis umfloss seine Finger. Es ergoss sich über den steinernen Boden, flutete zu Zara. Zarte Eiskristalle schwebten aus der Luft auf sie herab und deckten sie zu, während eine Eisschicht die marmorne Bahre überwuchs. Das Eis formte sich zu einem Sarg, umschloss Zara wie kostbarer Kristall.

»Sehr gut.« Yama nickte zufrieden. Er sah zu Misano und verbeugte sich leicht. »Wir trauern mit dir, Misano.« Dann wandte er sich ab und ließ ihn allein.

Es dauerte einige Augenblicke, bis Misano die Kraft hatte, zu Zara zu gehen. Das Sonnenlicht brach sich auf dem Sarg und ließ ihn funkeln wie den kostbarsten Diamanten.

Misano beugte sich darüber und betrachtete Zaras friedliches Gesicht.

Sein Körper zitterte, als er weinend über dem Sarg zusammenbrach.

33
LITA

Das. Konnte. Doch. Nicht. Wahr. Sein!

Wut und Verzweiflung brodelten so heftig in ihr, dass sie Lita jeden Augenblick zum Platzen bringen würden. Aber dieses verdammte Seil, das der Kerl um sie geschlungen hatte, als wäre sie ein Rollbraten, verhinderte es. Es verhinderte jegliche Bewegung. Jegliche Möglichkeit, ihre wütende, hilflose Frustration herauszubrüllen, zu schlagen oder wenigstens nach irgendwas zu treten.

Warum kam denn niemand! Wo steckten all die geschäftigen Weberinnen! Müssten sie nicht irgendwelche Früchte zur Spinnerei bringen oder sich Snacks aus der Küche holen? Lita kam es vor, als hinge sie schon seit einer Stunde im Baum. Obwohl es wahrscheinlich gerade mal acht Minuten waren.

Sie brüllte aus Leibeskräften. Doch der Knebel verwandelte ihren Schrei in ein dumpfes Brummen. Hilflos baumelte sie wie eine im Spinnennetz gefangene Fliege an dem Ast. Nur einen halben Meter über dem Boden.

Sie schloss die Augen und versuchte, sich zu beruhigen. *Klarer Kopf,* mahnte sie sich. *Überleg, wie du hier runterkommst!*

»Lita?« Fassungsloses Staunen lag in der Stimme.

Winnie! Es war Winnie! Ein unverständliches Gurgeln drang aus Litas Kehle. Eigentlich ein hysterisches Lachen. Doch der Knebel presste es zu diesem erstickenden Geräusch zusammen.

»Was machst du denn da?« Verwundert musterte Winnie sie. Ging ein paar Schritte hin und wieder her und betrachtete dabei die Verpackungskunst, die Lita am Zweig hielt. »Wie hast du das denn hinbekommen?«

All ihre Wut legte Lita in ihren Blick und schleuderte ihn Winnie entgegen. *Wie sie das gemacht hatte? Hallo?*

Der Blick tat seine Wirkung und Winnie mühte sich, Lita schnellstmöglich zu befreien. Sie kletterte auf den Ast, robbte auf dem Bauch zu Lita vor und löste zuallererst den Knebel.

»Du musst Alarm schlagen!«, schrie Lita sofort.

»Alarm?« Winnie kramte in ihrer Manteltasche und zog schließlich die Schere hervor. »Warum hast du dich an diesen Ast gehängt?«

»Ich mich?« Lita wollte Winnie wütend ansehen, doch sie baumelte direkt unter ihr. »Mach mich los! Wir müssen alle im Turm warnen!«

»Warnen? Aber wovor?«

Lita spürte, wie Winnie an dem Seil sägte. Auf einen Schlag zerriss es und sie krachte auf den Boden. Lita konnte sich nicht abfangen, weil sie noch fest verschnürt war, und schlug der Länge nach hin. *Autsch.*

Leichtfüßig landete Winnie neben ihr, zerschnitt das Seil und befreite Lita aus dem Kokon.

»Ich kann nicht fassen, dass du ernsthaft denkst, ich hätte mir das hier selbst angetan. Hier ist ein Fremder!

Ein Kerl schleicht hier rum! Wir müssen Alarm schlagen! Was, wenn *er* Hanna entführt hat?«

»Es tut mir leid.« Sorgsam verstaute Winnie die Schere wieder in ihrem Mantel. »Natürlich kannst du dich gar nicht selbst so verpackt haben. Aber –« Sie sah Lita entschuldigend an. »Es ist absolut unmöglich, dass hier ein Fremder reinkommt. Du kennst das System mit dem Spiegel. Nicht mal Unsterbliche swipen hier herein. Und Menschen – Männer! – schon drei Mal nicht!«

»Willst du etwa sagen, ich hab mir das nur eingebildet?« Fassungslos deutete sie auf die Seilreste am Boden.

»Nein«, meinte Winnie kleinlaut.

Lita befreite sich aus dem Seilgewirr und zog Winnie im Eilschritt mit sich. »Wir müssen zu Elaine! Wahrscheinlich ist er nicht mal Tegans Freund! Der Kerl hat sich nur als Tegan verkleidet! Ich wette, er will zu den Fäden!«

Winnie zog die Augenbrauen hoch. »Wie, Tegan? Was meinst du damit?«

»Na, so lila. Lila Lippen und sogar eine Haarsträhne hat er sich angemalt. Ihr habt 'ne Schwachstelle in eurem tollen Spiegelsystem! Die Gesichtserkennung ist fehlerhaft.«

Winnie hatte Mühe, mit Lita Schritt zu halten. »Nun bleib endlich stehen! Das ist doch absurd!«

Lita fuhr zu ihr herum. »Irgendwas geht hier vor! Meine Mutter wird entführt und jetzt spukt ein Kerl hier im Turm herum! Sind das nicht alles Dinge, die *eigentlich* gar nicht passieren können?« Wütend sah sie Winnie an.

Die nickte zögernd. »Okay. Aber –« Unsicher streckte sie den Arm aus und zeigte hinter sich. »Dort ist der kürzeste Weg zu Elaine hinauf.«

34
ELAINE

Elaine wusch sich die Hände und trocknete sie an einem Geschirrtuch. Gedankenverloren betrachtete sie den Flakon, der neben dem leeren Kupferkessel stand. Durch ein Tuch hatte sie den Sud gefiltert und in das Fläschchen gefüllt. Nun musste der Trank ruhen. In drei Stunden konnte sie ihn anwenden. Dann war es endlich vorbei.

Zittrig stützte sie sich am Tresen ab und schloss die Augen.

Es ist die einzige Möglichkeit. Du weißt es.

Den Kopf in den Nacken gelegt, die Lider geschlossen, um die Tränen zurückzuhalten, atmete sie tief durch.

Es ist deine Verantwortung! Steh endlich dazu!

Erst als der Teekessel zu pfeifen begann, kam wieder Bewegung in sie. Mit dem Handrücken fuhr sie sich über die Wange, um eine Träne loszuwerden, dann drehte sie am Herd die Flamme ab und goss den Tee auf. Sie hatte extra eine Sorte mit Hibiskus gewählt. Auf einem Tablett arrangierte sie ihr schönstes Geschirr und den Teller mit den Muffins. Blaubeere. Ihre Lieblingssorte.

Während der Tee zog, ging sie ins Badezimmer. Sie richtete ihre Haare und blickte ihrem Spiegelbild fest in die Augen. Sie konnte die Angst in ihrem Blick lesen.

»Niemand kann das Schicksal betrügen. Auch du nicht«, sprach sie zu sich.

Ihr Herz schlug derart wild, dass Elaine kurz dachte, nicht mehr atmen zu können. Noch einmal warf sie sich einen Blick zu. Mahnend und zornig. »Sei kein Feigling! Es ist deine Pflicht! Also geh jetzt!« Lang genug hatte Äon sie mit den Träumen gemahnt. Sie war verantwortlich. Nur sie konnte es aufhalten. Der Preis, den sie dafür zahlte, wog nichts im Vergleich zu den Leben der Menschen.

Dennoch zögerte sie, bevor sie das Tablett mit dem Teegedeck anhob. Noch drei Stunden. Dann war der Trank, den sie aus Wooks Zutaten gebraut hatte, bereit und all der Schmerz würde vergessen sein.

Entschlossen wandte sie sich um, trat hinter den Paravent, der den Wohnraum von ihrem Schlafgemach und dem Lesezimmer abtrennte.

Inmitten des Lesezimmers stand ein langer Tisch, auf dem sie Teppiche zu studieren pflegte. Noch immer lag hier jene Prophezeiung ausgerollt, die sie in den letzten Tagen wieder und wieder studiert hatte – ohne jedoch eine neue Erkenntnis zu finden. Sie schob den Stoff mit dem Tablett zur Seite, als sie es abstellte.

In Regalen links und an der hinteren Wand lagerten Teppiche, die markante Ereignisse in der Geschichte der Welt vorhergesagt hatten. Die rechte Wand schmückte ein sehr alter Teppich. Die erste, alles verändernde Geschichte stand dort geschrieben. Vermutlich hatte Heimarmene selbst diesen angefertigt.

Elaine straffte die Schultern und atmete noch einmal durch, bevor sie das Tablett wieder aufnahm, den Teppich zur Seite schob und durch die verborgene Tür in den geheimen Raum dahinter trat.

»Ich habe dir frischen Tee gebracht, mit Hibiskus. Und Blaubeermuffins. Du magst beides doch so sehr.« Entschlossenen Schrittes ging sie zu dem Tischchen und stellte das Tablett ab. Sie wagte nicht, den Blick zu heben. Sie hatte Angst, ihr in die Augen zu sehen.

»Blaubeermuffins?«

Der verbitterte Tonfall brachte Elaine ins Schwanken. Ein unsagbarer Schmerz zerdrückte ihr Herz.

»Ist das meine Henkersmahlzeit?« Ihr Lachen klang hohl.

Zittrig stellte Elaine die Tassen auf den Tisch. »Wenn du es so nennen willst, Hanna.«

ENDE BAND 1

DANKSAGUNG

Als mir die Idee zu *Circles of Fate* kam, wusste ich, dass ich eine lange Reise vor mir hatte. Aber das Schicksal würde sich mir bestimmt gnädig zeigen und mich durch das Chaos der Fäden hindurchführen.

Nun, irgendwie war es sogar sehr nett zu mir, denn es hat mir viele liebe Menschen zur Seite gestellt, die mich motiviert und unterstützt haben. Nicht nur meine Familie und meine wunderbare Lektorin Antonia haben mir beim Fädenknüpfen und -entwirren geholfen, diesmal sind mir auch zwei Leserinnen zu Hilfe gekommen.

Denn ich wusste zwar genau, in wen sich Tegan verliebt hat, doch irgendwie habe ich seinen Namen nicht »gesehen«. Mina Pham und Sabrina Wichmann aber haben ihn gefunden. Als ich ihre Antwort auf meinen Hilferuf auf Instagram sah, wusste ich, das ist er: Jackson. Sehr, sehr lieben Dank an euch beide! Ich glaube, Tegan liebt Jackson jetzt noch mehr – zumindest mir geht es so.

Marion Meister

CIRCLES OF FATE

Du willst wissen, wie es weitergeht?

Die Folgebände in der Miniserie
erscheinen bald im Arena Verlag!

Band 2: Schicksalssturm
ISBN 978-3-401-60592-0

Band 3: Schicksalskampf
ISBN 978-3-401-60593-7

Band 4: Schicksalserwachen
ISBN 978-3-401-60594-4

Marion Meister

Circles of Fate

Schicksalssturm

Lita hat sich gegen den Willen ihrer Mum den Weberinnen im Londoner Wolkenkratzer The Gherkin angeschlossen. Und doch fühlt sie sich so verlassen wie nie. Denn eine Prophezeiung wirft einen dunklen Schatten über sie: Litas Schicksal ist es, die Welt zu zerstören! Um den Untergang zu verhindern, soll sie sterben. Aber Lita will ihr Schicksal nicht einfach hinnehmen – selbst wenn sie sich dazu mit sämtlichen Unsterblichen und Weberinnen anlegen muss! Als plötzlich der unberechenbare Rukar auftaucht, ist Lita auf der Hut und sie ist bereit zu kämpfen. Rukar scheint ein ganz eigenes Ziel zu verfolgen. Kann er Litas Widerstand gegen ihre Prophezeiung womöglich gefährlich werden?

Band 2
252 Seiten • Klappenbroschur • ISBN 978-3-401-60592-0 • Auch als E-Book erhältlich • www.arena-verlag.de